클래스

ENTRE LES MURS
by François Bégaudeau

Copyright ⓒ Editions Gallimard, 2006
Korean translation copyright ⓒ MUNHAKDONGNE Publishing Corp., 2010
All rights reserved.

This Korean edition is published by arrangement with
Editions Gallimard through Sibylle Book Literary Agency, Seoul.

이 책의 한국어판 저작권은 시빌 에이전시를 통해
Gallimard 사와 독점 계약한 (주)문학동네에 있습니다.

이 도서의 국립중앙도서관 출판시도서목록(CIP)은
e-CIP 홈페이지(http://www.nl.go.kr/cip.php)에서 이용하실 수 있습니다.
(CIP제어번호: CIP2010000752)

클래스

프랑수아 베고도 장편소설 ─ 이승재 옮김

문학동네

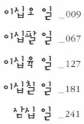

차례

사흘 전, 나는 떨리는 손으로 봉투를 열어보았다. 첫 장을 대충 훑어본 뒤 둘째 장으로 넘어갔다. 직사각형 일정표에 쉰 개의 칸이 꽉 들어차 있었다. 월요일, 화요일, 수요일, 목요일은 각기 다른 시간대로 편성되어 있었고, 금요일은 내가 요청한 대로 비어 있었다. 서류 두 장과 함께 딸려온 교사 일정을 들여다보니 근무시간은 총 삼십삼 주였다. 삼십삼 주에 4를 곱하고 국경일을 제한 뒤 근무 외 시간에 학교에 불려나갈 가능성을 합해보니 총 근무 일수가 나왔다. 백삼십육 일.

이십오 일

날이 밝았다. 지하철에서 빠져나온 나는 너무 일찍 학교에 도착해 서성대지 않으려고 카페에 들렀다. 바에는 유니폼을 입은 종업원이 기대선 채, 안경 낀 사십대 남자가 신문 기사를 대충 훑으며 하는 말을 한 귀로 듣고 한 귀로 흘리고 있었다.

"늙은이 만 오천 명이 줄어들면 젊은이한테 일자리가 돌아간다는군."

학교까지 남은 이백오십여 미터 거리는 이 분 정도면 충분했기에 나는 아홉시 일 분 전까지 기다렸다. 중국인이 운영하는 정육점 근처에 이르러 나는 보폭을 줄였다. 길 끝에서 악수를 나누는 바스티앵과 뤼크와 합류하고 싶지 않아서였다. 하지만 모퉁이를 돌고 나니, 활짝 열린 육중한 나무문 앞에서 규율 선생과 농담을 주고받는 그들을 피할 수 없었다.

"전부 타버렸으면 하는 작은 소망이 있어."

"폭탄을 설치하기에 아직 늦진 않았어. 말만 하라고."

나는 그들의 빈정거림을 뒤로했다. 여름부터 진행된 공사는 여전히 계속되었다. 파란 작업복을 걸친 인부들은 얇고 긴 골조용 목재를 어깨에 짊어지고 타일 깔린 실내 운동장과 교정을 드나들면서 건물 벽 한쪽에 목재를 세워놓았다.

교무실 문은 시원한 파란색으로 칠해져 있었다. 질이 동료들과 떨어져 멋쩍은 듯 한 손에 담뱃갑을 들고 타원형 테이블 주변을 맴돌았다.

"안녕."

"안녕."

신입 교사들은 교무실 귀퉁이에 놓인 회색 소파에 옹기종기 모여 앉아 그들의 긴장을 풀어주려고 열변을 토하는 다니엘 선생의 말에 귀를 기울였다. 나는 비정규직 교사들 사이에 끼어 커피자판기를 올려놓은 테이블에 엉덩이를 살짝 걸치고 앉았다. 서른이 넘은 교사 중 한 명인 다니엘은 가장 말이 많은 동료였다.

"아무튼 이 벽 속 세상으로 들어올 때부터 이런 문제를 겪게 될 줄 알았어."

그러더니 서른이 넘은 그녀는 한술 더 떴다.

"벽 속 세상이라니, 막말로 놀 거리도 없는데 말이야."

다들 아무 말 없이 그녀를 지켜보기만 했다.

우리는 일회용 종이컵을 쓰레기통에 버린 뒤 회의실로 이동했다. 교장 선생님은 다들 휴가 잘 보냈기를 바란다는 말로 회의를 시작했다. 모두들 휴가가 끝나버려 아쉽다는 표정을 노골적으로 드러내며 어물어물 그렇다고 대답했고, 교장 선생님은 끝이면 끝이지 뭘 더 바라느냐고 했다. 그러고는 진지한 이야기를 꺼내기 위해 목청을 가다듬었다.

"여러분 중 절반이 올해 우리 학교에 새로 부임했지만 우리 학교보다 훨씬 일하기 편한 곳이 많다는 것을 모르는 분은 없을 겁니다. 우리 학생들은 아주 자율적입니다. 일부는 지나칠 정도로 자율적이지요."

교장 선생님은 분위기를 풀어주려고 헛기침을 여러 차례 한 뒤 교사들에게 각자 소개를 부탁했다. 우리는 돌아가며 자리에서 일어나 이전에 어디에서 근무했고 언제부터 이 학교에서 근무했는지 이야기했다. 우리는 십오 년, 십 년, 오 년, 이 년 전에 이 학교에 왔고 대부분 파리 외곽 지역에서 부임해왔다. 우리의 이름은 각각 바스티앵, 샹탈, 클로드, 다니엘, 엘리즈, 질, 프랑수아, 제랄딘, 자클린, 장 필리프, 쥘리앵, 린, 뤼크, 레오폴, 마리, 라셸, 실비, 발레리였다. 소개가 끝나고 우리는 확정된 최종 시간표를 기다렸다.

시간표가 배포됐을 때 기쁨의 탄성을 지른 이는 거의 없었다. 우리는 다시 교무실로 돌아와 각자 배정된 학급 목록을 들여다보았다. 사 년 전부터 이곳에서 근무한 장 필리프는 오른쪽 눈썹에 피어싱을 한 레오폴이 맡게 된 학급의 학생 명단을 손가락으로 가리키며 일일이 '착하다' 혹은 '그렇지 않다'고 말해주었다. 서른이 넘은 레오폴은 머릿속으로 상황을 계산해보았다.

디코가 다른 아이들이 다 지나간 뒤에 뒤늦게 계단에 올라섰다.

"선생님, 전 이 교실이 싫어요. 완전히 썩어빠졌어요."

"왜?"

"담임 선생님부터 그러면 안 되는 거죠."

"어서 교실로 가기나 해."

이 층 교실 앞에서 기다리고 있는 학생 중에는 덩치 큰 녀석도 하나 있었다. 프리다는 머리를 길렀고 가슴에 'Glamour'라는 빨간 글자가 약간 비스듬하게 쓰인 검은 티셔츠를 입었다. 아이들은 저마다 의자 끄는 소리를 내며 작년에 앉았던 자리를 찾아 앉았다. 중국 여학생 네 명은 오른쪽 벽에 붙은 맨 앞자리 두 줄을 차지하고 앉았다.

"다들 조용히 자리에 앉아라."

아이들은 이야기를 멈추고 자리에 앉았다.

"학기 초이니 이것만큼은 분명히 해두자. 선생님은 너희가 종이 울리면 즉시 자리에 앉았으면 한다. 자기 줄 찾아가는 데 오 분, 자리에 앉는 데 또 오 분, 거기다 수업 준비하는 데 오 분을 더하면, 결국 수업시간 십오 분을 낭비하는 셈이 된다. 낭비한 시간을 한번 계산해보자. 수업시간마다 십오 분을 허비했다고 가정하면, 일주일 스물다섯 시간 수업에 일 년 동안 총 삼십삼 주니까 다 합쳐서 삼천 분을 감쪽같이 버리는 셈이다. 다른 학교는 한 시간 내내 수업에 열중한다던데, 그런 학교 학생들과 비교하면 너희는 매년 삼천 분씩 뒤지는 셈이야. 그러면 결과는 안 봐도 뻔하겠지."

분홍색 플라스틱 귀걸이를 한 쿰바가 손가락을 올리지도 않고 말했다.*

---

* 프랑스에서는 수업시간에 질문을 하거나 말을 할 때 검지를 든다.

"선생님, 한 시간씩 수업하는 학교는 없어요, 잘은 모르지만. 오십 분이면 모를까, 절대 한 시간은 아닐걸요? 예를 들어 우리 학교는 첫 수업이 여덟시 이십오분에 시작해 아홉시 이십분에 끝나니까 한 시간은 아니잖아요."

"오십오 분이지."

"그러니까 한 시간이 아니잖아요. 선생님은 한 시간이라고 말했는데 한 시간은 아니라구요."

"그래, 네 말이 맞다. 아무튼 중요한 건 우리가 시간을 너무 많이 잡아먹는다는 거야. 지금도 계속 시간을 빼앗기고 있지 않니. 다들 종이를 꺼내 두 칸으로 나눠라."

아이들은 종이에 자신의 성과 이름, 주소, 그 밖의 신상정보를 써내려갔다. 모하메드는 왜 이런 과정을 거쳐야 하는지 이해하지 못했다.

"선생님, 이런 걸 왜 써야 하죠? 이미 교무행정 선생님한테 다 제출했는데요."

"그랬지. 이건 담임인 나 혼자 볼 거야."

나는 본격적인 수업을 뒤로 미루려고 학생들에게 열 줄가량 자기소개를 쓰라고 시켰다. 분필을 들고 칠판에 자기소개라는 말을 쓰면서 띄어 쓸까 말까 잠시 고민했다. 아마르가 가상의 자기소개를 해도 되느냐고 물었다.

"원한다면. 하지만 난 사실적인 소개가 좋을 것 같다."

"그럼 '제 이름은 아마르입니다' 라고 시작해도 돼요?"

"원한다면."

쿰바가 손가락을 올리지 않고 말했다.

"선생님, 저는 '제 이름은 아마르입니다'라고 자기소개 못 하겠는데요? '제 이름은 쿰바입니다'라고 시작할 거예요."

"너 지금 일부러 그러는 거지?"

쿰바는 코가 종이에 닿을 정도로 고개를 숙이며 웃음을 감추었다. 머리에 꽂은 분홍색 머리핀이 눈에 들어왔다. 누군가가 문을 두드렸다. 교장 선생님이 관리실장 피에르와 교무행정교사 크리스티앙과 세르주를 대동하고 문 앞에 모습을 드러냈다. 학생들이 아무런 반응을 보이지 않자 교장 선생님은 아이들에게 자리에서 일어나라고 했다.

"교실에 들어오는 어른에게 예의를 차리는 거라고 생각해야지, 모욕적인 일로 여겨서는 안 된다."

교무실 한구석에 놓인 낮은 테이블 위에 바스티앵 선생이 모두를 위해 비스킷 상자 하나를 내려놓았다. 다니엘 선생이 먼저 과자를 집어 먹었다.

"장담하는데, 시간을 들여 정신을 집중하면 서서히 잠속으로 빠져들게 된다니까. 목적은 일단 하품을 끌어내는 거야. 내가 잘 안다니까. 내가 한때 소프롤로지*도 배웠잖아. 전에는 하루에 두 시간 이상 못 잤는데, 지금은 거의 수면병 환자 수준이라고."

뒤이어 린이 개봉한 비스킷 상자에 손을 뻗었다.

---

* 산과학의 한 분야로, 의사 중심이 아닌 산모와 태아를 중심으로 임신과 분만 환경을 조성하는 방식. 요가나 복식호흡 등을 적극적으로 이용한다.

"등이 아플 때 쓸 만한 좋은 비법 혹시 알아?"

"역시 소프롤로지야."

"나는 정말이지 말도 못 할 정도로 등이 아프거든."

"나는 두통 때문에 미치겠어."

"소프롤로지가 최고라니까."

서류철 뒷면에 웃고 있는 까까머리 아기 사진을 붙여놓은 엘리즈는 다시 한번 자신의 시간표를 들여다보았다.

"금요일 오후에 연달아 세 시간 수업이라니, 정말 고맙기도 하지!"

"난 목요일이 그래."

"목요일? 목요일이면 그나마 낫지."

"맞아. 월요일 아침 여덟시부터 시작하라고 하면, 해야지 뭐."

"월요일 아침엔 애들이 잠이 덜 깬 상태라 조용하기라도 하지."

제랄딘이라는 교사는 벽에 걸린 그림 속 양산을 든 여인과 같은 위치에 똑바로 서 있었다.

"양면 복사 하는 방법 아는 사람?"

바스티앵이 모두를 대신해 대답했다.

"아마 없을걸. 하지만 과자를 먹고 싶다면 과자는 있어."

"종이 울렸나?"

질문을 던진 린은 종이 울렸다는 걸 잘 알고 있었다. 다니엘 역시.

"숙면을 취하면 모든 게 달라진다고."

아이들은 입을 굳게 다물고 내 눈치를 살폈다. 나는 근엄한 척하느라 웃음을 참았다.

"오늘은 자기소개 하는 시간을 갖도록 한다. 분량은 열 줄, 제한 시간은 오 분이다."

머리를 박박 민 남학생 하나가 손가락을 올렸다. 책상 모서리에 올려놓은, 세 번 접어 앞부분에 이름을 적은 종이 덕분에 그 아이 이름이 술레이만이라는 것을 알 수 있었다.

"그걸 왜 해야 하는데요?"

"내가 담당한 반 학생들에게 모두 시키는 거야."

"아무짝에도 쓸모없어요."

"너희를 아는 데 쓸모가 있지."

그리고 학기 초에 시간을 벌 수도 있고.

"우린 선생님에 대해 아무것도 모르잖아요."

나는 칠판에 내 이름을 적었다. 모든 아이들이 알림장에 내 이름을 받아적었다. 나는 칠판에서 세 걸음 정도 떨어져 글씨가 삐뚤어지지 않았나 확인했다. 그러면서 아무런 생각도 하지 않았다. 세 번 접은 종이에 파란색 사인펜으로 타렉이라고 이름을 적은 아이가 손을 번쩍 들었다.

"선생님은 받아쓰기를 많이 시키시는 편인가요?"

"어떻게 하면 좋겠니? 많이 할까, 아니면 하지 말까?"

"글쎄요, 그건 선생님이 알아서 하셔야죠."

"그렇다면 한번 생각해보마."

첫 줄에 앉은 밤색 머리 학생이 벌써 세 번이나 뒤를 돌아보았다. 나는 그 아이의 종이를 흘깃 쳐다본 후 아이의 이름을 불렀다.

"메주트, 수업시간엔 선생님을 쳐다봐야지."

아이는 못 들은 척했다.

"메주트, 수업시간엔 선생님을 쳐다보라고 얘기했냐, 안 했냐?"

아이는 억지로 알았다고 대답했다.

"너 수업 끝나고 좀 남아라."

나는 노란색 새틴 폴로 티셔츠를 입고 셋째 줄에 앉아 책상에 종이도 꺼내놓지 않은 채 꾸벅꾸벅 조는 아이에게 물었다.

"너, 거기, 너한테 말을 걸려면 뭐라고 불러야 하지? 이름이 뭐냐? 94라고 부르면 될까?"

"그건 제 이름이 아니에요, 선생님. 제 이름은 비앵에메예요."

"아, 그래? 난 네가 폴로 티셔츠에 이름을 이미 써놓아서 일부러 책상 위에 이름표를 올려놓지 않은 줄 알았지."

"그건 제 이름하고 아무 상관 없는데요."

"그럼 그 94는 뭐지?"

"몰라요. 숫자겠죠."

"네 말은, 그러니까 번호라는 뜻이겠지."

"네, 그거요. 숫자."

수업의 끝을 알리는 종소리는 조용한 가금 사육장에 일대 소란을 불러일으키는 효과를 가져왔다. 나는 한 눈으로 메주트의 행동을 살폈다. 메주트는 내가 아까 한 말을 까먹었길 은근히 바라는 눈치였지만, 결국 쓸데없는 위험을 자초하지 않기로 마음먹고 말없이 앞으로 걸어나와 출석부 옆에 자기소개서를 내려놓았다.

"일 년 내내 그런 식으로 행동할 거니?"

아이가 고개를 숙이고 있어서 표정이 어떤지 알 길이 없었다.

"대답 좀 해볼래? 일 년 내내 그런 식으로 행동할 거냐고."

"그런 식이 어떤 식인데요?"

"걸핏하면 뒤돌아보고, 말을 걸면 멍청하게 웃는 행동."

"이해 안 되는 게 있었단 말이에요."

"일 년 내내 그런 식으로 행동할 거니?"

"아니요."

"만약 일 년 내내 그렇게 행동하면 수업시간은 전쟁이 될 테고, 넌 그 전쟁에서 지게 될 거야. 전쟁을 선택하면 끔찍한 악몽이 시작될 거고, 올바르게 행동하면 아무 일 없이 지나갈 거다. 그럼 잘 가거라."

"감사합니다. 안녕히 계세요, 선생님."

제랄딘이 교사용 수첩에 학생들의 이름을 빼곡하게 적었다.

"3학년* 3반 맡아본 적 있어?"

고딕풍 웹사이트를 검색하는 레오폴에게 던진 질문이었다. 레오폴은 뒤도 돌아보지 않고 대답했다.

"한 번."

"어땠어?"

"그럭저럭."

"뭐, 나도 그런 편이었어. 하지만 두고 볼 일이지."

가면을 쓰고 가죽옷을 입은 아마존 여전사가 나타나 웹서핑을

---

* 프랑스의 학제는 초등학교 5년, 중학교 4년, 고등학교 3년으로 이루어진다. 그리고 중학교의 학년은 6학년, 5학년, 4학년, 3학년으로 나뉘는데, 6학년은 우리나라의 중학교 1학년에 해당하며, 3학년은 중학교 졸업반이다.

하던 레오폴을 지하세계로 초대했다.

"5학년 1반은? 맡아봤어?"

"한 번."

"어땠어?"

"그럭저럭."

"뭐, 나도 그런 편이었어. 하지만 두고 볼 생각이야. 벌써부터 불만을 쏟아내는 선생들이 있거든."

린은 무서운 속도로 돈키호테의 캐리커처를 쏟아내는 복사기 앞에서 목소리를 높였다. 나오는 종이마다 똑같은 인물이었다.

"학생들에게 TV 시리즈물을 보여줘도 문제가 되지 않는지 모르겠어."

법적인 문제가 제기되자 아무도 명쾌한 답변을 내놓지 못했다.

"사실 아이들에게 〈아스타 루에고〉*를 보여주고 싶어. 6번에서 하는 시리즈물 말이야."

제랄딘이 3학년 3반 학생 명단을 훑어보며 여학생 비율을 계산했다.

"우리 집에는 6번이 안 나와."

"정말 괜찮은 시리즈물이야."

"6번도 안 나오고 1번도 안 나와."

"조금 유치한 면도 있는데, 애들은 오히려 그걸 재미있게 느낄 수 있다고."

"언젠가 주말에 장인어른이 집에 오셨는데 1번에서 하는 뉴스

---

* 스페인어로 헤어질 때 하는 인사말이자 TV 프로그램 제목.

를 보고 싶다고 하시더라고. 그래서 죄송하지만 그 채널은 안 나온 다고 말씀드렸지."

발레리가 불평 기류를 확산시켰다.

"빌어먹을, 도대체 이것들을 어떻게 견뎌. 5학년 1반 맡아본 사람 있어?"

"한 번."

"꼭 흥분해서 날뛰는 미친놈들 같더라니까. 첫 수업에 벌써 사고 경위서를 세 장이나 썼어."

린은 겨드랑이에 커다란 카세트 녹음기를 끼고 있었다.

"말 나온 김에, 4학년 2반 아이들하고 〈아스타 루에고〉를 보면 어떨까 싶은데, 누구 그 아이들 맡아본 적 있어?"

"한 번."

"어땠어?"

"그럭저럭."

"뭐, 나도 그렇게 생각해. 두고 봐야겠지만."

눈금이 큰 작은 모눈종이.

제 이름은 술레이만입니다. 저는 학교나 교실에서는 조용하고 수줍음을 많이 타는 편입니다. 하지만 밖에서는 다른 사람이 됩니다. 활동적이지요. 외출은 잘 안 하는 편이지만 권투도장은 매일 갑니다. 장래 희망은 에어컨 설치기사입니다. 그리고 동사변화가 가장 싫습니다.

눈금이 크고 펀치 구멍이 뚫린 작은 모눈종이.

제 이름은 쿰바인데, 전 이 이름을 별로 좋아하지 않습니다. 저는 프랑스어 선생님이 영 형편없지만 않으면 프랑스어를 좋아합니다. 사람들은 제가 한성격 한다고 말합니다. 그건 대체로 사실이지만, 남들이 절 얼만큼 존중해주느냐에 따라 다릅니다.

연습장 종이.

지브릴이 제 이름입니다. 저는 말리에서 왔고 그 사실이 자랑스럽습니다. 왜냐하면 말리는 올해 아프리카 네이션스 컵 축구대회 본선에 진출하기 때문입니다. 말리는 리비아, 알제리, 모잠비크와 경기를 하게 됩니다. 저는 우리 학교가 좋습니다. 넘 소란스럽지만 않으면 선생님들이 야단을 많이 치지 않기 때문입니다. 하지만 내년이면 학교를 졸업해야 하니 아쉽습니다. 올해 3학년이기 때문입니다.

눈금이 작고 펀치 구멍이 뚫린 큰 모눈종이.

제 이름은 프리다이고 열네 살이며 어머니와 아버지와 함께 파리에 산 지도 십사 년째입니다. 오빠나 동생은 없지만 친구는 많습니다. 저는 음악과 영화, 연극 그리고 십 년 전부터 배우고 있는 고전무용을 좋아합니다. 나중에 크면 변호사가 되고 싶은데, 그 이유는 변호사가 세상에서 가장 훌륭한 직업이고, 다른 사람들을 변호하는 일은 정말 멋지다고 생각하기 때문입니다. 성격 면에서 보자면 저는 대단히 친절하고 함께 지내기 편한 사람이지만, 부모님은 제가 생각이 너무 많다고 하십니다. 하지만 가끔은 변덕을 부리곤

하는데, 제 생각에는 제가 쌍둥이자리이기 때문인 것 같습니다.

뜯어낸 자국이 남아 있는 눈금이 큰 작은 모눈종이.
　제 이름은 디코이고 저에 대해 할 말이 없습니다. 그 이유는 저를 빼고 아무도 저를 모르기 때문입니다.

다이어리에서 뜯어낸 세로줄이 쳐진 종이.
　제 이름은 상드라이고 저는 학교에 오는 게 약간 슬프기도 하지만 기쁘기도 합니다. 저는 학교를 좋아하고, 특히 프랑스어 수업과 우리가 지금 살고 있는 세계를 인류가 어떻게 만들었는지 배울 수 있는 역사 수업을 좋아하기 때문입니다. 하고 싶은 말이 아주 많지만 잠시 뒤면 선생님이 종이를 걷어갈 것입니다. 왜냐하면 자기소개를 너무 잘하고 싶어서 생각만 계속하다 이 분 전부터 글을 쓰기 시작했거든요. 그리고 문법 실수는 죄송합니다.

스프링 노트에서 뜯어낸 눈금이 작은 모눈종이.
　토니 파커는 최고의 농구 선수입니다. 글에서 그는 미국에서 뜁니다. 키는 작지만 빠르고 환상적인 3점 숫도 많이 쏩니다. 하지만 사실 그는 키가 큽니다. 그가 기자 옆에 스면 키가 작은 게 기자입니다. 이상. 메주트.

눈금이 크고 펀치 구멍이 뚫린 작은 모눈종이.
　제 이름은 힌다이고 저는 열네 살이고 저는 사는 게 행복합니다. 나중에 커서 가르치는 사람이 되고 싶습니다. 유치원에서 일하면 더욱 좋고요. 그러면 일이 별로 없기 때문입니다. 종이와 매직펜 하나면 하루가 다 가거든요. 아니요, 농담입니다. 제가 아이들을 너무 좋아하기 때문입니다. 그리고 연애소설도 좋아합니다.

눈금이 큰 작은 모눈종이.
제 이름은 밍입니다. 저는 열다섯 살이고 중국에서 왔습니다. 주소는 75019 낭트 가 34번지이고 부모님과 함께 삽니다. 학교는 친구들과 함께 다녔고, 지금은 4학년 2반에 다니고 있는데 수업이 조금 힘듭니다. 제가 프랑스어를 잘하지 못하기 때문입니다. 저의 좋은 점은 착하고 노력을 많이 합니다. 저의 나쁜 점은 호기심이 아주 많습니다.

도화지 반 장.
제 이름은 알리사이고 열세 살입니다. 무릎에 문제가 좀 있는데 제가 너무 빨리 커서 그렇다고 합니다. 프랑스어는 제가 어떻게 생각하는지 잘 모르겠습니다. 가끔은 좋기도 하지만 가끔은 대답도 없는 질문을 하는 게 아무런 의미도 없다는 생각이 듭니다. 저는 나중에 구호활동을 하는 의사가 되고 싶습니다. 언젠가 구호활동 하는 의사 선생님이 그 직업에 대해 하는 말을 들었는데, 그때 그게 바로 제가 해야 할 일이라는 생각이 들었기 때문입니다. 더는 말하지 않겠습니다. 선생님이 직접 저를 보고 판단하시기 바랍니다.

책상 사이를 어슬렁거릴 때, 굳이 들여다보지 않았는데도 아이들은 내가 지나갈 때마다 하나같이 팔꿈치로 공책을 가렸다. 지겨운 시간의 연속이다.

"자, 그럼 틀린 부분을 고쳐보자. 여기 '무엇무엇 한 후에'가 포함된 문장이 있다. 하디아, 네가 뭐라고 썼는지 말해주겠니?"

핑크색 하트가 그려진 검정 플라스틱 귀걸이를 단 하디아가 대답했다.

"그는 학교에 들를 후에 집으로 돌아왔다."

나는 하디아가 불러준 문장을 칠판에 쓴 다음 뒤로 몇 발짝 물러났다.

"자, 이 문장에서 문제가 뭐지?"

가슴에 'Los Angeles 41'이라는 로고가 박힌 스웨트 셔츠 차림의 하디아는 아무 말이 없었다.

"내가 어제 수업시간에 '무엇무엇 한 후에' 앞에는 직설법을 사용한다고 말했다. 왜냐고? 접속법은 가정이나 아직 이루어지지 않은 불확실한 행위를 설명할 때 사용하기 때문이지. 메주트, 접속법의 예를 한번 들어볼까? 여기 앞을 보고 말해주겠니?"

"질문이 뭔지 잘 모르겠는데요, 선생님."

"집중하고 잘 들으면 아주 쉽다는 걸 알게 될 거다. 생티아가 말해볼까?"

'Pink'라는 분홍색 글자가 쓰인 검정 티셔츠를 입은 생티아가 말했다.

"지금 가야만 한다. 어, 그러니까, 지금 학교에 가야 할 것이다."

"잘했다. '무엇무엇 한 후에'라는 표현을 사용할 때 우리는 그

행위가 이미 일어났다는 것을 확실히 알지. 그래서 직설법을 사용하는 거야. 그러면 이건 어떻게 고쳐야 하지? 생티아가 또 말해 볼까?"

'Pink'의 대답이 이어졌다.

"어…… 그는 학교에 들렀던 후에 집으로 돌아왔다."

나는 생티아가 말하는 대로 칠판에 적었다.

"자, 직설법은 아주 잘 사용했다. 하지만 하디아가 불러준 문장처럼 작은 문제가 하나 있다. 바로 시제 문제인데, 여기서는 단순 과거를 사용하지 않는다. 주로 복합과거를 사용해. 그럼 어떻게 고쳐야 하지?"

'Pink'가 대답했다.

"어…… 그는 수영장에 들른 후에 돌아왔었다."

"그래, 아니, 그게 아니지. 뒤에 나오는 동사를 복합과거로 표현해야지."

"어…… 그는 수영장에 들른 후에 돌아왔다."

"조동사에 유의해야지. être 동사와 avoir 동사를 구별해서 써야 해."

"어…… 수영장에 들러……"

"아니, 아니지!"

"어……"

"생티아, 넌 분명히 알고 있어."

"어…… 그는 수영장에 들른 후에 집으로 돌아왔다."

"그렇지."

바로 그때 알리사가 자리에서 일어났다.

"저기, 선생님, 꼭 그렇지는 않잖아요. '무엇무엇 한 후에'를 사용한다고 해서 전부 이미 일어난 일은 아니잖아요."

빌어먹을.

"무슨 말을 하고 싶은 거지?"

"그니까, 예를 들어 제가…… 뭐라고 하지? 아무튼 '무엇무엇 한 후에 넌 밥을 먹어야 할 거야'라고 말하면, 그때 그 사람은 아직 무슨 행동을 한 게 아니잖아요. 그러니까 보통 접속법을 사용할 수 있지 않나요?"

"맞는 말이다. 그런 경우에는 접속법을 사용할 수 있지. 아, 아니, 사용할 수 없어. 그런 경우에는 좀 우스운 시제이긴 하지만 전미래를 사용해야 해. '운동을 끝낸 후에 밥을 먹어야 한다.' 이런 식으로."

"앞뒤가 맞지 않아요."

"그렇게 말할 수도 있겠지. 하지만 '무엇무엇 한 후에'라는 표현을 제대로 사용할 줄 아는 사람은 아무도 없어. 모두 실수를 해. 그러니까 그 문제로 머리가 깨지도록 고민할 필요는 없다."

나는 잠을 제대로 자지 못했고, 아이들은 거의 잠든 상태였다. 노크도 없이 갑자기 문이 열리면서 상드라가 나타나자, 교실에는 일대 소란이 벌어졌다.

"안녕하세요."

이 인사말은 지각한 게 죄송해서가 아니라 당장 무슨 말이라도 해야 해서 나온 말 같았다. 상드라는 즉시 교실 뒤로 향했고, 평소

앉았던, 누굴 닮았는지는 모르지만 어쨌든 누굴 닮은 힌다의 옆자리를 지나쳤다. 힌다는 오늘따라 유난히 우울해 보이고 반짝거리던 검은 눈동자는 총기가 사라져버린 듯했다. 상드라는 수마야가 혼자 앉아 있는 맨 마지막 줄 책상에 가방을 내려놓고 아일랜드에서 휴가를 보내라는 광고 포스터 아래에 앉았다.

"왜 마음대로 자리를 바꿔 앉은 거지?"

"그런 게 있어요."

"그렇지. 그렇게 설명하면 잘도 알아듣겠구나."

"말할 수 없어요."

"일급기밀이라도 되는 모양이지?"

"다른 말로 하면 뭐죠?"

"그러니까, 국가기밀이라도 되는 모양이지?"

"국가기밀이요?"

"그러니까 아주아주 비밀스러운 비밀 말이다."

"아, 네."

나는 지난 시간에 아이들에게 현재시제를 사용해 일반적인 진리에 관한 격언을 하나씩 만들어오라고 했다. 손으로 입을 막고 키득거리는 아르튀르를 따라 지브란이 뭔지도 모르면서 입을 막고 키득거렸다.

"지브란, 말해보겠니?"

"뭘요?"

"네가 만들어온 격언 말이다."

"제가 만들어온 뭐요?"

"격언."

"몰라요. 그게 뭔데요?"

"내가 오늘 숙제로 해오라고 말한 것."

문을 두드리는 소리가 나더니 모하메드 알리가 들어왔다. 'Trendy 89 Playground.'

"내가 들어오라고 했나?"

"아니요."

"그런데도 문을 열고 들어왔고?"

"그럼 다시 나갈까요?"

"아니, 아니야. 됐다. 뭐 할 말이라도 있니?"

"규율 선생님 앞에 서서 앞으로 지각해서는 안 되겠다고 생각한 게 다예요."

"그래, 무슨 이유로 지각한 거지?"

"엘리베이터 때문에요."

"너무 느려서?"

"아니요. 항상 중간에 멈춰요."

"끔찍했겠구나."

"아니요, 괜찮았어요. 그냥 편안했어요."

지네브는 이 분 전부터 손가락을 세우고 있었다. 분홍색 스카프를 세모꼴로 머리에 두르고 똑같은 색의 플라스틱 귀걸이를 한 채.

"제가 만들어온 격언 읽어도 돼요?"

"읽어봐라."

"잘했는지는 모르겠어요."

"괜찮아, 읽어봐."

"미리 말씀드리지만 잘했는지 정말 모르겠어요."

"들어보자."

"너를 죽이지 않는 것은 너를 강하게 한다."

"잘했다."

모하메드 알리가 막 자리에 앉았다. 'Trendy 89 Playground.'

"선생님, 전 동의할 수 없어요. 예를 들어 두 다리가 부러지면 죽지는 않지만 강해지지도 않잖아요."

"가장 좋은 방법은 멈춰 선 엘리베이터 안에 가만히 앉아 있는 거겠지. 그러면 아무 일도 일어나지 않잖아."

힌다는 손가락을 올리고 있었지만 총기는 온데간데없었다.

"말해볼래?"

"친구를 배신하는 건 자기 자신을 배신하는 것이다."

벽에 금이 갈 정도로 큰 소리가 터져 나왔다. 상드라였다.

"넌 그런 말 할 처지가 아닐 텐데."

수마야도 덩달아 한마디 했다.

"너부터 그렇게 살아봐. 나머지는 두고 보자고."

내가 모르는 누군가를 닮은 힌다는 친구들의 모욕적인 발언은 귀에 담으려고도 하지 않았다.

"또 준비해온 사람?"

아일랜드에서 휴가를 즐기자는 포스터 아래에 있던 상드라가 말했다.

"다른 사람에게 존중받으려면 너부터 다른 사람을 존중해."

"지금 나한테 반말하는 거냐?"

"아니요. 준비해온 격언이에요."

"그랬기를 바란다."

팡제와 밍은 마치 그래야만 하는 것처럼 한 책상에 나란히 앉아 있었다. 나는 두 아이가 프랑스 문화를 어느 정도 이해하는지는 알아보지 않고 이름만 눈여겨보아둔 터였다. 이제야 그 문제를 생각해낸 나는 혹시 두 아이가 아무것도 이해하지 못해 손바닥 위에 올려놓은 고슴도치처럼 잔뜩 웅크리고 지내는 건 아닐까 걱정되었다. 나는 첫번째 연습문제를 내준 다음 두 아이의 어깨 너머로 고개를 내밀고 지켜보았다. 그 아이들이 써내려가는 문장은 학급의 다른 아이들과 수준이 비슷했지만 문법 부분은 마치 기계처럼 생각 없이 옮겨적는 듯했다.

나는 답을 맞추느라 아이들의 책상을 한 바퀴 둘러본 뒤 다시 중국 학생들 쪽으로 돌아왔다. 이제 정말 확인해야만 했다. 밍은 별로 당황하지 않았다. 강한 억양으로 문장을 읽던 밍은 '짐을 지웠다'라는 과거시제에서 잠시 머뭇거리다 정확한 동사변화를 찾아냈다.

수업이 끝날 무렵, 밍은 반과거가 사용된 동사를 찾아내는 문제에 자발적으로 나서기까지 했다. 아이는 '떨어졌다(était tombé)'라고 답했다. 나는 뒤에 따라 나오는 분사는 보조 역할만 하기 때문에 엄밀히 말해 동사라고 볼 수 없다는 지적을 굳이 해가면서까지 아이의 답에 토를 달지는 않기로 했다. 분명히 다들 모를 거라고 확신했다. 어느 학생도 반론을 제기하지 않았지만 승리의 쾌재를 부를 수는 없었다. 머리를 뒤로 묶은 프리다가 의심스럽다는 듯 교활한 눈빛을 보냈기 때문이다.

"선생님, être 같은 조동사는 제대로 된 동사가 아니잖아요. 뒤에 tombé가 있으니까 être가 아니라 tomber가 동사가 되는 거 아니에요?"

"맞는 말이지만 être 동사는 조동사일 때도 동사변화를 해. 그러니까 결국 être 동사도 동사로 볼 수 있지."

"그럼 tomber가 본동사예요, être가 본동사예요?"

"둘 다라고 볼 수 있지."

"이런 경우를 바로 딜레마라고 하는 거야. 그런데 이번 같은 경우는 결과가 아주 참담하지. 모두 패자가 되기 때문이야. 한편으로는 실존이라는 것이 있어. 실존이란 뭘까? 병, 고통, 주변 사람들의 죽음, 그 외에 많은 것이 있지. 그 모든 걸 다 견뎌내야 해. 다른 한편으로는 죽음이라는 게 있어. 한마디로 무(無)의 세상이야, 신을 믿지 않는 사람들에게는. 전체적으로 보면 고통을 받든가, 아니면 죽든가 하는 거지. 결국에는 두 단계 모두 필연적으로 거치게 될 테지만. 자, 'to be or not to be'를 대충 설명하자면 바로 이런 뜻이다. 고통 속에 사느냐, 아니면 존재하지 않느냐, 다시 말해 죽느냐 사느냐. 네 질문에 답이 된 것 같니, 리디아?"

모하메드가 갑자기 끼어드는 바람에 리디아는 선의의 거짓말을 하지 않아도 되었다.

"선생님은 존재하는 게 좋으세요, 존재하지 않는 게 좋으세요?"

"그것이 문제로다."

"전 존재하는 게 좋아요."

"전적으로 옳은 말이다. 하지만 우리는 수업을 계속해야지."

근접미래의 의미를 지닌 현재형의 예를 들기 위해 나는 칠판에 '빌은 내일 보스턴으로 떠난다'라는 문장을 적었다. 지브릴이 질문해도 되냐는 양해도 없이 끼어들었다. 왼쪽 가슴의 방패꼴 삼각형 로고 아래에 작은 글씨로 'Adidas 3'이라고 쓰인 옷을 입은 학생.

"선생님은 왜 매번 빌이나 뭐 그런 비슷한 이름만 쓰세요?"

"할 말이 있으면 손가락을 올려야지."

지브릴은 시키는 대로 따랐다.

"왜 매번 빌이나 뭐 그런 비슷한 이름만 쓰세요? 잘 모르겠지만 라시드 같은 이름은 왜 한 번도 나오지 않죠?"

문제가 될 소지를 은근히 빠져나가려던 내 전략이 통하지 않았다는 생각에 기분이 좀 상했다.

"전 세계 사람들의 이름을 모두 인용해야 한다면 아마 절대로 수업을 끝낼 수 없을 거다. 그래도 뭐 아무려면 어떻겠냐. 지브릴을 위해 라시드로 바꿔보자."

교실 구석에서 누군지 모를 목소리가 라시드라는 이름은 형편없다고 중얼거렸지만, 이미 내 손은 칠판에 적힌 빌이라는 이름을 지우고 라시드라는 글자를 적고 있었다. 라시드는 내일 보스턴으로 떠난다.

질이 물컵에 납작한 알약 하나를 떨어뜨렸다. 복사기와 실랑이를 벌이던 실비가 말했다.

"좀 피곤해 보여."

"그런가? 모르겠어."

질은 말을 할까 말까 망설이다 이야기를 꺼내봐야 더 피곤해질 거라고 생각하면서도 결국 털어놓았다.

"4학년 때문이야. 벌써부터 성대가……"

그는 엄지와 검지로 목울대를 두 번 주무르는 것으로 자신의 말을 대신했다. 레오폴은 양쪽 귀 위쪽에 피어싱을 했다.

"겨우 그 정도로? 5학년 1반을 한번 겪어봐!"

엘리즈도 거들고 나섰다.

"완전히 미친놈들이야. 오늘 아침에만 경위서를 네 장이나 썼다니까. 계속 이런 식이면 나는 정말 끝장이야. 작년에는 혈압이 7이나 떨어졌어. 또다시 그렇게 되긴 싫다고. 정말로!"

마리는 동전을 자꾸만 뱉어내는 커피자판기에 벌써 세번째 동전을 집어넣고 있었다.

"오십 상팀짜리 동전 있는 사람?"

질이 물컵에 떨어뜨린 알약이 물에 녹아들며 기포를 내기 시작했다.

"4학년에도 골치 아픈 아이들이 있어. 하디아 같은 애는 정말이지 같이 수업하고 싶은 마음을 싹 사라지게 만든다니까."

교무실 구석에 앉아 있던 장 필리프가 미소를 지어 보였다.

"하디아가 아랍어로 무슨 뜻인지 알아? 고요한 기품이라는 뜻이야."

물에 알약이 녹아 탄산수처럼 되자 질은 한 번에 들이켰다. 바스티앵이 질에게 과자를 먹고 싶은지 물었다.

"비스킷도 같이 먹을래?"

"아무튼 변하는 건 아무것도 없을 거야."

발레리가 무릎 위에 화려한 색의 잡지를 펼쳤다. 옆에 앉아 있던 클로드도 잡지를 곁눈질했다.

"내 별자리는 전갈자리야. 그래서 좀 느긋한 편이면서 동시에 적당히 신경질적이기도 해."

"난 쌍둥이자리."

"이런, 상승궁은 뭔데?"

"사자자리."

"아, 그러면 한성질 하시겠군그래."

"왜?"

"사자 상승궁은 그런 편이야. 자존심이 강하거든."

"그래? 전갈자리는 또 어떻고. 조심하라고."

"전갈은 순수해."

"그렇겠지."

"음, 쌍둥이자리라고 했지?"

"응."

"쌍둥이자리는……"

"쌍둥이자리는 어떤데?"

"그러니까 쌍둥이자리인 사람은 좀…… 부지런하거나 용맹스러운 면이 없는 것 같아…… 여기에 있다가도 순식간에 저기로 가는 그런 성격 있잖아. 자연스럽지가 못해."

"그런 식으로 움직이는 건 물고기자리 사람이야."

"아니야. 쌍둥이자리는 다소 이중적이라고 해야 할까. 그렇지 않아? 자기도 좀 이중적인 면이 있지 않아?"

"그래, 맞아. 낮에는 중학교 영어 선생이지만, 밤에는 연쇄살인 범으로 변하지."

  학생들은 숨을 죽이고 조용히 있었다. 진학상담교사는 3학년 과 정을 마친 후 가능한 진학 경로를 상세히 설명하면서 갖가지 질문을 던졌고, 그 질문에 아무나 되는대로 짧게 답했다. 상담교사는 그 답변들로 설명을 듣는 아이들의 생각이 잘못되었음을 확인하고는 칠판에 그려놓은 도표를 보여주며 보충 설명을 했다.
  "2학년* 진학 과정은 크게 두 가지로 나뉩니다. 직업 계열과 인 문 이공 계열입니다. 직업 계열은 왜 이런 이름이 붙었을까요?"
  "취업과 관련된 교육을 하니까요."
  "맞습니다. 직업반 교육은 가능한 한 단시간 내에 취업하는 것 을 목표로 합니다. 즉 전문기술 교육을 우선으로 하지요."
  아무도 전문기술이 구체적으로 무엇인지 물어볼 생각이 없었다.
  "예를 들어 1학년 인문 이공 계열 학생들이 경제법에 관해 전반 적인 공부를 하는 데 비해 직업 계열 학생들은 비서 업무 전문기술 자격증 과정에서 상업용 서한 작성법을 배우는 식이지요."
  아무도 경제법이 구체적으로 무엇인지 물어볼 생각이 없었다. 졸고 있는 지브릴의 운동복 등에는 5라는 숫자 위로 '지브릴'이라 는 이름이 반원을 그리며 쓰여 있었다. 디앙카와 포르튀네는 내 쪽 에선 안 보이는 창밖의 뭔가를 보며 키득거렸다. 나머지 아이들은

─────────
 * 고등학교 1학년에 해당하는 학년.

상담교사의 설명을 경청했다.

"학기 말이 되면 여러분이 가고 싶은 고등학교에 지원서를 작성해 제출해야 합니다. 그러니까, 여러분의 성적에 따라 갈 수 있는 곳을 골라야 한다는 겁니다. 여기 가로좌표, 세로좌표가 있는데 가로 쪽에는 앞으로 하고 싶은 걸 써넣고, 세로 쪽에는 실제로 할 수 있는 걸 써넣는 겁니다. 한마디로 꿈과 현실 사이에서 적절한 타협점을 찾아야 한다는 거죠."

상담교사는 칠판에 두 단어를 각각 적고 가운데에 줄을 그어 나누었다.

"여러분이 적절한 타협점을 찾으면 교장 선생님이 학급지도교사들의 선택을 마지막으로 승인하게 됩니다. 그 외의 절차는 여러분의 몫입니다."

아무도 승인이라는 단어의 뜻이 무엇인지 물어볼 생각이 없었다. 상담교사가 그 자리에서 기입해야 하는 초록색 서류를 나누어주었다. 꿈/현실. 나는 서류를 걷기 위해 움직였다. 황은 어디서부터 시작해야 할지 몰라 쩔쩔매며 질문지를 들고 이것저것 물어보았다. 어머니 직업란에는 방직기술자라고 적었다.

"과제물을 제출한 스물네 명 가운데 '실존의 의미'라는 표현을 이해한 학생은 두 명뿐이다. 자, 실존의 의미란 과연 무슨 뜻일까?"

'Love Me Twice'라는 검은 글자가 찍힌 분홍색 티셔츠를 입은 프리다가 대답했다.

"우리가 존재하는 이유를 뜻합니다."

"말하고 싶을 때는 손가락을 올려야지. 그래, 그럼 우리가 존재하는 이유가 뭐지?"

뒷줄에 앉은 남학생 네 명이 딴청을 부렸다.

"케빈, 실존의 의미가 너한테는 별 의미 없어 보이는구나."

"뭐요?"

"선생님한테 '뭐요?'라고 하면 안 되지."

"뭐라고 하셨어요?"

"네가 실존의 의미에 별 관심이 없어 보인다고 했다."

"관심 있어요."

"그래? 그럼 그게 뭐지?"

"잘 모르겠는데요."

"다른 아이들의 발표를 경청하면 알게 될 거다. 프리다, 존재에 어떻게 의미를 부여하는지 설명해줄 수 있겠니?"

프리다는 머뭇거리지 않고 곧바로 대답했다.

"글쎄요, 예를 들어 신을 믿는 거, 그런 거요."

"그래, 좋은 예다. 신을 믿는 사람에게 그건 존재에 의미를 부여하는 하나의 방법이지. 그럼 신을 믿지 않는 사람은 어떻게 하지?"

뒷자리의 남자아이 네 명은 여전히 딴청을 피웠다.

"케빈, 총으로 자신을 쏘아 자살하는 게 낫겠다고 생각하는 사람에게 무슨 말을 해주면 좋을까?"

"잘 모르겠는데요."

"그냥 그렇게 하도록 내버려둘 거야?"

리디아가 손가락을 올리지 않고 끼어들었다.

"남을 돕는 일도 의미가 있어요."

"하고 싶은 말이 있으면 손가락을 올려야지. 남을 돕는다, 어떻게 도울 거지, 리디아?"

"글쎄요, 먹을 걸 줘요."

"그래, 그렇지. 잘했다. 이를테면 인도주의적 구호활동이라고 불리는 행동을 통해 쓸모 있는 일을 할 수도 있어. 또다른 의견은?"

리디아가 미소를 지었다.

"뭔가를 가르쳐줘요."

"누구에게?"

"다른 사람들에게요."

"그렇다면 선생님들은 인생의 의미가 있다는 말이니?"

"당연하죠. 선생님들은 사명을 가지고 있잖아요."

"네 말은, 선생님들은 그 임무를 위해 이 땅에 태어났다는 거니?"

"아마도요. 잘 모르겠어요."

왼쪽 첫째 줄에 앉아 있던 디코가 긴 침묵에서 깨어나 말했다.

"말도 안 되는 소리 하고 있네. 그럼 선생님은 태어날 때부터 선생님이 되고 싶었단 말이에요?"

"아니. 그런 생각 한 지 이삼 년 정도밖에 안 됐는걸."

디코가 리디아 쪽으로 고개를 돌리고 말했다.

"거봐요, 쟤 말은 말도 안 돼요."

개인별 학습 지도 시간이 시작되자 나는 아이들에게 오늘 해오기로 한 알림장에 적은 숙제 목록을 읽어보라고 했다. 약간 못생긴 편인 소피안이 미술 시간에 받아적은 지시사항을 읽기 시작했다.

자신 없는 소피안의 목소리는 들릴 듯 말 듯했다. 결국 숙제로 무엇을 해야 하는지 제대로 받아적지 못했던 것이다. 내가 예상했던 것처럼. 받아적은 내용을 다시 한번 읽어보라고 시키자 여전히 단어 몇 개를 건너뛰고 읽었다. 나는 월요일부터 성가신 일이 시작됐다고 생각하며 소피안의 알림장을 무뚝뚝하게 들어올렸다. '신빙성 있는'과 '상상해서 만들어오기'라는 문구 사이에 쓰인 단어는 정말 알아볼 수가 없었다. 'Unlimited 72'라는 문구가 가슴에 적힌 옷을 입은 유수프가 그 단어는 '시나리오'라고 대신 해독해주었다. 나는 다시 소피안을 바라보았다.

"유수프는 시나리오라고 적었는데 너는 어쩌다 적지 못했지?"

"모르겠네요."

"시나리오는 너도 아는 단어 아니니? 그 단어 몰라?"

"모르는데요."

"시나리오를 모른다고? 너희 설마 시나리오가 뭔지 정말 모르는 건 아니지?"

아무도 내 확신을 지지해주지 않았다.

"시나리오를 모른다고? 너무들 하는군!"

결국 엘리가 머뭇거리던 입술을 떼고 설명을 시작했다.

"일종의 이야기 같은 거예요."

"그래, 그거야, 이야기. 장면이 아니라 이야기. 영화를 촬영하기 전에 감독은 이렇게 두꺼운 책 같은 걸 하나 들고 있어. 그 책 속에는 등장인물의 행동이 쓰여 있고 대사도 쓰여 있지. 그러면 '신빙성 있는 시나리오 상상해서 만들어오기'란 무슨 뜻일까? 미술 선생님이 너희에게 원한 게 뭐지?"

이번에는 옐리조차 입을 다물었다. 두 다리가 교단 밑으로 푹 꺼지는 느낌이었다.

"'신빙성 있는'이라는 말이 무슨 뜻이지?"

모디는 그 뜻을 알고 싶었을 것이다. 손을 들고 말하고 싶었을 것이다. 하지만 그 대신 단어 몇 개만 던졌을 뿐이다.

"흥미로운? 현명한? 진지한?"

"그래, 그렇지. '진지한'과 비슷하지만 좀더 구체적이야. '신빙성 있는(crédible)'은 '믿다(croire)'라는 동사에서 파생되었기 때문에 '뭔가 믿을 수 있는 것'을 의미해. 예를 들어 지각한 모디가 선생님한테 세면대에서 튀어나온 화성인 무리를 제압하고 오느라 늦었다고 말한다면, 선생님은 모디의 변명에 신빙성이 없다고 말할 거야. 반대로 늦잠을 자는 바람에 늦었다고 한다면, 믿지는 않겠지만, 신빙성이 있다고 말할 수 있어. 자, 이제 '신빙성 있는 시나리오 상상해서 만들어오기'가 무슨 뜻인지 다들 알아들었겠지?"

몇몇 아이들이 고개를 끄덕였지만, 아니라는 대답과 거의 구분하기 힘들 정도였다.

"너희는 어떤 이야기를 상상해왔어야 하는 거야. 하지만 어제 잠에서 깨어보니 다리가 여덟 개 생겼다는 둥, 마요네즈 소스에 버무린 펭귄의 귀를 먹기 위해 커다란 버섯 속에 숨었다는 둥의 터무니없는 이야기는 안 된다는 거지. 그러니까 미술 선생님은 너희가 터무니없는 이야기를 지어올까봐 걱정했던 거야. 그게 전부라고. 그래서 신빙성 있는 이야기를 만들어오라고 했던 거지. 자, 이게 바로 오늘 너희가 숙제로 해와야 했던 내용인데, 지금껏 아무것도 몰랐다면 숙제는 도대체 어떻게 한 거지?"

상황에 맞게 책상이 배치된 교무실은 예정된 시간인데도 사람이 없어 휑뎅그렁했다. 곧 선생들이 천천히 모이기 시작했다. 몇몇은 자리를 잡으러 U자형으로 붙여놓은 테이블 주변을 돌아다녔다. 테이블 맨 끝에서는 교장 선생님이 이미 토론을 시작한 상태였다.

"모든 절차가 법이 규정한 대로 진행된다면 외국인 신입생은 원칙적으로 프랑스어 집중 수업을 거쳐야 합니다. 그 뒤에 외국 학생을 위한 특별반에 배정받게 되는데, 그 시기에 외국어로서 프랑스어 혹은 제2외국어로서 프랑스어 수업을 따라갈 수 있으면 평범한 일반 중학교로 편입이 가능합니다."

마리가 발언권을 이어받았고, 반론을 제기하는 사람은 없었다.

"혹시 중국 학생 외에 다른 비프랑스어권 학생을 위한 단체를 아는 사람 있어요? 그런 학생이 6학년에 있어서요."

교장 선생님이 근심 어린 표정을 지었다.

"문제는 그런 학생을 위한 자리가 턱없이 부족하다는 겁니다. 우리는 우선권을 중시할 수밖에 없으니까요. 그런 학생이 열 명 정도 되면 학급 하나를 신설할 수 있습니다. 하지만 그렇게 될 때까지는 다수인 학생에게 우선권이 돌아가지요. 여러분의 학생 구성도를 보면 알겠지만 중국 학생의 수가 가장 많죠."

마리는 교장 선생님의 위트 넘치는 지적에 아무런 관심이 없다는 듯 다시 아이들의 과제물 채점에 열중했다. 클로드는 고개조차 돌리지 않았다. 바로 그 옆에서 양쪽 눈썹에 피어싱을 각각 세 개씩 한 레오폴이 파일 하나를 펼쳤다. 파일 중간에 포스터 하나가 있었다. 커다란 눈 가에 시커멓게 검댕 칠을 한 뱀파이어가 눈에 들어왔다.

"누구야?"

레오폴이 낮은 목소리로 이탈리아 이름 하나를 말했다.

"장르가 뭔데?"

"헤비메탈."

"이탈리아 메탈 그룹도 있어?"

"당연하지. 이 그룹은 거의 유럽 최고로 꼽혀."

교장 선생님의 말은 끝날 줄을 몰랐다.

"그래서 하는 말인데, 혹시라도 수업이 몰려 아이들 가방이 무거워지는 날이 있을 경우 그 부담을 덜어줄 방법을 찾아보자는 겁니다."

그 의견에 발레리와 클로드, 다니엘이 관심을 보였다.

"먼저 아이들이 학교에 불필요한 물건을 가져오는 것부터 고쳐야 해요."

"꼭 필요한 물건만 챙기는 법을 가르쳐야 할 것 같아요."

"교실에 아이들이 쓸 수 있는 교과서를 비치하는 게 좋을 것 같아요."

레오폴은 파일 뒷면에 고딕체로 베껴 적은 노래 가사를 읽고 있었다.

"내용이 뭐야?"

"자살하기 전에 남긴 편지야."

"가수가 자살했어?"

"당연히 아니지. 이렇게 노래를 부르고 있는데."

"아, 그렇네. 내가 멍청한 소리를 했군!"

교장 선생님의 말씀은 여전히 계속되었다.

"벌점 제도의 장점은 운전면허증과 같다고 보면 됩니다. 학생들은 언제 자신에게 제재 조치가 떨어질지 미리 계산할 수 있기 때문에 어느 순간부터 행동을 자제하게 됩니다. 단점 역시 운전면허증과 같다고 볼 수 있지요. 벌점에 여유가 있을 경우 학생들이 자기 마음대로 행동할 소지가 있다는 겁니다. 한 번에 벌점을 모두 깎아버리는 제재 조치를 만들어야 할지도 모르겠습니다. 하지만 그런 경우라도 점수를 모조리 없애버릴 수는 없겠지요. 그래서 복잡한 겁니다."

교장 선생님은 나긋나긋하던 목소리에 힘을 실으며 목청을 높였고, 그 덕분에 소곤거리던 말소리가 줄어들었다. 그는 별 의욕 없이 한두 가지 정도 안건을 내놓은 뒤 그룹별로 나뉘어 안건의 초안을 만들기 전에 잠깐 쉬자고 했다. 쏟아지는 제안들로 교무실은 닭장을 방불케 할 정도로 소란스러워졌다. 잠시 후 주위가 조용해졌고, 사람들은 느릿느릿 의자를 뒤로 밀며 일어나 나갔다.

자클린과 샹탈은 화장실에서 번갈아 세면대를 썼다.

"몇 시까지 계속할 것 같아?"

"어찌 됐건 난 아이들 데리러 학교에 가야 해."

"젠장, 종이 타월이 없잖아."

나는 복도 끝으로 향했다. 관리직 직원들은 이미 퇴근한 뒤였다. 막대설탕 하나를 슬쩍 집어들고 타월을 찾기 위해 철제 찬장 문을 열었다.

"1부터 시작하십시오."

나는 거창한 목소리가 들려오는 방향이라 짐작되는 문 쪽으로 고개를 돌렸다. 하지만 말을 한 사람은 그 반대편에, 창문을 통해 들어오는 햇빛을 받으며 서 있었다. 마치 그림자처럼.

"100까지 세기 위해서는 1부터 시작해야 합니다. 1을 빼먹으면 셈이 바르게 되지 않지요."

나이를 짐작할 수 없는, 처음 듣는 목소리였다.

"1이 100을 보장해주는 건 아니지만 1이 없으면 100도 없는 법이지요."

그는 파란색 줄무늬 타월 하나를 찬장 선반에서 꺼내 내 가슴팍에 내밀었다.

"하나, 둘, 셋, 넷, 다섯, 여섯, 일곱, 여덟, 아홉, 열, 열하나……"

교무실로 다시 돌아오는 동안 머릿속에서 숫자가 계속 맴돌았다. 휑하던 U자형 테이블은 휴식시간이 끝나고 돌아오는 교사들로 점점 차기 시작했다. 한 손에 코코아 잔을 들고 돌아온, 스물하나, 스물둘, 스물셋, 린이 말없이 웃으며 좋은 계획안이 떠올랐냐고 물었다.

"우선 중심이 되는 가이드라인을 정하고 그에 맞는 구체적 실천 방안을 찾아야 할 거야."

스물아홉, 서른, 하나둘씩 천천히 교무실로 돌아오고 있었다. 다들 휴식시간이 끝난 걸 모르는 척하며 조금이라도 늦게 들어오려는 속셈이었다.

"뭘 어떻게 해야 하지?"

"무슨 말을 해야 하는 거지?"

서른넷, 서른다섯, 다시 자리에 앉은 제랄딘은 회의 보고서를 쓰겠다며 자청하고 나섰다. 라셀이 회의를 속개했다.

"무례하고 몰상식한 행동을 줄일 방안이 있으면 좋겠어요. 얼굴만 맞대면 서로 욕설을 주고받는 아이들이 있는데, 적발될 때마다 벌을 줘야 해요."

"최신유행 비속어 사전을 복사해서 매번 아이들이 해석하게 만들어야 해요."

"그런 것도 있어요?"

"외곽이나 변두리에서 주로 사용하는 표현을 모아 설명해놓은 사전이에요. 예를 들어 바타르*라는 말을 써야 할 때 그쪽에서는 파캥**이라고 말하죠."

클로드는 대세인 분위기에 맞서기라도 하듯 웃지도, 좋다고 맞장구치지도 않았다.

"가장 큰 문제는, 다들 같은 의견이겠지만 5학년이에요. 뭔가 그 아이들하고 소통할 방법을 찾아야 해요."

질이 오후 들어 처음으로 입을 열었다.

"유감스러운 일이지만 작년에 그대로 둔 게 화근이 된 것 같아요. 작년에 6학년 아이들이 개차반이었을 때 두세 번 징계만 주었어도 지금보단 나았을 거라고요."

바스티앵이 허겁지겁 비스킷을 집어먹고는 발언권을 주는 제랄딘에게 양해도 구하지 않고 끼어들었다.

"교사들의 그런 유약한 반응이 아이들에게 각인되었기 때문에

---

* '사생아'라는 뜻으로, 주로 호래자식, 호로새끼 등의 의미로 사용되는 속어.
** '미천한 놈' '상놈'이라는 뜻으로, 주로 도시 외곽 지역에서 쓰는 욕설.

끊임없이 도전하는 겁니다."

발레리 역시 발언권을 주는 제랄딘에게 양해를 구하지 않고 끼어들었다.

"그래도 그렇지, 선생님은 그 빌어먹을 아이들이 그런 짓거리를 하는 이유가 제대로 이해하는 게 아무것도 없어서라는 걸 알잖아요. 오히려 그런 아이들은 예외로 두고 나머지 아이들과 처음부터 다시 시작하는 게 좋을 것 같아요."

하나, 둘, 질은 자신의 발언 기회를 단번에 두 배로 끌어올렸다.

"아쉬운 건 그런 골칫거리들 중에 괜찮은 녀석이 태반이라는 겁니다."

"하지만 그렇지 않은 아이들도 있잖아요."

회의를 마치고 교장 선생님은 샴페인을 돌렸다. 선생들은 열둘, 아니, 열셋, 열넷, 열다섯 명밖에 남지 않았다. 샴페인을 따자 병뚜껑이 벽을 향해 날아가 부딪힌 뒤 테이블 아래로 떨어졌다.

디앙카가 'Life Style'이라는 로고가 찍힌 민소매를 입고 책상 위에 다리를 올려놓은 포르튀네와 내가 모르는 무슨 일을 가지고 키득거렸다. 내가 부르자 디앙카는 못 들은 척 시치미를 뗐다. 나는 목소리를 높였다.

"똑바로 앉으라고 했다."

디앙카는 마지못해 자세를 바로잡았다.

"좀더 제대로 앉을 수 있겠지?"

아이는 반항하듯 몸을 곧추세웠다.

"어디 들어보자."

"뭘요?"

"얘기해보라고."

아이는 한참 동안 못 알아들은 것처럼 시치미를 뗐다. 일 분 일 초가 지날 때마다 디앙카는 덫에 걸려드는 셈이었다. 뭔지는 몰라도 포르튀네가 귓속말로 또 뭐라 소곤거리자 디앙카는 또다시 피식 웃었다.

"좋아, 수업 끝나면 선생님을 보고 가라. 아마르, 5번 문장 한번 읽어봐."

"낙타는 물을 거의 마시지 않는다."

"그래, 거기 쓰인 현재형은 무슨 용법이지?"

"불변의 진리요."

"그래. 반론의 여지가 없는 명백한 사실이니 불변의 진리에 해당하지."

세 갈래로 땋은 머리를 빨간 방울 머리끈으로 묶은 쿰바가 손가락을 올리지 않고 끼어들었다.

"선생님, 물을 마시는 낙타도 있어요."

"있어. 하지만 거의 마시지 않지."

"인간보다 많이 마신다니까요."

"비율로 따지는 거야."

"그렇다면 불변의 진리는 아니네요."

"불변의 진리 맞아."

"선생님이 그러셨잖아요. 누구라도 동의하지 못하면 그것은 불변의 진리가 아니라고요. 제가 동의하지 못하니 불변의 진리라고 할 순 없죠."

종이 울리자 비둘기집에 빵 부스러기가 떨어진 듯한 광경이 연출되었다. 나는 디앙카를 슬쩍 주시했다. 아이는 내가 혹시 자신에게 한 말을 잊지는 않았는지 눈치를 살피다가 복도에서 자신을 기다리는 포르튀네, 'Life Style'을 바라보며 교단 앞으로 걸어나왔다.

"알림장 꺼내놓고 나를 똑바로 봐라."

디앙카는 알림장만 꺼내놓고 딴청을 피웠다. 나는 부모님에게 보내는 통신란을 펼쳤다.

"올 한 해 동안 긍정적인 결심을 열 번 하도록 해. 그리고 부모님께 사인을 받아와. 한마디 덧붙이자면, 만약 앞으로도 계속 이렇게 불량하게 행동하면 사흘 동안 정학 처분을 받게 할 거야. 선생님이 말하는 동안에는 선생님을 봐야지."

디앙카는 복도에서 창 너머로 이쪽을 보고 있는 포르튀네와 서로 눈짓을 주고받았다. 나는 어제 잠을 설쳤다.

"멍청한 녀석, 정말이지 멍청하기 짝이 없는 녀석 같으니라고!"

"저한테 그렇게 욕하셔도 소용없어요!"

"이건 욕이 아니라 사실이야. 내가 너보고 멍청하다고 한 건 네가 정말 멍청하기 때문이야. 내가 너보고 바보라고 하면 네가 정말 바보이기 때문이고, 어리석다고 하면 정말 어리석기 때문이라고. 네가 멍청하지도, 바보 같지도, 어리석지도 않은 날이 온다면, 이렇게 말할지도 모르지. 디앙카는 똑똑하고, 세심하고…… 영리하다고 말이야."

"절 이렇게 대해서 좋을 게 없을걸요!"

"나는 너한테 욕하고 싶으면 욕하고, 멍청하다고 말하고 싶으면 멍청하다고 말할 거야. 그게 사실이니까. 넌 정말 멍청해. 내가 가르치는 반이 세 반인데, 현재로서는 네가 정말, 단연코, 압도적으로 가장 바보 같은 학생이야. 지나칠 정도로."

"좋아요."

"아니, 좋지 않아. 넌 석 달 후에 그때 왜 그렇게 바보같이 굴었을까, 왜 그런 쓸데없는 짓을 하며 시간을 낭비했을까 생각하게 될 거야. 석 달 후에 너는 '프랑스어 선생님 말이 옳았어. 그 말을 들었어야 했는데'라고 생각할 거라고. 그리고 학기 초부터 열심히 공부했다면 아까운 석 달을 허비하지 않았을 거라고 생각할 거야. 분명 석 달 뒤에 이런 생각을 하게 될 거라고. 누구 말이 옳은지 내기라도 할까? 석 달 뒤에 넌 '내가 너무 멍청했어. 시간 낭비만 했어'라고 생각할 거란 말이다! 그래서 하는 말인데, 지금부터 그런 생각을 하면 앞으로 아무런 문제도 없을 거야. 이제 나가도 된다. 오늘은 널 볼 만큼 본 것 같으니까."

소설의 한 페이지에 뻣뻣한 모습의 부르주아 출신 부인이 묘사되어 있었다.

"'핀 네 개로 고정된 듯하다'라는 표현의 뜻을 아는 사람?"

아이들은 알아들을 수 없을 정도로 무질서하게 각자의 생각을 동시에 쏟아냈다. 이 아이들이 뭔가를 설명할 수 있다는 것이 감사할 따름이었다.

"'핀 네 개로 고정된 듯하다'라는 말은, 중년 부인이 옷을 잘 차려입고 나왔는데, 너무나 빈틈없이 차려입어서 마치 핀 네 개로 고정해놓은 것 같은 모습이었다는 뜻이다. 어떤 상황인지 알겠니?"

전혀 모르는 눈치였다.

"그러니까, 뻣뻣하고 경직된 자세를 뜻하는 말이야. 왜 그런 거 있잖아. 너무 신경 써서 옷을 차려입은 사람이 행여 매무새가 흐트러질까봐 제대로 움직이지도 못하는 모습 말이야."

설명하기 위해 한마디 한마디를 할 때마다 오히려 뒤로 후퇴하는 느낌이었다.

"라파예트 백화점 점원들을 떠올려보자. 라파예트 백화점은 다들 알겠지?"

아이들의 침묵과 내 무력감은 결국 퉁명스러운 말투로 이어졌다.

"당연히 모르겠지. 여기와는 전혀 다른 동네니까."

수업을 듣는 둥 마는 둥 하던 상드라가 팔꿈치로 벽을 쿵 치면서 발끈했다. 아마 좀 아팠을 것이다.

"너무하세요. 저흰 시골 사람이 아니라고요. 전 라파예트 백화점에 거의 매주 가요. 그러니 그만하세요."

때마침 울린 종소리가 상드라의 강한 불만을 잠재우며 평상시보다 세 배 정도 더 시끄러운 오후 네시의 끔찍한 소란을 발생시켰다. 아이들은 마치 무리 지어 푸드덕거리는 오리 떼처럼 줄 지어 복도 저 멀리 사라져갔다. 갑자기 연못 위에 야생 기러기 몇 마리가 지나가는 모습이 보였다. 그 기러기들은 남쪽, 지중해 쪽으로 날아가버렸다. 연못 위에 앉아 있던 자고새 한 마리가 날아오르는데…… 상드라가 이만과 내가 모르는 누군가를 닮은 힌다를 옆에 끼고 내 책상을 둘러쌌다.

"선생님, 선생님은 왜 매번 저희가 아무것도 모른다고 무시하고 놀려요?"

"매번은 아니지. 과장이 좀 심한 것 같구나."

"아무튼요. 하지만 라파예트 백화점 이야기는 좀 너무하셨어요. 전 거길 아주 잘 안단 말이에요. 매주 거기에 간다고요."

"내가 보기에 너희는 이곳 19구를 절대로 벗어나지 않는 것 같던데."

"아니거든요? 제 친구가 17구에 살아요."

폭격을 지원하기 위해 공습하듯 힌다가 끼어들었다.

"거짓말 아니에요, 선생님. 애 친구가 17구에 살아서 매주 거기에 가요."

퇴각하거나 아니면 교란전을 펼 수밖에 없었다.

"그래, 너희 둘은 화해한 거니?"

상드라가 늘어진 뱃살 위로 두툼한 벨트를 끌어올렸다.

"그건 저희 개인사예요, 선생님."

빗방울이 창문을 두드리기 시작했다. 실비는 노트에 학생들의 시험 점수를 적고 있었고, 제랄딘은 타원형 테이블 중앙에 놓인 브리오슈를 야금야금 먹고 있었다.

"사실 12구에 있는 학교가 더 괜찮겠다 싶어서 지금 알아보는 중이야."

"맞아. 12구는 괜찮은 편이지."

"그러게, 여기저기 괜찮은 곳이 좀 있지."

"다 그런 건 아니지만."

"그래, 다 그런 건 아니야."

"그런 점에서 11구가 괜찮아. 거기는 정말 모든 게 다 좋거든."

실비가 믿을 수 없다는 듯 뿌루퉁한 표정으로 숨을 코로 크게 들이마셨다.

"모든 게 다 좋다…… 그건 두고 볼 일이지."

"6구만큼은 아닌 게 확실하지만, 그래도 전반적으로 나쁘지 않아."

"6구도 모든 게 다 좋지는 않아."

"그러니까. 하지만 11구에 가면 활력이 넘쳐흐르고 젊은 분위기가 물씬 풍긴다고."

"꼭 그런 것 같지도 않아."

"젊은 분위기까지는 잘 모르겠지만, 아무튼 사회계층적으로 볼 때 엘리베이터 안에 애완견을 데리고 타는 돈 많은 노친네들의 따가운 시선을 견뎌내는 일 따위는 없다는 거지."

실비가 점수를 옮겨적던 노트를 덮고 손가락 두 개로 브리오슈를 떼어먹으며 말했다.

"맞아, 그런 눈총은 선생들한테나 받아야지."

오후에 아이들이 소란을 피우며 무리 지어 교실로 들어섰다. 다들 자리에 앉으라고 소리쳐보았지만 소용없었다. 디코와 쿰바는 교실 뒤쪽에서 서로 욕설을 주고받았다. 평소처럼 남들 앞에서 허세를 부리느라 벌이는 도발이라고만 생각했는데, 점점 목소리가 높아지더니 디코가 쿰바를 확 밀어버렸다. 나는 황급히 둘 사이에 끼어들었다. 디코는 계속 싸울 태세였지만 폭력을 쓸 것 같지는 않았다.

"얼른 자리로 돌아가 앉아."

쿰바는 계속 디코를 자극하며 약을 올렸다.

"쿰바, 너도 어서 흥분 가라앉히고 자리로 돌아가 앉아."

아무런 소용 없는 처방이었다. 한바탕 소란에 호기심이 끌린 하급생들이 지나가다 말고 열린 교실 문 앞에 모여들었다. 내가 다가가자 아이들은 정신없이 위층으로 달아나버렸다. 미처 도망가지 못하고 계단 끝에 걸린 아이 하나를 불러세우자 뒤를 돌아보았다.

"이리 내려와."

"왜요? 전 안 그랬어요."

"네가 뭘 안 그랬는데?"

"전 아니라니까요."

"잘못했다고 해."

"잘못했어요."

"그럼 가봐."

디코와 쿰바는 할 만큼 다 했는지는 모르지만 아무튼 흥분을 가라앉혔다. 나는 디코의 팔을 잡아끌고 그애의 의자로 향했다.

"왜 내 몸에 손을 대요!"

"자리에 앉아."

"앉긴 앉을 건데, 왜 몸에 손을 대냐고요!"

케빈이 일어나 줄 사이를 어슬렁거렸다.

"넌 뭐 하는 거야?"

나는 버럭 고함을 질렀다. 케빈이 멀지 않은 의자 하나를 가리켰다.

"저기가 제 자린데요."

"아니, 거긴 네 자리가 아니야. 넌 저 뒤로 나가 있어."

나는 케빈의 등을 떠밀었다. 그러자 케빈은 비만증 환자처럼 거대한 덩치를 유일한 방어수단으로 삼아 저항했다. 나는 케빈의 가방끈을 거칠게 잡아당겼고, 아이는 그 힘에 이끌려 구석에 처박혀 있던 일인용 책상에 주저앉았다.

"왜 저한테 화풀이하고 그러세요!"

"마음에 안 드는 녀석에겐 그래도 돼! 네가 선생이야, 내가 선생이야?"

"선생님, 저 자식이 뭘 던졌는지 아세요?"

쿰바가 종이 뭉치를 확실한 물증처럼 손에 쥐고 흔들었다. 디코는 혐의가 드러나기 전까지 한사코 부인했다.

"전 아니라니까요! 병신 같은 년, 빌어먹든 말든!"

"지금 뭐라고 했니?"

"그러거나 말거나 상관없다고요!"

"차라리 그렇게 말해."

학생들이 칠판 앞으로 나와 환경오염에 대한 작문 숙제를 읽었으면 하는 바람이었지만 중국 학생들은 그럴 수가 없었다. 제는 할 수 있을 테고 자자도 어느 정도 괜찮을지 모르지만, 리취아오와 샤원은 허술하기 짝이 없는 문장조차 제대로 읽지 못할 것이다. 중국 아이들은 내가 그런 시련을 주지 않기를 바랐고, 나는 다른 아이들이 모른 척 지나가주기를 바랐다. 아이들 절반 정도가 발표를 한 뒤에 나는 더이상 아이들을 호명하지 않고 지원자만 발표를 시켰다. 그러고는 시간이 없다는 이유로 더는 발표를 시키지 않았다. 마리아마가 손가락도 올리지 않고 우렁찬 목소리로 물었다. 왼쪽 콧구멍에 인조 다이아몬드로 피어싱을 한 아이.

"제 패거리는 왜 발표를 안 해요?"

나는 무슨 말을 해야 할지 몰라 몇 초 정도 고개를 푹 숙이고 있다가 다시 고개를 들었다.

"친구한테 쓰는 말치고는 좀 심하구나."

"왜 저 아이들은 발표를 안 해요?"

"하고 싶은 사람만 하는 거야. 그런 거라고."

"아까는 프리다한테 나와서 발표하라고 시키셨잖아요. 프리다는 하고 싶지 않았는데."

"그건 프리다가 잘해왔을 거라고 확신했기 때문이야."

"그럼 발표하지 않은 아이들은 잘 못했기 때문인가요?"

"수업 계속해도 되겠니?"

마리아마는 반항의 의미로 혓바닥을 입천장에 붙여 혀 차는 소리를 냈다. 쯧쯧.

"생쥐가 등장인물로 나오는 이야기인가요?"

상드라가 구입해야 할 책 제목을 적느라 알림장에 고개를 파묻은 채 질문했다.

"아니. 등장인물은 인간이야. 이야기 중간에 생쥐에 관한 내용이 있어. 읽어보면 알 거다."

"재미없을 것 같아요."

"그래서 읽어보라는 거야."

모하메드 알리가 갑자기 '감동적인'과 연관된 동사가 뭐냐고 물었다. 내가 왜 그러냐고 묻자 아이는 "그냥요"라고 대답했다. 나는 해당 동사를 가르쳐준 뒤 동사변화를 해보라고 시켰다. 아이는 m 다음에 오는 철자를 몰라 어물거리다 어울리지도 않는 모음을 갖다붙이려고 애썼다.

"'감동시키다(émouvoir)', 이 동사는 여러 사람을 성가시게 하는 동사야. 어른들도 이 동사의 변화형을 어려워해. 너희가 직접 해보면 그 결과가 얼마나 참담한지 알 수 있을 거다. 선생님처럼 공부를 많이 한 사람들이나 자연스럽게 쓸 수 있는 동사라고 할 수 있지."

비웃음이 빈정거리는 기침 소리와 함께 교실을 뒤덮었다. 기분이 상한 나는 아이들을 웃기려고 했던 마음을 거두고 위선적일 정도로 엄한 표정으로 원래 적으려던 문장을 칠판에 적었다. 다 적고 뒤를 돌아보니 카티아가 옆자리에 앉은 이만과 잡담을 하고 있었다.

"카티아?"

"왜요?"

"왜 불렀는지 잘 알 텐데?"

"전 아무 짓도 안 했는데요?"

"수업 끝나고 개인 면담 좀 해야겠다."

"선생님, 이런 법이 어딨어요! 광분이 났다고 저한테 이러는 법이 어딨냐구요!"

"광분이 났다는 말은 쓰지 않아. 이럴 땐 뭐라고 하지?"

"뭘 뭐라고 해요?"

"제대로 된 말을 써보라고. 그러면 대답할 테니까."

"분노가 치민다고 저한테 이러시는 법이 어디 있어요, 선생님."

"내가 분노가 치밀었는지 아닌지 너한테 해명할 필요는 없다고 본다. 이제 그만 입 좀 닫아줄래? 그러지 않으면 아주 안 좋은 일이 벌어질 테니까."

이만이 손가락을 올렸다.

"선생님, 카티아는 정말로 아무 말 안 했어요. 맹세하는데, 제가 말을 걸었어요."

"네가 대신 벌을 받겠다는 소리냐? 그런 거야?"

"아니요, 선생님. 그냥 카티아는 말 안 했다구요."

"카티아가 세 살짜리 어린애야? 카티아는 혼자서 자기 입장을 표현하지도 못해?"

"선생님, 선생님은 너무 심해요."

"수업 계속해도 되겠니?"

"진짜로 선생님은 너무 심해요."

"그렇게 계속 입을 벌리고 싶으면 '감동하다(s'émouvoir)'를 복합과거 시제로 변형해봐라."

쿰바에게 발췌한 부분을 한번 읽어보라고 했지만 쿰바는 별로 그러고 싶지 않다고 대답했다.

"좋든 싫든 어서 읽어."

"읽으라고 강요하지 좀 마세요."

나는 나머지 스물네 명의 아이들을 증인으로 내세웠다.

"지금 쿰바의 행동이 어땠지?"

"무례했어요."

"잘했다, 케빈. 전문가다운 대답이구나."

쿰바는 뭔가 항의할 때마다 그러듯 음절을 생략하며 불량하게 떠들기 시작했다. 그러면서 주변에 앉은 친구들이 빈정거리는 걸 보고 따라서 비웃었다. 나는 뭐라고 해야 할지 몰라 수업이 끝나면 남으라는 말만 했다.

"프리다, 방금 전에 '변태'라는 단어를 설명하고 있었지?"

프리다의 스웨트 셔츠에는 'I love Ungaro'라고 쓰여 있었다.

"맞는 설명인지 모르겠어요."

"어디 계속 들어보자."

"괴상한 생각을 가진 사람을 말하는 것 같은데, 잘 모르겠어요."

"예를 들어 내가 에펠탑을 먹고 싶다고 하면 변태니?"

"아니요, 그렇게까지 괴상한 건 아닌 것 같은데, 잘 모르겠어요."

종소리가 울리자 교실 안은 이불 속의 깃털이 밖으로 빠져나와 사방으로 날리는 것같이 변했다. 나는 슬쩍 쿰바의 행동을 살폈다. 쿰바는 거만한 자세로 세 걸음 정도 걸어나와 내 책상 위에 자신의 알림장을 꺼내놓았다. 인조가죽 점퍼에는 'Nike Atlantic'이라는 로고가 찍혀 있었고, 행여나 입속에 숨겨둔 마이크로필름을 강제로 빼앗길까 두려워하는 사람처럼 입을 아주 굳게 다물고 있었다.

나는 부모님에게 전하는 말과 함께 반성문을 써오라는 숙제를 내주었다. 청소년이 배워야 할 상대방을 존중하는 법에 대해 백 줄로 글짓기. 내일모레까지 부모님 사인 받아오기. 알림장을 돌려주기 전에 나는 화를 가라앉히고 싶었다.

"일 년 내내 이런 식으로 지낼 거니?"

"일 년 내내 뭐요?"

"잘못했다고 인정해."

"뭘 잘못했는데요? 전 아무 짓도 안 했어요."

"잘못했다고 인정해. 잘못했다고 하지 않으면 보내주지 않을 거야."

쿰바는 내게 잘못했다고 하고 목숨을 구할 것인지, 아니면 번갈아가며 문틈으로 교실을 엿보는 친구들과의 의리를 지킬 것인지 갈등하는 모습이었다.

"아무튼 전 잘못한 게 없어요. 아무것도 한 게 없으니까요."

쿰바는 내 화를 돋우려는 속셈으로 내가 아이의 성질을 건드리려고 일부러 꼭 쥐고 있던 알림장을 빼앗아가려 했다.

"정신 나갔어? 당장 그 손 놓지 못해!"

쿰바는 입을 굳게 닫았다.

"도대체 지난여름에 무슨 일이 있었던 거니? 나에 대한 기분 나쁜 소문이라도 들은 거야, 뭐야?"

공격적인 퉁명스러움.

"왜 그런 말씀을 하세요?"

"글쎄다, 작년까지만 해도 우린 친구처럼 지냈잖아. 너도 나를 좋아했고. 그런데 올해 들어 갑자기 나에게 못되게 구는 이유를 모르겠다. 누군가가 나에 대해 안 좋은 소문이라도 퍼뜨린 건 아닌지 궁금해서 묻는 거야."

"엄마가 기다리세요."

"엄마도 네가 잘못했다고 말하기를 기다리고 계셔."

"잘못했어요."

"뭘 잘못했는데?"

"그냥 잘못했다고요."

"그냥 뭘 잘못했는데?"

"몰라요."

"따라 해봐. 선생님, 선생님께 무례하게 군 점 사과드립니다."

"무례하게 군 적 없어요."

"따라 해. 선생님, 선생님께 무례하게 군 점 사과드립니다."

"선생님, 선생님께 무례하게 군 점 사과드립니다."

진심이라곤 전혀 느껴지지 않는 기계적인 답변이었다. 나는 붙들고 있던 알림장을 살짝 내려놓았고, 쿰바는 그것을 잽싸게 낚아채서 문을 향해 깡총거리며 뛰어갔다. 그러고는 복도 끝으로 사라지는 순간 이렇게 소리쳤다.

"그렇게 생각하지 않아요."

뛰어나가봤지만 이미 늦었다. 반항기 어린 쿰바의 모습은 이미 아래층으로 사라져버렸다. 버럭 소리라도 지를까 생각하다 그마저도 포기했다. 책상으로 돌아온 나는 애꿎은 의자를 발로 차 엎어버렸다. 네 개의 쇠막대기가 하늘을 향해 솟아올랐다.

1. 공화국의 학교가 갖는 의미와 가치는 무엇이고, 사회에 그것을 이해시키기 위해 필요한 것은 무엇인가?

2. 유럽 통합의 시대, 더 나아가 향후 수십 년 동안 학교의 사명은 무엇이어야 하는가?

3. 학교는 어떤 유형의 평등을 지향해야 하는가?

4. 청소년과 성인 교육을 다른 방식으로 공유해야 하는가? 또한 취업에 대한 부분을 더 강조해야 하는가?

5. 의무교육 기간의 각 단계에서 학생이 가장 먼저 습득해야 할 공통 지식과 학습 능력, 행동 규칙은 무엇인가?

6. 학교는 어떤 방식으로 학생의 다양성에 맞춰나갈 것인가?

7. 취업에 관한 인식과 계획은 어떻게 발전시켜나갈 것인가?

8. 효과적인 학습 동기를 학생에게 어떻게 부여할 것인가?

9. 학생에 대한 평가, 채점 그리고 시험의 역할과 방식은 어떠해야 하는가?

10. 학생의 진로를 설계하고 향상시킬 수 있는 좋은 방법은 무엇이 있는가?

11. 고등교육기관 입학에 관한 준비와 계획은 어떤 방식으로 진행해야 하는가?

12. 학부모와 학교 외부 인사가 학생의 올바른 학교생활에 어떤 도움을 줄 수 있는가?

13. 학습 능력이 떨어지는 학생에게 어떤 도움을 줄 수 있는가?

14. 장애나 심각한 질병을 앓고 있는 학생을 어떤 식으로 교육해야 하는가?

15. 폭력과 무례한 행동에 효과적으로 대처하는 방안은 무엇인가?

16. 교육공동체, 특히 부모와 교사, 교사와 학생 간의 관계는 어떤 식으로 정립해야 하는가?

17. 교내에서 학생의 삶의 질을 개선할 수 있는 방안은 무엇인가?

18. 교육에 관한 국가와 지방자치단체의 역할과 책임은 어떤 방식으로 정의하고 분배할 것인가?

19. 교육기관에 지금보다 더 많은 자율성을 부여하고 그에 따라 평가해야 할 것인가?

20. 학교가 보유한 재원을 효과적으로 사용할 수 있는 방법은 무엇인가?

21. 교사라는 직업의 의미를 새롭게 규정해야 할 것인가?

22. 교사를 어떻게 양성하고 채용하고 평가할 것이며, 교사생활을 좀더 효과적으로 설계할 수 있는 방법은 무엇인가?

구소련 지역이 여전히 붉게 표시된 세계지도가 붙어 있는 벽 아래에서 모하메드와 케빈이 푸아드 옆자리를 두고 싸움을 벌였다. 모하메드는 푸아드 옆에 있는 바무사를 내몰고 싶어했지만, 바무사는 프랑스어 수업시간에는 언제나 자기가 그 자리에 앉았다며 자리 바꾸기를 거부했다.

"모하메드, 정 그 자리에 앉고 싶다면 지금 네 행동보다 그럴듯한 이유를 찾아보도록 해라."

"자리만 내주면 그만이잖아요."

"그건 정당한 이유가 아니야."

"바무사가 이 자리에 계속 앉아 있으면 교실 전체가 오염될 거예요. 오존층까지 파괴될 수도 있어요."

"차라리 그런 이유가 낫지. 하지만 바무사가 왜 교실을 오염시키킨다는 건지 전혀 모르겠구나."

"썩어빠진 운동화로 교실을 초토화시킬 거예요."

"바무사, 네 운동화가 정말로 다 썩었니?"

"썩은 건 저 녀석이에요."

술레이만은 자리에 앉긴 했지만 후드 티셔츠에 달린 모자를 여전히 뒤집어쓴 채였다.

"모자 좀 벗으렴, 술레이만."

술레이만은 양어깨에 힘을 주고 머리를 뒤로 한 번 젖혀 모자를 벗고는 박박 민 머리를 드러냈다. 포르튀네는 새로 맞춘 안경을 끼고 와서는 한껏 뽐을 냈다. 'Love'가 세로로 세 번 찍힌 스웨터를 입고 온 쿰바는 나한테 제출해야 할 것들은 안중에도 없는 듯 행동하며 가방을 풀었다. 나는 쿰바의 책상 앞에 가서 몸을 숙였다.

"알림장 좀 꺼내볼래?"

"왜요?"

"이유는 잘 알 텐데?"

나는 백 줄이라고 적어놓은 반성문의 분량을 백오십 줄로 고쳐 적었다.

"다음번에는 네가 무슨 말을 하는지 좀 생각하고 해라. 그래도 운 좋은 줄 알아. 반성문 제출 기한이 아직 이 주나 남았으니까."

"어쨌든 안 쓸 거예요."

나는 쿰바에게 욕설을 퍼붓지 않기 위해 발걸음을 돌렸다. 머리 끝까지 화가 난 상태로. 내가 교단으로 돌아가자 쿰바는 무슨 말인지 모르지만 뭐라고 중얼거렸고, 그러자 옆자리에 앉은 아이가 키득거렸다. 화가 머리끝까지 올라와 폭발할 것 같았다. 두니아가 우현에 출현했다.

"선생님, 오늘 저녁 TV에서 중학교에 관한 토론을 한대요."

"너는 필기도구나 꺼내."

아마르가 좌현에 나타났다.

"방학 동안 숙제 내주실 건가요?"

"그랬으면 좋겠니?"

"네."

"그럼 방학숙제 없어."

린이 차를 식히기 위해 입김을 불다 말고 가위질을 하는 나를 보며 말했다.

"이야, 정말 쉴 새 없이 일하네."

내가 아무런 대꾸도 하지 않자 린은 다시 한번 묻지도 않고 코르크 재질의 게시판에 압정으로 고정해놓은 전국 토론에 관한 공문서를 건성으로 훑어보는 제랄딘을 불렀다.

"너무 우울해하지 마, 제제."

"우울하지 않아. 오늘은 다 끝났거든."

"아 참, 자긴 금요일에 수업이 없지."

뤼크가 내가 만들어놓은 연습문제 종이들을 입바람으로 날리며 말했다.

"특권을 누리는 사람들을 보면 정말 분통이 터진다니까."

린이 차를 한 모금 재빨리 삼키고는 대꾸했다.

"불평하지 마. 그래도 자기는 금요일에 오전 수업만 하잖아. 난 미안하지만 다섯시나 돼야 끝난다고."

"하지만 수업이 자그마치 네 시간이야."

"그러거나 말거나. 어쨌든 오전 수업은 별것 아니야."

"그래, 하지만 연이어 네 시간을 하면 죽어난다고."

눈가의 다크서클이 귀까지 번진 질은 흡연실에서 임자 없는 담배 한 개비를 만지작거렸다.

"어떤 학생이냐에 따라 천차만별이야. 4학년은 그야말로 최악이지."

양쪽 귀에 세 개씩 링 귀걸이를 달고 양산 쓴 여인의 그림 아래에 앉아 있던 레오폴이 반론을 제기했다.

"5학년 1반은 말도 못 해. 어제만 해도 경위서를 두 번이나 썼어. 그 녀석들은 금요일엔 아예 오지도 않아. 오전에도 오후에도."

"이 빌어먹을 기계는 왜 양면 복사가 안 되는 거야!"

질은 지지 않았다.

"4학년 녀석들은 정말 골칫거리야."

"아무튼 자기 너무 피곤해 보여."

"그런가? 잘 모르겠어."

"가서 좀 쉬는 게 좋겠어. 얼굴 좀 봐."

"그런가? 잘 모르겠어. 아무튼 휴가 기간이 더 스트레스야."

이십팔 일

나는 지하철에서 빠져나와 카페에 들렀다. 입에 담배를 문 오십
대 남자가 승리의 기쁨에 차 두 팔을 번쩍 치켜든 흰 운동복 차림
의 럭비 선수 사진이 실린 신문을 양손으로 펼쳐 보고 있었다. 유
니폼을 입은 종업원이 바에 잔 하나를 내려놓았다.

"영국 선수들, 역시 강하단 말이야."

"럭비를 만든 게 영국인인데 더 말할 게 뭐 있겠어."

아직 동이 트지 않아 중국인 정육점 직원들이 냉동 탑차에서 고
기를 꺼내는 모습만 겨우 분간할 수 있었다. 모퉁이를 돌자 교무
행정교사 세르주와 규율교사 알리가 버저 시스템 고장에 관해 대
화를 나누고 있었다.

"고쳐야 한다고 내가 몇 번이나 말했잖아. 어이, 출근하는 거
야? 컨디션은 어때?"

"최상이지."

육중한 나무문을 내가 직접 열고 들어갈 필요는 없었다. 관리직원 아주머니 한 분이 타일 깔린 실내 운동장 바닥을 대걸레로 닦고 있었다. 싸리 빗자루를 든 다른 아주머니는 실내 운동장의 한쪽 벽에 붙은 종이를 떼어냈다. 파란 문 뒤에서는 여전히 다크서클이 짙은 질이 손가락에 붕대를 감은 손으로 교과서 한 페이지를 복사하고 있었다. 그는 복사기를 제압하겠다는 듯 목청을 돋우었다.

"정말이지 학교 오는 게 지긋지긋해."

"손가락은 왜 그래?"

"뭘 만들다가 망치로 쿵 찍었지 뭐."

문을 열고 들어오는 레오폴의 스웨트 셔츠에서는 흡혈귀가 'Apocalypse Now'라는 문장을 뱉어내고 있었다.

"안녕. 어? 손가락은 왜 그런 거야?"

"뭘 만들다가 망치로 쿵 찍었지 뭐. 붙일 게 이것밖에 없어서."

발레리는 새로 온 메일을 확인했다.

"다른 문제는 없어?"

"학교 오는 거 지긋지긋하지 않아? 난 엄청 지긋지긋해."

디코는 다른 아이들이 다 지나간 뒤 뒤늦게 계단에 올라섰다.

"선생님, 지금 반을 바꿀 수 있어요?"

"오히려 우리 반이 디코를 바꾸고 싶어하는 것 같은데."

"학생이 담임 선생님을 바꾸는 건 가능한가요?"

"서둘러라."

무리 중 덩치 큰 녀석이 체육실 앞에서 기다리고 있었다. 프리다는 반원을 그리고 선 여자아이들 앞에서 무용담을 늘어놓았다.

"그래서 내가 '야, 난 네 깔따구가 아니야'라고 했더니 그 자식이 나한테……"

"어서들 교실로 들어가."

나는 어젯밤에 잠을 설쳤다. 모하메드가 케빈을 밀었고, 케빈은 억지로 중심을 잡으려 하면서 교실로 들어서다 왼쪽 첫째 줄 책상에 부딪히고 말았다.

"선생님, 저 녀석이 저 밀친 거 보셨죠?"

"못 봤는데."

디앙카가 내 책상으로 다가와 물었다.

"선생님, 그 책이요, 못 찾겠어요."

"어떤 책?"

"선생님이 사라고 하신 책이요. 생쥐가 나오는."

"다들 찾았는데 넌 왜 못 찾은 거지?"

술레이만이 후드 티셔츠에 달린 모자를 쓴 채 교실로 들어왔다. 나는 그 녀석이 자리에 앉을 때까지 기다렸다.

"모자 좀 벗으렴, 술레이만."

술레이만은 양어깨에 힘을 주고 머리를 뒤로 젖혔다.

"나머지 모자도."

술레이만은 마치 두건을 벗듯 얼굴 앞으로 손을 들어올려 모자를 벗었다. 두니아는 금속 필통의 뚜껑을 거울 삼아 자기 모습을 들여다보았고, 디앙카는 꼼짝도 하지 않고 가만히 앉아 있었다.

"그럼 선생님, 책이 없어도 괜찮은 건가요?"

"그럼, 괜찮고말고. 평소보다 조금 서쪽으로 돌아앉으면 된다."

디앙카는 아무것도 살 필요가 없다는 말에 만족해하며 돌아서다 포르튀네를 넘어뜨릴 뻔했다. 안경을 끼지 않은 포르튀네가 쿰바의 반성문을 내게 건넸다. 나는 손바닥을 내밀어 아이를 그 자리에 세웠다.

"쿰바더러 직접 들고 오라고 전해."

친구에게 내 말을 전해 들은 쿰바는 교실 끝에서 걸어나와 한마디 말도 없이 내 책상에 종이 한 장을 턱하니 놓고 들어가버렸다.

청소년은 선생님의 협박과 혹시 불미스러운 다른 문제가 발생할지 모른다는 두려움에 조금씩 선생님을 존경하는 법을 배우게 됩니다. 이건 그냥 단순한 예입니다. 전 선생님을 존경합니다. 존경이라는 것은 상호적입니다. 예를 들어 저는 선생님이 히스테리 성향이 있다고 말한 적이 없는데 선생님은 왜 저를 야단치세요? 저는 언제나 선생님을 존경해왔기 때문에 저한테 이런 반성문을 써오라고 하신 이유를 도저히 이해할 수 없다고요!! 어찌 됐든 선생님이 저한테 원한이 있다는 건 알지만, 전 무슨 잘못을 했는지 모르겠습니다. 저는 이유도 모른 채 선생님한테 골탕이나 먹으려고 학교에 오는 게 아니거든요! 제가 선생님의 수첩을 빼앗아갔나요? 천만의 말씀. 전 선생님의 학생이고, 선생님은 제 담임 선생님이에요. 그러니까 전 선생님이 왜 제게 이토록 조롱에 가까운 짓궂은 장난을 치시는지 모르겠습니다. 선생님은 저희의 프랑스어 지식을 늘려주셔야 하는 분입니다. 저는 앞으로 모든 수업시간에 이렇게 교실 맨 뒤에 앉기로 결심했습니다. 그래야 '아무 이유 없는' 분쟁을 피할 수 있으니까요. 단, 선생님이 '시비를 걸지 않으신다면' 말입니다. 솔직히 고백하자면 아주 가끔 제가 무례하게 군 적도 있습니다. 하지만 상대가 원인을 제공하지 않는다면 그럴 일도 없습니다. 아무튼 주어진 주제로 다시 돌아가보겠습니다. 제가 '선생님의 협박 때문에'라고 말한 것은 예를 들어 선생님이 제 알림장에 '이보다 더한 제재 조치를 취할 수밖에 없다'라고 썼기 때문입니다. 그런 것이 바로 협박입니다(제 기준으로는!). '혹시 불미스러운 다른 문제가 발생할지 모른다는 두려움에'라고 적은 이유는, 그러니까 그 학생은 교장실에 끌려가거나 퇴학당할지 모른다는 두려움을 느끼기 때문입니다. 어쨌든 전 선생님을 존경할 테지만 그것은 상호적이어야만 합니다. 그리고 선생님이 무례하게 쳐다본다고 말씀하시는 일이 없도록 절대로 선생님을 쳐다보지 않을 겁니다. 일반적으로 프랑스어 수업시간은 프랑스어를 배우는 시간이지 할머니나 언니 이야기를 하는 시간은 아닙니다. 그러니 지금부터 저는 선생님께 더이상 말을 걸지 않을 것입니다.

아이들에게 '피해주의'라는 말을 설명해주었다. 그러자 모하메드 알리가 아랍 사람들은 그 어느 민족 못지않게 인종차별주의자이면서도 언제나 스스로 피해자라고 불평한다고 강조하면서, 더 끔찍한 건 바로 마르티니크 섬 사람들이라고 했다. 그들은 자신들이 아랍인이라기보다는 오히려 프랑스인이라고 굳게 믿는다는 것이다. 그러자 파이자가 나서서 마르티니크 사람들은 말리인이라기보다는 프랑스인이라고 생각한다고 하는 등 별의별 소리가 다 나왔다. 그래서 나는 일반화하는 사고는 좋지 않다고 말했다. 종이 울리자마자 천이 참새처럼 잽싸게 책상 앞으로 튀어나와, 한 시간 뒤에 발견한 거지만, 내 입술에 잉크가 묻었다는 사실은 전혀 개의치 않고 말을 걸었다.

"선생님, 문제는 인간의 본성이에요. 인간은 언제나 자신과 닮지 않은 것은 파괴하려고 들어요. 언제나 그런 식이에요. 정말 치명적이라고요."

아역배우 목소리를 더빙하는 성우같이 귀여운 목소리를 가진 천은 자신의 과감한 행동에 멋쩍은 듯 미소를 지어 보였다.

"필요한 것은 바로 인류 공통의 적이에요. 그렇게 돼야 모든 사람이 서로 화해할 수 있어요. 공통의 적만 찾아내면 그만이죠."

하킴이 천의 책가방을 붙잡고 문밖으로 끌고 나갔다. 마치 정신병원에 강제로 수용하려는 것처럼.

"그러면 인구팽창 문제도 해결할 수 있어요. 문제는 인구가 너무 많다는 거거든요."

"그렇다면 천, 인구가 가장 많은 나라 사람들을 적으로 만들어야 하지 않겠니? 지도책을 펼치고 인구가 가장 많은 나라가 어느 나라인지 한번 들여다봐라."

천이 하킴의 손에 끌려 멀어져가면서 소리쳤다.

"그야 당연히 중국이죠."

"선생님, 받아쓰기 하실 건가요?"

"받아쓰기가 논리에 대한 공부와 무슨 관련이 있지, 타렉?"

아무런 관련도 없었기에 나는 수업을 계속했다.

"그래, 예(例)라는 건 도대체 뭘까?"

아이들은 모두 알고 있었지만, 자신은 제대로 설명할 수 없을 거라고 지레짐작했다. 예라는 것의 예를 들기 위해 나는 분필을 들고 정보로 가득한 문장 하나를 칠판에 썼다. '어느 겨울 저녁 다섯시 반에 오십대 노동자가 포부르 생탕투안 가에서 자클린이라는 이름의 외과의사 부인과 마주쳤다.' 이 사건은 시골보다는 도시에서 일어날 가능성이 훨씬 높다. 이와 같은 예상치 못한 만남의 예를 들어보시오. 아이들은 이해는 뒤로하고 일단 받아적기부터 했다.

"예를 들어 견해나 의견을 밝힐 때는 특수한 경우에서 시작해 일반적인 것으로 나아가야 한다."

알리사가 종이 위에 촘촘히 받아쓰고는 마치 의문부호처럼 자리에서 발딱 일어났다.

"왜 사람들을 종종 개인*이라고 말해요?"

"그래? 어디서 그러는데?"

"잘 모르겠어요. 가끔 TV에서 그러던데. 잘은 모르겠지만 '개인의 집으로 이동한다'는 말을 하던데요."

"오호라, 그건 이것과 아무 상관 없는 말이야. 수업 이해에 도움이 안 되는 내용이지."

알리사의 질문은 연필 끄트머리를 물어뜯는 아이의 이 사이에서 여전히 맴돌았다. 지브릴이 칠판에 써놓은 문장을 받아적다 종이에서 시선을 들어올렸다. 하얀 스웨트 셔츠에는 초록색으로

---

* 프랑스어에서 particulier는 '독특한' '특수한'이라는 뜻의 형용사지만 명사로 '개인'을 뜻하기도 한다. 알리사가 앞에서 선생님이 말한 '특수한'을 명사 '개인'으로 착각한 것이다.

'Ghetto Star'라고 쓰여 있었다.

"선생님, 저 문장에서 사람 이름이 뭐예요?"

"자클린."

"너무 이상해요."

"자크의 여성형 이름이야."

"바꿔도 돼요?"

"네가 좋아하는 이름으로 바꾸렴."

지브릴은 다시 필기에 열중했다.

"어떤 이름으로 바꿀 건데?"

"장이요."

"외과의사 부인에게는 어울리지 않는 이름이구나."

지브릴의 이마가 일그러졌다.

"잔이라는 이름은 있어요?"

"그럼, 있고말고."

어느 겨울 저녁 오십대 노동자가 포부르 생탕투안 가에서 다섯 시 반에 잔이라는 이름의 외과의사 부인과 마주쳤다.

"종 쳤나?"

이렇게 물었지만 엘리즈는 종이 울렸다는 것을 잘 알고 있었다. 이렌 역시 뒤이은 오후 시간에 수업이 없었기 때문에 종이 울렸다는 것을 누구보다 잘 알았다.

"난 상관없어. 오후에 수업이 없거든."

파란색 수련 그림 아래 앉아 있던 자클린과 제랄딘도 맞장구를

쳤다.

"5학년 1반은 전혀 개선된 게 없어. 어제는 경위서를 두 번이나 쓰고 아이 한 명은 아예 집으로 보냈다니까."

"열흘 동안 연휴를 즐기고 와도 아이들은 나아지지 않아."

"차라리 징계를 열 번 받게 하는 게 낫지."

"라마단*이 시작되면 아주 가관일 거야."

뤼크가 내 캐비닛에 경위서 한 장을 밀어넣었다. 담임교사에게 제출하는 징계 사유서였다.

야외 운동장에서 디앙카가 연달아 두 번이나 무례하게 행동함. 학생들과 함께 달리기를 하는 선생님을 향해 쯧쯧거리고는 사과하라는 교사의 말에 모른 척 시치미를 뗌('쯧쯧'의 의미: 꺼져버리라는 뜻의 은어). 징계: 수요일 오전 여덟시 삼십오분부터 열시 이십오분까지 교실에서 두 시간 동안 공부하기. 알림장 48페이지에 있는 체육 시간에 지켜야 할 사항 옮겨적기.

경위서를 다 읽고 나니 케이웨이 점퍼**를 걸친 뤼크가 나타났다. 잠을 설친 날이었다.

"쯧쯧거리는 게 정말로 꺼져버리라는 뜻이야?"

"그게 아니면 뭐겠어? 터키탕에 가서 신나게 노세요, 뭐 그런 뜻이겠어?"

---

* 이슬람력에서 9월에 해당하는 기간. 이 기간에 이슬람교도는 낮 동안 금식을 한다.
** 나일론 소재의 바람막이 점퍼.

"알았어."

뤼크는 이미 저만큼 멀어져 있었다.

"그 혀 차는 소리 정말 못 들어주겠네."

"쯧쯧쯧."

"그만해. 못 들어주겠다니까."

"쯧쯧쯧."

"두 시간 동안 교실에서 벌 서고 싶어?"

"터키탕에 가서 신나게 노세요."

술레이만이 모자를 쓴 채로 교실에 들어왔고 나는 모자를 벗어야 한다는 점을 알려주기 위해 그애가 자리에 앉기를 기다렸다.

"모자 좀 벗으렴, 술레이만. 그 안에 쓴 모자도."

술레이만은 머리를 뒤로 젖혀 후드 티셔츠에 달린 첫번째 모자를 벗고, 두건을 벗듯 얼굴 앞으로 손을 올려 두번째 모자를 벗었다. 나는 창밖으로 시선을 던졌지만 굳이 나무를 바라보진 않고 다시 술레이만에게 시선을 옮겼다.

"술레이만, 제안 하나 하마. 월요일 아침까지 네가 모자를 꼭 써야만 하는 중요한 이유를 내가 납득할 수 있도록 스무 줄로 써서 제출하도록 해. 네가 나를 설득하면 학기가 끝날 때까지 이 문제는 거론하지 않으마. 그렇게 하겠니?"

술레이만은 민머리를 끄덕이며 웃었다. 마침 디앙카가 교탁 옆을 지나가기에 나는 뤼크가 작성한 경위서를 펄럭이며 디앙카를 큰 소리로 불러세웠다.

"이게 뭔지 아니?"

"당연하죠."

"마르탱 선생님이 왜 이걸 나한테 줬을까?"

"그거야 뭐."

"그건 뭐?"

"그건 선생님이 제 담임 선생님이니까요."

"그건 내가 네 담임이고 내가 특별히 다른 선생님들한테 너와 관련된 모든 걸 알려달라고 했기 때문이야."

"왜요?"

"그거야 뭐."

디앙카는 또 혀로 쯧쯧 소리를 냈다.

"그 소리 참 웃기는구나. 다들 네가 내는 그 소리를 문제 삼던데."

"체육 시간에는 그런 적 없어요."

"그럼 마르탱 선생님이 거짓말을 했다는 거니?"

"몰라요. 그냥 체육 시간에는 그런 적 없다고요."

"좋다, 하지만 나는 체육 시간에 그런 적 없다는 그 말을 믿을 수가 없어. 왜인지 아니? 넌 항상, 언제나 그러고 다니기 때문이야. 게다가 그 행동은 모든 사람을 짜증나게 하거든. 언제나 그러고 다닌다는 게 사실이니, 아니니?"

디앙카는 고개를 떨어뜨리며 대답했다.

"아무 데서나 그러지는 않아요."

"아니, 아무 데서나 그래. 얼른 자리에 가서 앉아."

아이는 제자리로 돌아갔다. 쯧쯧거리며.

학부모 대표가 한쪽 자리를 차지했고 그 맞은편에 교사들이 앉 았다. 나머지 자리는 교직원에게 할당되었고, 그 옆으로 상드라와 수마야가 앉으며 콜라 캔을 하나씩 자기들 앞에 내려놓았다. 그 아이들이 무슨 수로 학교행정위원에 뽑혔는지 알 수 없는 노릇이 었다.

마리가 회의를 시작하며 정치적, 종교적 표식을 규제하는 조항 을 수정하자는 이야기를 꺼냈다. 그러자 상드라가 손가락을 올리 며 '개종주의'라는 단어의 정확한 뜻을 물어보았다. 네다섯 명의 입에서 근엄하면서도 경직된 말투로 네다섯 개의 정의가 튀어나 왔다. 정확한 답변 없이 관용, 존중, 공통의 가치관, 공화국 등의 단어가 나열되었다. 중구난방으로 대답이 나오자, 교장 선생님은 투표를 회의 말미로 미루고 두번째 안건으로 넘어가자고 했다.

"내년에는 시간표를 좀 바꿔보면 어떨까 합니다. 예를 들어 1교 시 시작 시간을 현행 여덟시 이십오분에서 여덟시 십오분으로 앞 당기는 겁니다. 그렇게 하면 오전 근무시간이 조금 늘어나니까 업 무 분담이 훨씬 쉬워집니다."

한 학생의 어머니가 서류를 꼼꼼히 들여다보고 말했다.

"문제는 우리 학생들 중 대부분이 동생을 드뷔시 가에 있는 초 등학교에 바래다주고 등교한다는 겁니다. 초등학교 첫 수업시간 역시 여덟시 십오분입니다. 수업 시작 시간을 앞당기면 우리 학생 들은 어쩔 수 없이 동생을 수업시간보다 일찍 데려다줘야 하고, 부 모는 어린아이들이 혼자서 무슨 일을 당하지나 않을까 걱정하게 될 겁니다. 겨우 이삼 분 동안인데도 말입니다."

상드라가 'American Dream'이라는 글자가 찍힌 가방에서 콜라 캔 하나를 더 꺼낸 뒤 몰래 따기 위해 테이블 아래쪽으로 가져갔다. 캔 따는 소리가 들리긴 했지만 교장 선생님은 안건에 대해 이야기하느라 정신이 팔려 별로 신경 쓰지 않았다.

"초등학생의 등교 문제에 우리가 꼭 신경을 써야 하는가? 문제는 바로 이 부분입니다. 한 발 더 나아가보면, 가정 내에서 맏이에게 막내에 대한 책임을 맡기는 것을 우리 교사들이 과연 지지해줘야 하는가 하는 생각도 할 수 있습니다. 복잡한 문제가 아닐 수 없습니다."

학부모 쪽에서 항의에 가까운 웅성거림이 일어났다.

"정말로 아이들을 초등학교에 데려다줄 수 없는 가정도 있습니다. 부모가 새벽부터 일하러 가기 때문이지요. 가정의 역할을 교육기관이 대신할 수 없는 것은 사실이지만, 현실이 어떤지 알면서도 무시하는 것은 잘못된 일일 겁니다."

콜라를 홀짝이던 두 여학생이 갑자기 웃음을 터뜨렸다. 처음엔 지금 다루는 안건과 관련된 내용 때문이라고 생각했는데 그게 아니었다. 우리는 아이들이 잠잠해지기를 기다리며 아무렇지 않은 듯 토론을 계속했다. 그런데 웃음소리는 약해지긴 했지만 계속 이어졌고, 두 여학생은 테이블 위에 반쯤 엎드린 자세로 숨 넘어가는 웃음을 참느라 애쓰며 죄송하다고 했다. 민주적인 분위기 속에서 엄벌을 내릴 수는 없고, 대신에 분풀이 격으로 U자형 테이블 주변에 나무라는 듯한 말들이 오가기 시작했다. 그 아이들이 웃음을 도저히 참을 수 없다는 핑계로 자신들의 행동을 정당화하고 있음이 분명해졌던 것이다. 삼 분쯤 지나자 더는 못 견디겠는지 상드라와 수마야는 결국 회의실에서 뛰쳐나가고 말았다. 구역질을 억지로 참는 사람처럼 배를 움켜쥐고서. 마리가 타협점을 이끌어내기 위해 애쓰며 주의를 집중시켰다.

"초등학교가 여덟시 십분에 첫 수업을 시작하도록 요청할 수는 없을까요?"

학부모들은 회의적인 얼굴로 고개를 가로저었다.

"그렇게 하다가는 모두 새벽 다섯시에 일을 시작해야 할지도 모릅니다."

교장 선생님의 얼굴이 순간 익살로 번득였다.

"최선의 방법은 모든 업무를 오후 다섯시부터 시작하는 겁니다. 그러면 모두 제자리에 있게 될 테니까요."

사람들이 종이 식탁보를 깐 테이블 위에 가지런히 정렬된 종이 컵에 팔을 뻗으려는 순간, 아까 나갔던 두 여학생이 다시 돌아왔다. 아이들은 빈 캔을 플라스틱 휴지통에 버리고 준비된 다과상 근처에 자리를 잡았다. 뻔뻔스러우면서도 멋쩍어하는 모습이었다. 교장 선생님이 교육청에서 제공한 샴페인 병을 들고 U자형 테이블 옆에 우뚝 솟아 있는, 투표함 대신 사용할 꽃병으로 향했다.

"제가 샴페인 병마개를 이 꽃병 안에 집어넣는다에 얼마 거시겠습니까?"

우리는 교장 선생님이 엄지손가락으로 샴페인 병을 따는 모습을 지켜보았다. 병마개는 엄청난 소리를 내며 날아가다 꽃병을 올려놓은 의자 밑에 떨어졌다.

"간발의 차군요."

몇몇 사람들은 그 기회를 틈타 교장 선생님 주위에 몰려들어 보기에도 비굴할 정도로 갖은 찬사를 늘어놓았다. 이동이 자유롭지 못한 관계로 그 자리에 있던 사람들끼리 무리를 형성했다. 뤼크가 두 여학생에게 힌다의 남자친구가 누구냐고 물었다. 상드라는 땅콩을 한 움큼 쥐고는 유식한 말투를 흉내 내기라도 하려는 듯 할머니 목소리를 내며 대답했다.

"그건 말입니다, 선생님, 저희도 밝힐 수 없는 부분입니다."

"그건 그렇고, 지금 라마단 기간인데 이렇게 음식을 먹어도 되는 거냐, 너희?"

"당연하죠. 해가 졌으니 밤이잖아요."

내가 이런저런 공문서 양식에 관한 문제로 뤼크에게 말을 걸자 상드라가 팔꿈치로 수마야를 툭툭 쳤고, 수마야가 귓속말로 뭐라고 중얼거렸다. 그러고는 실컷 웃으려고 자리를 빠져나갔다. 나는 무관심한 척하면서 두 아이를 계속 살폈다. 아이들은 엄지와 검지로 아랫입술을 쭉 잡아당기며 내 흉내를 냈다.

나는 단어를 하나씩 끊어 읽으며 질문을 불러주었고, 아이들은 질문과 그에 대한 답을 노트에 적었다.

"왜 책 제목에 '생쥐'가 들어 있을까요? 왜-책-제목에-'생쥐'가-들어-있을까요?"

메주트는 책을 읽어오지 않았기 때문에 열심히 질문을 받아적긴 했지만 아이를 물어다주는 황새가 답을 가르쳐주기라도 할 듯 답란은 비워두었다. 나는 입도 뻥끗해선 안 된다고 엄포를 놓았고, 절대로 남의 답을 훔쳐봐서도 안 된다고 강조했다. 독해 시험은 절대 서로 도우며 해서는 안 된다는 점도.

"독해 시험에는 말이 필요 없다. 받아쓰기와 똑같은 거야."

타렉이 파블로프의 조건반사 실험처럼 기계적으로 손가락을 올렸다.

"그래, 타렉. 받아쓰기도 할 거야. 오십 분에 받아쓰기를 할 거라고. 하지만 지금은 독해 시험 시간이니까 말하지 마."

모두 시키는 대로 따랐지만, 팡제는 밍의 답안지를 옮겨적거나 입을 옆으로 삐죽거리며 칠판에 적힌 단어의 정확한 의미를 간간이 물었다. 밍은 팡제를 향해 입을 삐죽거리며 단어 뜻을 설명하는 동시에 내가 하는 말을 이해하느라 이러지도 저러지도 못했다.

"9번 문제. 왜 검은 마부는 다른 사람들과 같이 잠을 자지 않았을까요? 왜-검은-마부는-다른-사람들과-같이-잠을-자지-않았을까요?"

밍이 장님이 소리에 집중하는 듯한 표정으로 인상을 찡그렸다. 나는 불러준 문장을 다시 떠올리며 밍이 '마부'라는 단어의 철자를 알지 못한다는 걸 깨달았다. 나는 그게 어려운 단어라는 핑계로 칠판에 그 단어를 적어주었다. 비앵에메가 반항하듯 소리쳤다.

"아이 씨, 아까 제가 물어볼 땐 안 가르쳐주셨으면서 지금은 왜 가르쳐주는 거예요?"

아이가 가방에 손을 집어넣었다.

"어려운 단어니까."

"전 그 단어 쓸 수 있단 말이에요. 쯧쯧쯧."

나는 들고 있는 종이를 들여다보았다.

"그럼 무슨 뜻인지도 알겠네?"

아이는 당연하다는 듯 어깨를 들썩였다.

"설명해봐라."

"마구간에서 일하는 사람이요."

밍은 그제야 알겠다는 듯 팡제에게 속삭이며 답을 적었다.

　무관심한 침묵 속에 빠져 있는 반 아이들에게 뭔가 설명하고 있을 때, 지브란과 아르튀르가 뭔지는 모르지만 키득거리며 자신들의 계산기를 꼼꼼히 비교 분석하고 있을 때, 마이클이 속으로는 멍하니 딴생각을 하면서 겉으로는 알았다고 고개를 끄덕일 때, 다들 꾸벅꾸벅 졸다 결국 책상에 박치기를 할 것 같던 그때, 상드라가 뻔뻔할 정도로 크게 웃음보를 터뜨렸다. 나는 당장 웃음을 멈추라고 지시했지만 상드라는 온몸을 뒤틀며 멈출 수가 없다는 손짓을 했다. 나는 두 손을 허리춤에 올렸다.

"그저께 했던 행동을 반복하다니 좀 너무한 거 아니냐?"

　상드라가 몸 뒤틀기를 잠시 멈췄다. 나는 말을 이었다.

"너희한테 말할 기회가 없었는데, 솔직히 그때는 정말 창피했다. 어떻게 행정회의 시간에 그런 식으로 웃을 수 있지? 혼을 낼 수도 없고, 너희 때문에 얼마나 난처했는지 알아?"

"그게 뭐요? 그래서 밖으로 나갔잖아요."

"십 분 동안이나 그러다가 말이냐? 십 분이 얼마나 긴 시간인 줄 알아?"

"솔직히 남한테 별로 피해를 주지도 않았잖아요?"

"아니, 피해를 줬어. 회의에 참석한 사람들이 너희에게 좋은 말로 그만 웃으라고 말할 수 없어서 정말로 난처해했거든."

호기심이 발동한 아이들이 교실 끝에서 끝으로 시선을 돌렸다. 수마야는 당장이라도 토라질 기세였다. 나는 하고 싶은 말을 다 해버리기로 했다.

"미안한 말이지만, 남들 앞에서 그렇게 깔깔거리는 건 길거리 창녀나 하는 행동이야."

두 아이가 동시에 버럭 성질을 냈다.

"그만하세요. 저흰 창녀가 아니에요!"

"어떻게 그런 말을 하세요, 선생님!"

"난 너희가 창녀라고 말한 게 아니야. 그런 행동은 창녀의 행동과 비슷하다고 한 거지."

"그만하세요. 저희를 취급해서 좋을 건 없을걸요."

"저희를 취급하지 마세요."

"취급한다가 아니라 모욕한다고 해야지."

"그런 식으로 저희를 창녀로 모욕할 필요는 없잖아요."

"그냥 누군가를 모욕한다고 하거나 뭐뭐로 취급한다고 말하는 거야. 두 표현을 헷갈리면 안 돼. 내가 너희를 모욕했다고 하거나, 아니면 창녀로 취급했다고 말해야지 두 표현을 섞어 쓰면 안 돼."

"어디서 저희를 창녀로 모욕해요? 그럴 순 없어요, 선생님."

"그래, 좋다, 좋아. 알았으니 그만두자."

린이 웃음을 머금은 채 황급히 나타났다. 자리에 있던 유일한 사람인 내게 린은 대화하고 싶다는 뜻으로 인사말을 건넸다. 오전 수업이 아주 순탄하게 지나갔다는 말을 하고 싶었던 것이다. 린은 괜히 자신의 캐비닛을 샅샅이 뒤져보더니 멀지 않은 곳에 앉았다. 내 가위가 세 배로 속력을 냈다.

"이야, 정말 학구적인 선생님이 여기 있네!"

그 말에 대답했더라도 린은 아마 듣지 않았을 것이다.

"오렌지 먹고 싶어?"

"스페인산이야?"

"당연히 스페인산이지."

린은 가방에서 오렌지 두 개를 꺼내 작은 걸 자신이 챙겼다. 그러고는 껍질을 벗기며 내게서 대화를 이끌어내기 위해 빈틈을 찾았다.

"오늘 3학년 2반 아이들 환상적으로 얌전했어."

"그래?"

"스페인어도 좀 하더라니까."

"그럴 수도 있지."

"지난번엔 교무행정 선생님이 이십 분 동안 수업에 참관했어. 문제가 되는 부분을 이해해보려고 노력한 거지. 오늘은 수업 방식을 좀 바꿔봤어. 수업 끝내면서 이런 식으로 하면 좋을 것 같냐고 물었더니 다들 그렇다는 거야. 그래서 깨달았지. 텍스트에 대한 상세한 설명을 줄여야겠다고. 이제는 감독관이 수업시간에 들이닥치지 않도록 수업을 해야겠어."

린이 자신의 캐비닛을 열고 종이 몇 장을 꺼내더니 단숨에 읽어내렸다.

"이런, 젠장."

나는 문법 연습문제 종이에 침을 발라 붙여 철하기 위해 혀를 내밀었다. 린은 여전히 대화를 계속하고 싶어했다.

"이런 어이없는 경우가."

린이 다시 한번 대화를 시도했다.

"뭐 이런 어처구니없는 경우가 다 있어."

나는 결국 대화를 받아주었다.

"뭐가 그렇게 어처구니없는데?"

린이 내 옆자리에 앉았다.

"아이들한테 유명한 사람의 전기를 써오라고 했는데 칼데론에 대해 쓴 거 있지. 제대로 희망 좀 가져보려고 했더니 아무래도 아닌가봐. 칼데론이 뭐야, 칼데론이. 도대체 뭐 하는 인간이야. 언뜻 보니 운동 선수 같던데."

"축구 선수야."

"아무래도 헛된 희망이었나봐."

린이 캐비닛을 닫았다.

"정말 어처구니가 없어."

최루가스가 사라지기를 기다리며 계단 아래에 줄을 서 있는 3학년 3반 아이들을 지도하느라 애를 먹던 교무행정교사 크리스티앙이 나를 불렀다. 그는 미소 띤 얼굴로 조금씩 다가왔다.

"시간 되면 정오에 나 좀 봐야겠어. 3학년 여학생들이 자네와 관련해서 불만을 제기했어."

그는 쾌활하게 말했지만 오히려 그게 내 성질을 돋웠다.

"어떤 여학생들? 나한테 뭐가 불만이라는데?"

"어, 아무것도 아니야. 자네도 알잖아. 자기들을 창녀 취급했다 나 뭐라나."

"누가 그랬어? 상드라하고 수마야?"

"나도 잘은 몰라. 3학년 1반 학생도 있어."

크리스티앙의 목소리에선 상황을 심각하게 만들지 않으려는 노력이 엿보였지만 나는 그만큼 더 열받은 목소리로 받아쳤다.

"3학년 1반? 이건 그 아이들하고 전혀 상관없는 문젠데?"

"나도 잘 몰라. 아무튼 자네도 알잖아. 하고 싶은 말은 뭐든지 다 내뱉는 아이들이라는 거."

"문제의 3학년 1반 아이들 이름을 가르쳐주지 못하겠다 이거야? 정말 미치고 환장할 노릇이군!"

이동해도 된다는 허락이 떨어지자 무리의 선두가 소란스럽게 움직이기 시작했다. 크리스티앙은 카우보이처럼 아이들을 인솔해 갔다.

"먼저 실례할게."

무리 바깥에 있던 상드라가 크리스티앙을 노려보았다. 나는 상드라의 외투를 거의 벗길 정도로 세게 붙잡았다.

"너 잠깐 나 좀 보자."

내 눈빛이 얼마나 강압적이었는지 아이는 반항 한번 못 하고 나를 따라왔다.

"듣자하니 나한테 불만이 많다고 교무행정 선생님을 찾아갔다더구나. 잘했다. 아주 고맙구나."

상드라는 죄지은 사람처럼 버벅거렸다.

"그게 뭐가 어때서요?"

"나한테 직접 찾아와서 해명을 요구할 수는 없었니?"

"선생님이 저희를 창녀로 모욕했잖아요."

"우선, 난 네가 말하는 것처럼 너희를 창녀로 모욕한 적이 없어. 다음으로, 무슨 일이 있든 먼저 나를 찾아와 설명을 하든 해명을 요구하든 해야 하는 거야."

"선생님들은 학생 때문에 화가 나는 일이 있으면 교무행정 선생님을 찾아가잖아요. 그런데 학생이 선생님 때문에 화가 날 때 교무행정 선생님을 찾아가서는 안 되는 이유를 모르겠어요."

"그건 아니지. 그 말은 논리적으로 옳지 못해. 그건 엄연히 경우가 달라."

나는 주변 시선을 끌 정도로 목청을 높였다. 이미 아이들 몇 명이 모여들었고, 무리에 낀 수마야는 상드라가 나를 상대로 혼자 진땀 빼는 모습을 지켜보았다.

"학생도 만족스럽지 않을 때는 똑같이 하는 게 정상 아니에요? 그렇지 않으면 너무 불리하다고요."

"그래서 뭘 기대했는데?"

"뭐가요?"

"교무행정 선생님한테 뭘 기대했냐고? 나를 처벌해주길 바랐니?"

"아니요. 몰라요."

"도대체 뭘 기대한 거야?"

"그런 거 없어요. 그냥 가서 말한 것뿐이에요."

"내가 교무행정 선생님한테 혼쭐이라도 났으면 했니?"

"불평하지 마세요. 처음에는 부모님한테 이를 생각이었다고요."

"차라리 그러지 그랬니? 왜 부모님한테 고자질 안 했어? 안 그래도 너희 부모님과 면담하려고 기다렸는데."

"그런 말씀 하지 마세요. 선생님이 저를 창녀로 모욕한 걸 우리 아빠가 아시면 선생님을 죽일지도 몰라요. 나중에 태어날 제 아이의 목숨을 걸고 장담해요."

잠을 설친 탓에 입안이 말라 혀가 잘 돌아가지 않았지만, 나는 사정없이 퍼부었다.

"첫째, 창녀로 모욕한다는 말은 쓰지 않아. 창녀 같다고 모욕했다고 말하는 거야. 아니면 창녀로 취급했다고 하든가. 창녀로 모욕한다는 말은 맞지 않아. 나를 비난하고 싶다면 우선 프랑스어나 제대로 배워. 둘째, 난 너희를 창녀로 취급하지 않았어. 너희가 창녀나 할 만한 행동을 했다고 말했지. 그건 전혀 별개의 문제야. 무슨 말인지 이해하겠어?"

"암튼 학교 애들이 다 안다고요."

"뭘 다 알아?"

"선생님이 우리를 창녀로 모욕했다고요."

나는 이를 꽉 문 채 나지막이 외쳤다.

"난 너희를 창녀로 취급한 적 없어. 물론 순간적으로 창녀나 할 행동을 했다고 말하긴 했지. 이 차이를 이해하지 못한다면 넌 정말이지 길거리 인생과 다를 것 하나 없는 가련한 인간이야."

"선생님은 창녀가 뭔지 아시기는 해요?"

"그럼, 당연히 알지. 그런데 그게 뭐? 문제될 것 하나도 없어. 왜냐고? 난 너희를 '창녀로 모욕'한 적이 없으니까."

"죄송한 말씀이지만 저한테는 창녀가 매춘부를 뜻하거든요."

"창녀는 그런 뜻이 아니야."

"그럼 뭔데요?"

속사포처럼 튀어나오던 내 말에 제동이 걸렸다.

"창녀는 그러니까…… 음…… 장난이 심하고 바보처럼 웃는 여자아이라는 뜻이야. 그리고 너희는 행정회의 시간에 그런 행동을 보였어. 깔깔거리며 웃던 그 순간, 너희 행동은 전형적인 그런 여자아이의 행동이었어."

"저는 그렇게 이해하지 않았어요. 저한테 창녀는 매춘부예요."

상드라는 우리 주변을 빙 둘러싼 채 오 분 전부터 침을 튀기며 설전을 벌이는 내 모습을 지켜보던 아이들을 증인으로 내세웠다.

"얘들아, 창녀가 매춘부가 아니면 도대체 뭐야?"

아이들은 모두 상드라 편을 들어주었다. 나는 그 자리에서 발걸음을 돌려 계단으로 향했다. 순식간에 눈이 따끔거렸다.

술레이만은 모자 위에 다시 후드 티셔츠에 달린 모자를 겹쳐 쓰고 있었다. 지난 수업에 분명 결석했던 후세인이 술레이만에게 오른쪽 주먹을 내밀어 술레이만의 왼쪽 주먹에 살짝 부딪쳤다.

"술레이만, 그거 다 벗어라."

디코는 뒤늦게 가방을 풀었다. 그러고는 뭔가 생각하는 듯한 얼굴로 나를 쳐다보더니 결국 입을 열었다.

"선생님, 질문이 하나 있는데 그걸 여쭤보면 저를 관타나모 수용소로 보내실 게 분명해요."

"뭔데?"

디코 옆에 앉은 지브릴만 우리 이야기를 듣고 있었다. 지브릴의 티셔츠에는 'Foot Power'라는 글자가 반원을 그리며 쓰여 있었다.

"질문이 좀 그래요. 코란에 대고 맹세하건대, 선생님이 그 질문을 들으시면 저 녀석을 당장 교장실로 보낼 거예요."

"전에 내가 그런 적 있었니?"

'Foot Power'가 대답했다.

"아니요. 하지만 디코의 질문은 정말 좀 그래요."

"그럼 어디 들어보자."

"그러지 마세요. 선생님 꼭지 돌 거예요."

"제대로 말해볼래?"

"선생님 화나실 거예요."

"내가 지금 화낼 얼굴로 보이니?"

"확실해요."

"넌 그만 빠져라."

지브릴은 난처한 웃음을 지으며 의자에 앉은 채 몸을 흔들었다.

"애들이 그러는데…… 아니에요, 아무것도 아니에요."

디코가 무슨 말을 하려는지 난 처음부터 알고 있었다.

"애들이 뭐라고 그러는데?"

"애들이 그러는데 선생님이 남자를 좋아한대요."

"애들이 내가 동성애자라고 그러니?"

"네, 그랬어요."

"당연히 아니지."

"그 말을 한 애들은 목숨을 걸고 맹세한다고 했어요."

"그래? 그렇다면 여러 아이가 죽어나가겠구나."

"그럼 거짓말이에요?"

"당연히 거짓말이지. 미안하구나. 만일 내가 동성애자라면 너한테 말이라도 해줄 텐데, 미안하게도 아니다."

프리다가 나를 불렀다.

"선생님, '이것은 무엇입니까'의 스펠링이 어떻게 돼요?"

그 문장을 칠판에 적으며 철자를 잘 적었는지 살피다가 'Qu'est-ce que c'est'라는 표현이 왠지 말도 안 되는 표현 같다는 생각이 들었다.

"이건 왜 알려고 하는데?"

"연습문제에 있어요."

리디아는 평소보다 여드름이 더 돋았고, 모하메드는 뭔지 모르지만 혼자 웃었다. 나는 난처한 상황에서 빠져나가기 위해 간접목적보어에 대한 설명으로 관심을 돌리려 했다.

"틀린 문장을 고치기 전에 간접목적보어에 대해 배운 걸 말해볼 사람?"

아무도 없었다.

"아무도 없어?"

쿰바는 알고 있지만 아무 말도 하지 않을 게 뻔했다.

"디코, 간접목적보어를 쓴 문장 한번 말해볼래?"

"모르겠는데요."

"아니, 넌 알아."

"모른다니깐요."

"예를 들어 '나는 동성애자에게 내 자동차를 팔았다'라는 문장에서 '동성애자에게'가 바로 간접목적보어에 해당한다."

"크크크."

'Foot Power'의 목소리였다.

"선생님, 그건 좀 심한 것 같은데요."

나는 절대 무관심으로 대응했다.

"자, 그럼 이 간접목적보어를 대명사로 바꿔 쓰고 싶으면 어떻게 해야 하지? 누구 아는 사람?"

아무도 없었다.

"아무도 없어?"

아무도 없었다.

"어쨌든 좋아."

쿰바는 알고 있지만 아무 말도 하지 않을 게 뻔했다.

"간접목적보어를 대명사로 바꿀 때 주로 사용되는 대명사가 y와 en이다. 'J'ai rêvé de mes dernières vacances(나는 지난번 휴가에 대한 꿈을 꾸었다)'라는 문장은 'J'en ai rêvé(나는 그 꿈을 꾸었다)'가 되는 것이고, 'Je pense souvent à mon travail(나는 종종 일에 대한 생각을 한다)'라는 문장은 'J'y pense souvent(나는 종종 그 생각을 한다)'가 되는 거야."

힌다가 손가락을 올리지 않고 질문이라고 보기에는 뭔가 빠진 듯한 평서문 투로 물었다.

"둘 중 무엇을 쓰는지 어떻게 알아요?"

"너라면 뭐라고 대답하겠니?"

생각할 시간을 벌 작정이었다.

"몰라요."

어떻게 대답해야 할지 생각이 났다.

"아주 쉬워. 전치사 à 뒤에 나오는 목적보어는 y로, 전치사 de 뒤에 나오는 목적보어는 en으로 바꿔주면 돼. 물론 예외도 있어. 하지만 그럴 땐 직감에 따라 바꿔주면 된다."

힌다가 똑같은 말투로 다시 물었다.

"지깜이란 건 뭐예요?"

"직감이라는 건 자연스럽게 뭔가를 제대로 하는 경우를 말해. 사람들 중에는 y와 en을 언제 써야 할지 자연스럽게 아는 사람이 있어. 하지만 그런 직감이 없는 사람을 위해 규칙이라는 것이 있다."

학생 하나가 노크도 없이 파란색 문을 열고 교무실로 들어왔다. 바스티앵은 들고 있던 비스킷을 단숨에 삼키고는 학생에게 밖으로 다시 나가 노크를 한 뒤, 들어오라고 하면 그때 들어오라고 말했다. 학생은 밖으로 나가 문을 닫고 시키는 대로 했지만 학생의 노크에 대꾸하는 선생은 아무도 없었다. 라셸은 빨간 하이힐을 신었고 안색이 좋아 보였다. 막대설탕을 손에 든 실비는 자신이 어제 결근했다고 말하는 중이었다. 실비는 미소를 지어 보이며 말줄임표를 쓰듯 단어를 띄엄띄엄 말했다.

"종교적인 이유 때문이었어. 욤 키푸르*였잖아."

실비는 아무 이유 없이 막대설탕을 찻잔 위에 대고 흔들었다. 다른 동료 교사들과 마찬가지로 라셸 역시 문을 두드리는 노크 소

---

* 유대교의 속죄일. 하루 동안 일하지 않고 단식을 한다.

리에 아무런 반응도 보이지 않았다.

"아이들도 좋아하고, 더군다나 내 남편이 아랍계잖아. 그래서 올해부터는 다 같이 라마단을 따르기로 했어."

실비의 입가엔 여전히 미소가 떠나지 않았지만 그런 말을 하는 동안 만족스러운 표정과 살짝 난처해하는 표정이 동시에 엿보였다. 나는 혹시 욤 키푸르가 매년 이스라엘을 불시에 공격하는 팔레스타인의 축체 아니냐고 물었다. 라셀은 전혀 웃지 않았다.

"그냥 금식하는 게 전부야."

실비의 얼굴에도 미소가 사라졌다.

"자기도 굶었어?"

"당연하지."

"쉽지 않을 텐데."

"아니야, 그냥 하루 건너뛰는 건데 뭘."

마리가 전국 토론에 관한 공문서를 떼어낸 뒤 말했다.

"5학년 1반, 정말이지 무슨 조치를 취해야 할 것 같아. 그야말로 개판이야. 그 반에서만 사고 경위서가 쉰일곱 장 나왔고 퇴학 조치만 서른네 번이야."

"담당 교사끼리 한번 모여야겠어."

"그러게."

질은 안색이 거의 납빛이었고 눈가의 다크서클은 귓불까지 길게 드리워진 상태였다.

"그래봐야 달라질 건 없을 거야. 내가 맡은 4학년도 마찬가지야. 도대체 뭘 어떻게 하겠다는 거야?"

"피곤해 보여."

"그런가? 잘 모르겠어."

기분이 좋은지 입이 귀에 걸린 엘리즈가 지치지 않고 계속 문을 두드리는 학생을 뒤로한 채 문을 닫았다.

"정말 못 말리는 애들이야."

엘리즈는 머리를 곱게 틀어올린 모습이었다.

"운동장을 지나가는데 갑자기 이드리사가 다가와서 이러는 거야. '선생님 너무 귀여워요.' 그래서 내가 그랬지. 무슨 말버릇이냐고. 선생님한테는 그렇게 말하지 않는 거라고. 그랬더니 '네, 그런데 선생님 새로 바뀐 헤어스타일하고 화장하신 얼굴이 너무 귀여워요' 이러는 거야 글쎄."

질은 머리를 틀어올리지 않았다.

"아무튼, 6학년 애들은 다음 해에 5학년으로 만날 거고, 그다음 해에는 4학년으로, 그다음 해에는 3학년으로 다시 만나게 될 거야. 똑같은 애들이니까 달라질 게 없어."

결국 마리는 꺼냈던 말을 도로 집어넣었다. 문을 두드리던 학생이 열린 틈 사이로 고개를 내밀었다. 바스티앵이 아이를 지켜보고 있었다.

"선생님이 뭐라고 했지? 기다리라고 했을 텐데."

"아니요. 먼저 노크를 한 뒤 선생님이 들어오라고 하면 그때 들어오라고 하셨어요."

"내가 들어오라고 했니?"

"지구과학 선생님이 오라고 하셨어요."

지구과학 선생이라면 아랫입술에 과자 부스러기를 달고 있는 샹탈이었다.

"맞아, 내가 오라고 했어. 베디, 난 네가 알림장에 부모님의 사인을 받아왔으면 하는데 말이야."

"부모님이 안 계세요."

"무슨 말이지?"

"시골에 계세요."

"형이나 누나는 없니?"

"아녀, 형이 있어요."

"아녀라는 말을 쓰면 안 돼. 그러면 형한테 사인을 받아오거라."

"형 없어요."

"형 없다고?"

"없어요. 다 시골에 있어요."

"어떻게든 월요일까지 꼭 알림장에 사인을 받아와."

샹탈은 베디를 문밖으로 내보낸 뒤 돌아오면서 고개를 절레절레 흔들었다.

"정말 못 말려."

제니퍼는 5점을 받고 투덜거렸지만 4점을 받은 하비바에게 위로를 받았다. 하킴은 17점이라고 쓰인 자신의 답안지가 다른 아이들의 책상 사이를 오가며 리디아의 손에 들어갈 때까지 기다렸다. 한쪽 손에만 검은 매니큐어를 바른 리디아는 두툼한 점퍼도 벗지 않은 상태였다.

"저기 잘난 척하는 녀석은 지가 잘난 건지, 뭐든지 다 해주는 누나가 잘난 건지 모르겠네."

"너 입 닥쳐."

하킴은 목에 걸린 휴대폰이 울리자 끄기 위해 말을 끊었다.

"그 휴대폰 압수할까, 하킴?"

"아니요, 아니에요. 그러실 필요 없어요."

나는 아이들에게 알림장을 꺼내 내일인 화요일 날짜를 펴라고 한 후 과제물을 불러주었다. 아이사투와 파이자는 서로 눈짓을 주고받더니 아무것도 받아적지 않았다.

"거기 두 아가씨, 무슨 일이지?"

"저희 내일 학교 못 나와요."

"학교에 못 온다니?"

"이드*라서요."

교실 맨 뒤에 앉은 수마야가 고개를 들고 말했다.

"내일인지 아닌지 확실히 몰라."

십여 명의 아이들이 날짜를 가지고 설전을 벌이기 시작했다. 나는 아이들의 입에서 쏟아져 나오는 갖가지 가능성을 정리해보려고 애썼다.

"내일일 가능성이 몇 퍼센트냐?"

"구십 퍼센트요."

"구십구 퍼센트야."

"정확히 알 수 없어."

"맞아, 내일이야."

"음력 날짜를 확인하면 돼. 그러면 끝이야."

---

* 이슬람교의 축일.

이 분 동안 계속해서 불협화음이 이어졌고, 결국 나는 사태를
종결시켰다.

"내일 결석할 사람?"

다섯 아이만 손가락을 들지 않았다.

"좋다, 그럼 목요일 날짜를 펴라."

'제복을 입은 아버지 옆의 소위 흔하다고 할 수 있는 세부적인
요소가 그나마 사진의 분위기에 독특함을 부여했다.' 나는 아이들
에게 십 분을 주고 이 문장에서 목적보어를 찾아보라고 시켰다. 십
초쯤 지나자 파야드가 손가락을 올렸다.

"'부여하다'가 무슨 뜻이에요?"

"'부여하다'에는 '주다'라는 의미가 있다. 그러니까 사진의 분위
기에 독특함을 준다는 뜻이지."

나머지 아이들은 자신이 찾은 단어 밑에 밑줄을 그었다. 살리마
타가 손가락을 들어올렸다. 팔목에는 팔찌를 세 개나 찼고, 목에는
목걸이 네 개를 했다.

"'독특함'이 무슨 뜻이에요?"

"남다르다는 뜻이야. 남다르다는 말은 알지?"

"네, 아름답다는 뜻이잖아요."

"아니야, 특별하다는 말이야. 여기서는 세부적인 요소가 사진에
특별함을 준다는 말이야."

알리사가 노력만 하면 늘 물어뜯는 연필에게도 좋은 날이 올
텐데.

"'개인의 집으로 간다'는 말은 무슨 뜻이에요?"

"아, 그건 전혀 다른 거야. 지금 하는 얘기랑 전혀 관련이 없다고."

메주트는 혼자서 엉뚱한 방향으로 나아갔다.

"선생님, 문장이 어디서부터 시작되는 거예요?"

"너무한 거 아니냐, 메주트? 칠판에 적은 게 전부 한 문장이야. 대문자로 시작해 마침표로 끝나는 게 한 문장이라고. 정말 너무하네."

일 분 정도 완전히 유지되던 침묵 상태는 재채기 소리와 생티아의 질문으로 다시 깨졌다.

"선생님, 문장 중간에 왜 군대 계급이 나오는지 모르겠어요."

"군대 계급? 정말?"

나는 생티아의 노트를 들여다보았다.

"아, '소위.' 이건 군대 계급이 아니라 하나의 표현이야. '소위'라는 말은…… 그러니까 '소위'는 '이른바'라는 뜻이다. 세부적인 요소가 이른바 독특하다는 거지. 아니, 아니구나. 그런 게 아니고, 아무튼 여기서는 그런 뜻이다. '소위'라는 말은 '이른바'라는 뜻이야."

아이들은 다시 연습문제에 열중했다. 나보다 훨씬 만족한 상태로.

"문장에서 '소위'라는 말은 빼도 좋다. 아무 쓸모 없는 단어니까 없애도 돼."

알리사가 연필을 꼭 깨물고 있던 입을 열고 말했다.

"그 사람들은 왜 필요도 없는 단어를 쓴 거예요?"

"'그 사람들'이 아니라 '그 사람'이라고 해야지. 이 글을 쓴 사람은 한 명이거든."

"그 사람이 '소위'라는 단어를 썼다면 저희가 마음대로 없앨 수 없잖아요. 그러면 그 단어가 아무 의미 없다는 뜻이 되니까요."

"아니, 그렇지는 않아. 하지만 목적보어를 찾는 데는 아무런 소용이 없지."

"그럼 그대로 둘래요."

"그래. 그대로 두는 대신 읽지는 마라."

"읽어야 하잖아요."

"그럼 열심히 읽은 다음 연습문제를 끝내라. 이제 시간이 별로 없거든."

농부 두 명을 그린 그림 아래 앉은 라셸이 그럴 수는 없는 법이라고 말했다.

"이드 축일을 지키는 것 자체는 좋다 이거야. 하지만 걔네는 그걸 핑계로 이틀이나 학교를 빼먹자는 거잖아. 그런 법이 어디 있어. 고작 여섯 명 모아놓고 수업을 한다고? 그게 무슨 꼴이야?"

비스킷을 집어먹던 바스티앵은 라셸의 말을 한 귀로 듣고 한 귀로 흘리다가 자신은 그러건 말건 관심 없다고 대꾸했다. 교무실 구석에서 나타난 교무행정교사 크리스티앙이 가까운 자리에 있는 교사에게 타이핑된 문서 하나를 내밀었다.

친애하는 동료 교사 여러분께 4학년 1반 살리마타 학생의 안타까운 사연을 전하며 온정의 손길을 모았으면 합니다. 살리마타의 아버지는 얼마 전 휴가차 고향인 코모로*에 갔다가 프랑스로 돌아오기 전 사고로 세상을 떠났습니다. 아이의 아버지는 고향땅에 그대로 묻히셨지만 살리마타와 가족들은 장례식조차 참석할 수 없었습니다. 비행기표 값이 천이백 유로가 넘기 때문입니다. 이런 이유로 살리마타는 돌아가신 아버지의 무덤에 가볼 수조차 없는 형편입니다. 장례 절차를 도맡기는커녕 가장 기본적인 의무인 참석마저 불가능한 상황입니다. 그래서 동료 교사 여러분과 함께 살리마타의 가족을 위해 행정실에 비치된 봉투에 소정의 성금을 모아 전달했으면 합니다. 살리마타는 진지한 학생이며 교직원이 조의를 표하기에 모자람 없는 모범생입니다.

라셸은 아직도 할 말이 끝나지 않은 모양이었다.

"이드 기간은 딱 하루뿐이야. 하루면 끝이라고. 상황을 악용하면 안 되지."

엘리즈가 방향을 잃고 튀어오른 공을 낚아채며 말했다.

"나는 말이지, 5학년 1반 애들이라면 여섯 명도 충분해."

공은 쥘리앵에게 돌아갔다.

"난 짜증나서 못 견뎌. 5학년 1반은 어제도 오늘도 안 맡았지만. 아, 종 울렸어?"

쥘리앵은 종이 울린 것을 잘 알고 있었다. 자리에서 일어나 스웨터에 묻은 과자 부스러기를 황급히 터는 바스티앵의 모습만 봐

---

* 아프리카 동부 인도양에 위치한 섬나라.

도 알 수 있었다.

　벌써 두 번이나 경고했지만 은데예는 여전히 달라지지 않았다.

　"은데예, 수업에 집중해라."

　"전 아무 말 안 했어요."

　"내가 칠판에 적어놓은 정의도 받아적지 않았잖아."

　"했어요. 다 받아적었다고요."

　"그럼 가서 확인해봐?"

　"그러시든지요."

　은데예는 자신만만한 태도로 대꾸했다. 나는 그애 쪽으로 두 걸음을 옮겼다.

　"정말로 가서 확인해볼까?"

　"그러세요. 다 했어요."

　변함없이 자신 있는 태도다. 가슴에는 'Indianapolis 53'이라는 글자가 휘갈겨 쓰여 있었다. 나는 은데예의 공책에 적힌 문장을 어렴풋이 구분할 수 있는 거리까지만 나아갔다. 그러고는 발걸음을 돌렸다.

　"선생님은 네가 조용하기를 바랄 뿐이야."

　"말 안 했다니까요!"

　"조용하라고 했다."

　나는 태연한 척하며 칠판을 지웠다.

　"쯧쯧쯧."

　"그 혓소리도 듣기 싫어."

은데예가 또다시 혓소리를 냈다.

"당장 복도로 나가. 그리고 수업 끝나면 나한테 와. 너에게 줄 깜짝 선물을 준비해놓을 테니."

은데예는 복도로 나가면서도 혓소리를 냈다. 알리사는 다른 생각을 하는지 두 눈에 느낌표가 꽉 들어찬 느낌이었다.

"선생님, 세미콜론은 언제 사용하는 거예요?"

"좀 복잡한 문제로구나. 쉼표와 콜론의 중간 정도로 생각하면 되는데, 설명하기 복잡하네."

"그건 저도 아는데요. 어떤 때 쓰는 거예요?"

"세미콜론 때문에 피곤하게 살 필요는 없을 것 같은데."

"그럼 왜 칠판에 쓰셨어요?"

조건법은 가능성 있는 어떤 것을 설명할 때 사용한다; 조건법의 시제는 과거 속의 미래에 해당한다.

"그래, 저기 있긴 한데 좀 복잡한 문제야."

파야드는 세미콜론도, 조건법도, 밖에 떨어지는 우박도, 종소리가 울려 퍼지자 여기저기서 날갯짓하는 아이들도, 다시 나타난 은데예도 생각하지 않는 것 같았다. 은데예는 자기 책상으로 돌아갔다가 내게 다가와 'Happiness in Massachusetts'라고 쓰인 알림장을 내밀었고, 나는 반성문을 스무 줄 써오라고 적었다.

"제가 왜 반성문을 써야 하는데요?"

"겨우 이 프랑 건지겠다고* 전쟁을 일으켰으니까."

"저는 전쟁을 일으킨 적이 없는데 왜 그렇게 말씀하세요?"

"나는 내 말을 잘 알아듣겠는데."

"그리고 이제 프랑은 안 써요. 유로라고 해야 한다고요."

"그게 그렇게 중요하니? 돈 벌 일도 없으면서."

내 이야기를 듣고 있던 하디아가 가방을 어깨에 걸치며 말했다.

"선생님은 항상 과장이 좀 심하세요."

"누가 너한테 물어봤니?"

"아니요."

"알면 됐다."

"하지만 많은 애들이 선생님이 좀 너무하신다고 생각해요."

"넌? 넌 어떻게 생각하는데?"

"저요? 개인적으로요?"

"그래, 개인적으로."

"전 개인적으로도 선생님이 좀 너무하신다고 생각해요."

"그래, 넌 날 좋아하지 않잖아."

"아, 그건 맞아요. 전 선생님을 별로 좋아하지 않아요."

"그건 나도 마찬가지야. 나도 너 별로 좋아하지 않아."

"애들한텐 미안한 말이지만, 4학년 아이들 정말 지긋지긋해."

질이 한 말은 복사기 전원코드가 어디에 연결되어 있는지 찾던 바스티앵의 귀에는 들리는 듯 마는 듯했다.

"5학년 1반은 더 끔찍해. 교직원 전체 회의를 해야 될 정도야."

----

* '이 프랑 건지다'는 '싸구려다' '명분이나 볼품이 없다'는 뜻의 프랑스어 표현이다.

"4학년은 요즘 두 배로 더 설치고 있어."

바스티앵은 결국 복사를 그만두기로 했다.

"5학년 1반 녀석들, 라마단이 끝난 지가 언젠데 아직도 이런다니까."

코르크 재질의 게시판에 누군가 압정으로 복사한 문서 하나를 붙여놓았다. 제목은 '학교 성적표의 개정'이었고, 밑에는 모의 성적표가 제시되어 있었는데, 성적표에 적힌 말은 모두 과장이 심했다. 왼쪽 칸은 과목명, 중간 칸은 '이전' 평가, 그리고 맨 오른쪽은 '현재' 평가였다.

과목＼평가	이전	현재
프랑스어	맞춤법을 전혀 모름	창의력이 매우 뛰어나며, 자신만의 독특한 글쓰기 솜씨를 갖춤
수학	필기에 열의가 없고 말이 전혀 없음	예술 감각이 뛰어나고 뒤로 물러설 때를 아는 사려 깊은 학생임
생물	좌불안석에 주의 산만, 수업에 전혀 집중하지 못함	교사는 학생이 수업에 집중하도록 주의를 끌지 못한 데 대해 아쉬워함
미술	준비물을 거의 가져오지 않음	소비만 부추기는 사회의 희생양이 되기를 거부함

린이 세면대에서 손을 씻은 뒤 찻잔을 들고 돌아와 의자에 주저앉았다. 린은 오십 상팀짜리 동전을 거부하는 커피자판기 앞에 서 있는 제랄딘을 말 상대로 골랐다.

"3학년 1반 때문에 정말 미치겠어."

"설마."

"지브릴이라는 녀석은 스페인 사람들이 인종차별주의자라고 우겨. 그래서 내가 인종차별주의자는 어딜 가도 많지만 스페인은 그래도 좀 나은 편이라고 얘기해줬지. 그랬더니 아이들 전체가 '맞아요, 스페인 사람들은 인종차별주의자예요' 하고 합창을 하는 거 있지. 정말 무식하기 짝이 없는 놈들이라니까."

제랄딘은 이십 상팀짜리 동전으로 어떻게 해보려 했지만 자판기는 그 동전마저 거부했다. 린이 들고 있는 찻잔을 후 불면서 양손으로 잔을 감쌌다.

"문제는 내가 그 아이들한테 겨우 이렇게 대답했다는 거야. '너희, 지금 그 말이 나한테 얼마나 상처가 될지 잘 알잖니. 선생님이 스페인을 얼마나 좋아하는데.' 멍청하게 그런 대답밖에 할 수 없었다니까."

십 상팀짜리 동전 역시 마찬가지였다.

"설마."

"아무튼 그 녀석들도 둘째가라면 서러워할 인종차별주의자야. 유독 백인한테 악감정을 가지고 있다니까. 정말 미친 거지."

"혹시 오 상팀짜리 동전 있어?"

"응, 있어. 여기."

린이 청바지 주머니에 손을 집어넣기 위해 자리에서 일어났다.

"식민주의, 좋다 이거야. 그래도 가르쳐야 할 게 따로 있지."

제랄딘은 자판기를 달래기 위해 부드럽게 어루만졌다.

"내 친구 중에 유대인이 있는데, 독일 사람들하고 얼마나 잘 지내는데. 이제는 과거 문제에 집착하지 않는다고."

"그럼, 그렇지."

제랄딘은 무용지물이 된 동전을 린에게 돌려주었다.

선생님, 그렇게 행동한 것, 너무 성급하게 화낸 것 사과드립니
다. 그리고 차분하게 행동하려고 노력하겠습니다. 제가 한 행동,
제가 나쁘게 행동했다는 것을 깨달았습니다. 앞으로는 그러지 않
겠습니다. 진심으로 사과드립니다. 은데예.

교실을 나서기 전에 상드라가 교탁을 향해 몇 볼트의 전류를 쏘
아보내며 말했다.
"선생님, 『국가론』은 이야기체죠?"
"『국가론』이라면 책을 말하는 거니?"
"네."
"네가 그걸 어떻게 알지?"
"요즘 읽고 있거든요."
"설마?!"
"정말이에요. 왜요?"
"누가 너에게 그 책을 읽어보라고 했어?"
"언니가요."
"언니가 철학을 전공하니?"
"생물학이요."
"그렇구나."
"그러니까 이야기체가 맞는 거예요, 『국가론』이?"

"아니지. 그보다는 논증체라고 할 수 있지."

"네?"

"소크라테스가 누구인지 알지? 그 책에서 항상 말하는 사람 말이야."

"네, 네, 알아요. 항상 그 사람만 말하는 것 같아서 웃겨요."

"그래, 그런데 사실 그 사람은 가상 인물이 아니야. 아니, 확실히 알 수는 없지만, 아무튼 책 속에서는 등장인물이라고 할 수 있지."

"정말로 살았던 사람이에요?"

"물론이지. 아니, 사실 그건 중요하지 않아. 중요한 건 소크라테스가 사람을 만날 때마다 끊임없이 말을 했다는 거지."

"네, 맞아요. 쉴 새 없이 말을 하는데 정말 잘해요."

"그래, 소크라테스는 아고라에 가서, 아고라는 그러니까 사람들이 모이는 장소인데, 거기서 사람들의 얘기를 들은 뒤 이렇게 묻곤 했지. '당신 지금 뭐라고 한 거요? 지금 당신 얘기가 맞다고 생각하는 거요?'"

"네, 맞아요. 항상 그런 식인데 너무 마음에 들어요."

"그래, 그런 식으로 토론을 하는 거지. 논리를 정립하는 거야."

"네, 맞아요."

"그런데 그런 어려운 책을 다 읽는다니 정말 장하구나. 읽으면서 이해는 하니?"

"네, 네, 그럼요. 감사합니다. 안녕히 계세요."

"그런데 이상하구나. 그 책은 창녀가 읽는 책이 아닌데."

상드라가 뒤돌아보며 웃었다.

"결론적으로는 그런 책이에요."

쓰지도 않을 연필을 꺼내기 위해 가방에서 철제 필통을 꺼낸 디코가 이미 자리에 앉아 있던 자자에게 중국말 비슷한 어투로 중얼거렸다. i 발음이 많이 섞인 날카로운 소리였다. 자자는 모른 척 넘어가려 했지만 그럴 수가 없었다. 난처하면서도 어쩔 수 없다는 표정을 짓고 억지로 참을 뿐이었다. 언변을 타고난 자자는 반격을 할 만도 했다. 나는 아이들이 자리에 앉는 동안 디코에게 다가가 몸을 숙이고 말했다.

"선생님이 보기에 너 같은 아이는 인종차별 같은 건 하지 않을 것 같은데."

"무슨 말씀이세요! 전 인종차별주의자가 아니에요."

나는 몸을 좀더 숙였다. 우리의 두 눈이 서로 마주쳤다.

"난 네가 인종차별주의자라고 한 적 없다. 투덜거리기 전에 상대방의 말을 이해하려고 좀 노력해봐. 난 네가 인종차별적인 행동을 하지 않을 사람이라고 했어."

내가 발걸음을 돌리고 아이들에게 종이를 꺼내 작문 숙제 답안을 고치자고 말하는 동안에도 디코는 뭔가 마음에 들지 않는 듯 계속 구시렁거렸다. 나는 칠판에 줄 하나를 긋고 왼쪽에는 글을 쓸 때 사용해선 안 되는 비속어를, 오른쪽에는 그에 상응하는 순화된 단어를 적었다. 그러니까 왼쪽에는 '씹퉁거리다', 오른쪽에는 '투덜거리다' '질책하다' '꾸짖다', 왼쪽에는 '엿 같은 일', 오른쪽에는 '고민거리' '의기소침', 왼쪽에는 '맥도', 오른쪽에는 '맥도날드' '패스트푸드', 왼쪽에는 '죽이게 예쁜', 오른쪽에는 '대단히 예쁜'

'눈부시게 아름다운' '환상적인' '정말 아름다운' 식이었다.

"'너무 예쁘다'는 표현도 피하도록 해라. '너무 예쁘다'고 말하고 싶으면 '대단히 예쁘다'고 말해야 한다. 아무튼 '너무'라는 단어는 피하도록 해. '너무'는 '대단히'라는 뜻이긴 한데 정도가 지나치다는 의미야. 그러니까 약간 경멸의 뜻을 지닌다고 할 수 있지. 예를 들어 '너무 많이 먹었다'고 하면 정도 이상으로 많이 먹었다는 뜻이야. 자칫 탈이 날 정도로. 또다른 예로 '너무 잘 먹었다'고 하면 만족스럽긴 하지만 뭐라고 해야 하나, 너무 잘 먹어서 좀 미안하다는 뜻이 되는 거다. 지구상에 끼니조차 해결할 수 없는 사람도 있는데. 알겠지?"

"'경멸'은 무슨 뜻이에요?"

프리다가 손가락을 올리지 않고 말했다. 그런 학생에게는 대답해선 안 되지만 단체생활의 규칙을 한 번쯤 위반하기로 했다.

"'경멸'은 '부정적'이라는 뜻이다. 경멸적인 판단이라는 말은 누군가를 비난한다는 뜻이지. 예를 들어 선생님이 디코에게 작문 숙제의 답안지도 고치지 않는 바보라고 말하면, 그런 게 바로 경멸적인 거야."

사실 디코는 종이도 꺼내놓지 않고 간간이 입으로 바람 소리만 내며 앉아 있었다.

수업이 끝나자 디코는 가장 늦게 가방을 챙겼다. 아무래도 의도적인 것 같았다.

"선생님, 아까 왜 저한테 인종차별주의자라고 하셨어요? 전 인종차별주의자가 아니라고요."

"그럼 중국어 흉내 내면서 한 말은 뭐였니? 그런 게 인종차별주의적인 행동이 아니고 뭔데?"

"전 인종차별주의자가 아니에요."

"그럼 그건 뭔데?"

"그냥 웃자고 한 거예요."

"그냥 웃자고 한 거라고? 자자가 그걸 재미있어할 거라고 생각하니?"

"당연히 재미있어하죠."

디코는 의자에서 튕기듯 일어나 밖으로 나갔다. 내가 늘어놓을 무자비하고 날카로운 훈계를 피해서.

명단에 오른 학생 가운데 칸타라 차례였다. U자형 테이블을 따라 의견이 쏟아져 나오기 시작했다.

"한 학기 동안 아무것도 한 게 없어요."

"아무것도, 정말 아무것도 안 해요."

"특히 행동이 문제예요."

"성가신 게 도를 지나쳐요."

"산만한 데다 잡담이 너무 심해요."

교장 선생님의 시선은 U자형 테이블 앞에서 발언하는 사람들을 따라 움직였다.

"그럼 어떻게 할까요? 경고를 줄까요?"

다수의 찬성 의견이 U자형 테이블을 한 바퀴 돌았고, 교장 선생님은 펜을 꺼내들었다.

"학업에 대해 경고를 줄까요? 아니면 태도에 대해?"

U자형 테이블에서 나오는 의견이 다시 반으로 나뉘었다.

"학업에 대한 지적이요. 그게 최소한이죠."

"맞아요, 학업에 대한 지적."

"하지만 태도에 관한 지적도 필요해요."

"그래요, 태도에 관한 지적. 적어도 그 정도는 언급해줘야 해요."

"사실 학업과 태도에 대한 경고 둘 다 필요해요."

교장 선생님의 펜이 생활기록부 위에서 잠시 멈추었다.

"그럼 학업과 태도에 대한 경고 둘 다 할까요?"

다수의 찬성 의견이 U자형 테이블을 한 바퀴 돌았고, 생활기록부에 그렇게 적혔다. 다음은 살리마타 차례였다.

"체육 시간에 보면 정말 영양처럼 잘 뛰어다녀요."

"수학 시간에는 촉새처럼 말이 많아요."

교장 선생님은 아무런 진단을 내놓지 않는 교사들을 바라보았다.

"촉새예요, 아니면 영양이에요?"

레오폴이 입은 스웨트 셔츠에는 코로 분노의 불꽃을 내뿜는 유니콘이 그려져 있었다.

"제 의견은 그 아이에게 공격적인 성향이 있다는 겁니다. 아무래도 어머니한테 영향을 받은 것 같더군요. 한번 만나본 적이 있는데 모전여전이었습니다."

사나운 바람이 운동장 쪽 창문을 강타했지만 제랄딘은 아랑곳하지 않았다.

"학기 도중에 아버지가 돌아가신 것 같아요."

교무행정교사인 세르주는 잘 알고 있을 터였다.

"교무행정교사로서, 그 아이의 사정에 대해 덧붙이고 싶은 말씀이 있습니다. 그 아이의 아버지가 세상을 떠난 건 대략 한 달 전이 지만, 가족을 떠난 건 벌써 삼 년 전이었습니다."

자클린과 레오폴, 린이 의심스럽다는 표정을 지었다.

"그럼 그 일이 아이에게 그다지 큰 영향을 주진 않았겠군요."

"큰 충격을 받은 듯한 모습을 한 번도 본 적이 없어요. 오히려 정반대였죠."

"아무튼 지난 9월부터 성적은 이미 하향세였어요."

처음으로 학부모 대표가 입을 열었다.

"그 아이의 성적이 떨어진 건 삼 년 전부터인 걸로 알고 있습 니다."

린과 자클린, 레오폴이 또다시 의심스럽다는 표정을 지었다.

"그렇군요."

"마치 우연처럼 말이에요."

"그렇게 되기 쉬운 상황이기도 하고요."

생활기록부를 들여다보던 교장 선생님은 생각에 잠겼다.

클로드와 샹탈이 교정의 시멘트 바닥에서 뒤엉켜 싸우는 두 아 이를 달래느라 애를 먹고 있었다. 나는 연달아 네 시간 수업을 해 서 초주검 상태였지만 주저하지 않고 싸움판에 달려들었다. 나는 아이들을 떼어놓기 위해 한 녀석의 후드 티셔츠에 달린 모자를 잡 아당기며 여전히 상대의 옷자락을 쥐고 있는 다른 녀석을 밀어냈 다. 밀린 아이가 엉덩방아를 찧으며 머리를 부딪혔다. '빌어먹을' 이라는 단어가 떠올랐다.

"너희 미쳤어? 어디서 싸움질이야!"

넘어진 아이가 일어섰다.

"왜 밀어!"

"뭐라고? 지금 너 뭐라고 했어?"

"왜 미냐고!"

주먹질에 동참했던 다른 녀석은 클로드와 샹탈이 나를 바라보는 사이에 이미 내뺀 뒤였다.

"누가 선생님한테 반말을 해!"

"그럼 안 밀면 되잖아!"

"선생님한테 반말하면 안 된다고 했다."

녀석은 그대로 자리를 뜨려 했지만 나는 녀석의 소맷자락을 붙잡았다. 내 코에서 분노의 콧김이 뿜어져 나왔다.

"잘못했다고 말해."

녀석은 상체를 뒤로 젖혀 빠져나갔고, 나는 삼 미터 정도 쫓아가 녀석의 소매를 다시 붙잡았다. 그런 실랑이가 대여섯 차례 반복되었다.

"얼른 잘못했다고 말해!"

"그러니까 안 밀면 되잖아!"

"선생님한테 누가 반말을 해!"

나는 이를 꽉 깨물며 말했다.

"어서 잘못했다고 해!"

아이들 십여 명이 주변을 둘러쌌고, 그 아이들 틈에서 클로드와 제랄딘이 놀라서 어쩔 줄 몰라했다.

"저기, 누구 좀 불러올까?"

"아니, 괜찮아. 내가 알아서 할게. 어서 말하지 못해!"

녀석은 다시 내 손아귀를 빠져나갔고 나는 다시 세 걸음 정도 쫓아가 아이의 가방을 붙잡았다.

"사과해."

"왜 침을 튀기고 그래요!"

"난 침 튀기고 싶으면 그렇게 해. 얼른 잘못했다고 해!"

"왜 날 밀었는데?"

"반말 당장 그만두지 못해!"

나는 이를 꽉 깨문 채로 소리를 질렀고, 점심시간이 다가오자 듬성듬성 비어 있던 운동장에 학생들이 삼삼오오 모여들어 원을 그리고 섰다.

"너 이름이 뭐야?"

나는 녀석이 무슨 말이라도 내뱉도록 녀석을 마구 흔들었다. 내 체면을 살려줄 무슨 말이라도 말이다. 그 순간, 교장 선생님이 내 어깨 너머로 모습을 드러냈다.

"바그베마, 이번엔 또 무슨 일이냐!"

"오 분 전부터 저한테 반말을 하고 있습니다."

"선생님한테 반말을 했다고? 이게 도대체 무슨 소리냐?"

"잘못했다고 하면 돌려보낼 생각이었습니다."

"사과드려, 바그베마. 당장 사과드리지 못해!"

"잘못했어요."

나는 한마디 대꾸도 없이 녀석을 잡았던 손을 놓고 십여 미터 앞에 있는 교실 문으로 향했다. 등 뒤에서 교장 선생님이 구겨진 내 체면을 세워주느라 그 아이에게 훈계하는 소리가 들려왔다.

"누구한테 사과한 거냐? 선생님에게도 이름이 있잖니."

"저 선생님 이름 뭔지 몰라요."

작문 시간 동안 아이들은 지루함에 몸을 뒤틀거나 진땀을 뺐다. 폭우를 예고하는 척후병 격인 빗방울이 수직으로 창문을 때리기 시작했다. 한 방울, 두 방울, 열 방울, 서른 방울. 나는 운동장에 나무가 겨우 세 그루밖에 없다는 것을 전혀 몰랐다. 만약 누군가가 내게 물어봤다면 네댓 그루라고 대답했을 것이다. 시각적 기억력, 정말 문제다. 상상 속에 그리스 신전을 떠올린다면 신전 기둥이 몇 개인지 셀 수 없지만 그 신전이 실제로 눈앞에 있다면 당연히 셀 수 있는 것과 마찬가지다. 까무러치지 않는 한 상상 속에서는 불가능하다. 거울에 비친 자신의 모습을 보는 고양이나 자기 꼬리를 붙잡으려고 뱅뱅 도는 고양이와 마찬가지이다. 그런데 짐승의 꼬리는 무슨 용도로 달려 있는 걸까? 어딘가에 쓸모가 있겠지. 자연 속에서는 모든 것이 쓸모 있으니까. 얼룩말의 줄무늬도 정확히 왜 생긴 건지 알 수 없다. 아마 이성을 유혹하기 위한 방법일 텐데, 그게 물방울무늬면 안 된다는 법도 없지 않나? 털에 물방울무늬가 찍힌 것보다는 차라리 줄무늬가……

"선생님, '평등'이란 단어는 어떻게 써요?"

질문을 한 아이는 분명 쿰바일 것이다. 하지만 쿰바는 디앙카 뒤에 몸을 숨기고 있었다. 나는 문제의 단어를 칠판에 적었다. 확실히 잘 보이라고 대문자로. 'Foot Power' 지브릴이 가장 먼저 일어섰다. 지브릴은 다시 한번 읽어보라는 내 충고에는 아랑곳하지 않고 교탁 위에 시험지를 내려놓았다.

주제: 수업시간에 공부한 내용을 토대로 '우리는 같은 세상 사람이 아니다'라는 주제에 대해 가상의 상대방과 토론하기.
언젠가 지하철을 타고 학교에 가는 길에 지하철에서 내리다 어떤 아이와 부딪쳤다. 게는 프랑스 아이였는데 게의 잘못이었기 때문에 사과하라고 말했다. 그런데 게는 "우린 격이 다른 사람이야"라고 말했다. 나는 "네가 나하고 다른 게 뭔데"라고 물었다. 그러자 게는 "뭔지 말해볼까? 네가 집에서 잠잘 때 나는 파티를 하고 있을 거고, 네가 학교에 가 있는 동안 난 비됴 게임을 하고 있을 거야. 그게 다른 거지"라고 대답했다.

운동장에서 만난 선생님께
선생님, 저의 형 데지레와 운동장에서 싸운 날, 그걸 말리시는 선생님 말씀을 듣지 않고 반말한 점 사과드립니다. 다시는 그런 일이 없도록 하겠습니다. 진심으로 사과의 말씀 드립니다. 선생님께 너무 버릇없이 굴었던 점 죄송합니다. 5학년 1반 바그베마 올림.

눈금이 작은 모눈종이를 반으로 자른 쪽지에서 오렌지 향이 풍겼다. 이제는 종이에까지 향수를 뿌려 파는가보다 생각했는데, 캐비닛에서 교과서를 꺼내보니 거기서도 오렌지 향이 느껴졌다. 캐비닛 구석으로 팔을 뻗어 더듬어보니 과일 하나가 있었다. 손가락으로 꺼내자 물렁물렁하고 곰팡이가 슨 오렌지였다.

aître나 oître로 끝나는 동사의 i는 직설법 현재형 변화에서 t 앞에 올 때 악상 시르콩플렉스(^)가 붙는다.

나는 칠판에 이렇게 적고 분필이 묻은 손으로 분필이 묻은 바짓자락을 털었다.

"압데라만, 다 옮겨적은 다음 앞에 나와서 croître 동사를 변화시켜봐라."

아이는 자리에서 일어나 목에 건 바나나 모양 펜던트를 중앙으로 바로잡았다. 'New York Jets'라고 쓰인 점퍼를 걸친 압데라만은 파야드가 걸어 넘어뜨리려고 일부러 내민 다리를 훌쩍 뛰어넘고 의문부호가 가득 들어찬 표정으로 앉아 있는 알리사를 지나 칠판 앞으로 나와 칠판 아래에 달린 철제 선반에서 분필 하나를 집어들었다. 그러고는 1인칭 변화에서 잠시 머뭇거렸다. 2인칭에서도. 3인칭에서도. 뭔가 끄적거리다 결국 다시 지워버렸다.

"잘 모르겠어요, 선생님."

"아니, 넌 알고 있어. 자, 어미부터 잘 확인해봐."

알리사가 인상을 찡그렸고, 압데라만은 1인칭 변화형의 마지막에 써놓았던 t를 s로 바꾸어 'je crois'라고 썼다.

"봐라, 잘 알잖아. 잘했다. 3인칭에 악상 시르콩플렉스가 들어간다는 것도 잘 생각했구나. 계속해봐라."

아이는 계속해서 'nous croîtons, vous croîtez, ils croîtent'라고 썼고, 알리사는 여전히 이맛살을 찌푸렸다.

"이제 자리에 가서 앉아라. 고맙다. 적어도 압데라만은 논리적으로 생각했다고 할 수 있다. 왜냐하면 i 뒤에 t가 따라 나올 때마다 i 위에 악상 시르콩플렉스를 붙여줬기 때문이야. 그 부분은 규칙에 주의하면서 아주 잘했다. 그런데 변화형에서 실수를 했어. 'nous croîtons'이라고는 쓰지 않지. 어떻게 해야 맞지?"

나는 아무에게나 말하듯 교실 뒤쪽을 향해 질문을 던졌고, 질문을 들은 아무나들은 입을 굳게 다물고 있었다.

"그럼 이 동사의 명사형은 어떻게 만들까? 경제 용어와도 관련이 있는데."

아이들의 입은 첫 두 음절에 해당하는 c와 r을 내뱉으며 따라 나올 모음을 찾느라 분주해졌지만 이내 다시 굳게 닫혔다.

"최근 들어 이 단어가 많이 쓰이고 있어."

"크리스마스요?"

"아니, 경제와 관련된 용어라니까."

"돈이요?"

"지금 우리 croître라는 동사에서 파생된 단어를 찾는 중이다."

"비즈니스요?"

"방금 croître에서 파생된 단어라고 했지."

"장을 보다(faire des courses)?"

"아니라니까, 메주트!"

c와 r이 만들어내던 소음이 잠잠해지고, 아이들의 사기가 뚝 떨어졌다. 알리사는 입에 펜을 문 채로 손가락을 올렸다. 미간에 끼여 있던 질문이 나한테 날아오는 것 같았다.

"선생님, croître의 뜻이 뭐예요?"

"'커지다' 라는 뜻과 비슷해."

"그런데 왜 아무도 안 써요?"

"누구냐에 따라 다르지."

"선생님은 쓰세요?"

"항상."

나는 상담하러 올 학부모와 나 사이에 교탁 길이 정도 되는 테이블을 놓았다. 그 때문에 아마르의 아버지와 어머니에게 아이의 성적표를 손가락으로 짚어가며 설명해줄 때 엉덩이를 살짝 들어야 했다. 그런데 아마르의 부모가 나와 똑같은 동작을 하지 않고 가만히 앉아 있는 모습을 보면서 순간 그들이 글을 읽지 못하는 게 아닌가 하는 생각이 들었다. 하지만 내 기억으로는 아니었던 것 같았다. 그런 의심 속에서 나는 성적표 없이 설명을 이어나가기로 했다.

"아마르는 착한 아이입니다. 그 점은 의심의 여지가 없습니다. 다만 수업시간에 잡담을 많이 하는데, 어떻게 해야 할지 모르겠습니다."

아마르의 부모님은 유감스럽다는 표정으로 그 사실을 인정했다. 어머니는 머리에 베일을 썼지만 아버지는 그렇지 않았다.

"담임 선생의 입장에서 볼 때, 그 문제는 혼자 해결해야지 남들이 어떻게 해줄 수 있는 문제는 아닌 것 같습니다. 혼자 이겨내야 하는 문제입니다."

부모님은 위아래로 고개를 끄덕였고, 나는 잡다한 이야기를 꺼내놓았다.

"그러니 아이에게 겁을 주어서는 안 됩니다. 제 생각에는 혼자서도 잘할 것 같습니다. 아이를 탓해서는 안 되죠. 아마르는 착한 아이니까 잘할 겁니다. 혼자서도요."

부부는 몸이 붙은 사람처럼 동시에 일어났다. 아마르의 어머니가 내게 악수를 건넨 뒤 손을 조용히 가슴으로 가져갔다.

"선생님도 휴가 잘 보내시기 바랍니다. 좋은 말씀 감사합니다. 수고하세요."

들어오라는 말을 하기도 전에 백인 어머니 한 분이 들어와 두 개의 의자 중 하나에 앉았다.

"디에고 엄마입니다."

"네, 제 생각에 디에고는 수업시간에 잡담이 너무 심한 것 같아요."

"사실 아버지하고 문제가 있었는데, 혹시 그 얘기 아시나요?"

"모릅니다. 하지만 다른 선생님들도 하나같이 그 문제를 지적하는 실정입니다."

"그게, 아이 아빠가 재산 분할 문제 때문에 지난번에 집행관까지 보냈어요. 그런 사람들 아시죠? 아마도 그런 문제 때문에 아이가 좀 혼란스러워하는 것 같아요."

"그런 혼란을 겪기 전에도 이미 상당히 어수선했던 걸로 아는데요."

"음, 작년에 아이 할아버지가 돌아가셨거든요. 그 일이 아이에게 충격이었나봐요. 그 뒤로 집중을 잘 못하는 것 같아요."

"그건 저희도 잘 알고 있습니다. 제 생각에는……"

"그러니까 그런 일들을 겪으며 남성 역할 모델이라고 여겼던 인물을 한꺼번에 잃게 된 거죠. 그래서 요즘 들어 선생님께 많이 의지하는 것 같아요. 어쨌든 남자 선생님이고 어른이시니까요."

"그런가요?"

"말하자면, 이런 상황에서 아이가 남자끼리의 끈끈한 정을 느끼도록 선생님께서 일종의 연결 고리를 만들어주셔야 하는데, 그러시지 않으니 아이가 그것 때문에 더욱 이상한 행동을 하는 것 같아요."

"그러니까 사람들을 귀찮게 하는 행동이 점점 심해지는 중이라는 말씀이시군요."

"아이는 지금 도움이 필요해요. 그런데 도움을 줄 연결 고리가 없어서 고민하다 직접 찾아나선 거죠."

"네, 잘 알겠습니다."

나는 자리에서 일어나 다음 학부모에게 들어오라고 손짓했다. 백인 어머니는 면담이 끝났음을 뒤늦게 깨달았다.

"학생이기 이전에 어린아이라는 점을 선생님이 꼭 아셔야 해요."

"네, 네, 안녕히 가십시오. 아, 안녕하십니까. 여기 앉으시지요. 그런데 성함이……"

특유의 억양 속에서 나는 팡제라는 이름을 알아들었다.

"아, 네, 팡제 부모님이시군요. 팡제는 프랑스어가 아직 능숙하지 않습니다."

미소를 머금은 채 나를 바라보는 아이 아버지 역시 프랑스어에 능숙하지 않기는 마찬가지였다. 나는 손짓과 갖가지 얼굴 표정을 동원해 지원에 나섰다.

"프랑스어, 문제입니다. 개선, 시급합니다. 그러지 않으면 힘듭니다."

팡제의 아버지는 내가 건넨 성적표를 들여다볼 생각도 않고 받아들며 다시 웃음을 지어 보였다.

"안녕히 가세요. 와주셔서 감사합니다."

그는 나가는 길에 갑자기 찾아온 테디의 어머니를 보고도 미소를 지어 보였다.

"테디가 요즘 들어 행동이 바르지 못한 점 저도 잘 압니다. 하지만 선생님이 아셔야 할 건, 얼마 전에 테디가 누나를 잃고 너무 힘든 시간을 보냈다는 거예요. 아이에겐 정말 힘든 시간이었어요. 누나가 테디를 잘 돌봐줬는데, 이제는 더이상 그럴 수가 없거든요. 아, 수학 공부도 누나가 도와주곤 했어요. 시간이 나면요. 테디 누나는 슈퍼마켓에서 일했고, 그 아이 남편도 거기서 일했거든요. 그런데 남편이 떠나자 테디 누나는 호텔에서 일자리를 찾을 때까지 일을 쉬어야 했어요. 설상가상으로 저도 심장에 문제가 생겨 더이상 일을 할 수 없게 되었고요. 딸아이는 할 수 있는 일은 뭐든 해야 했어요. 먼 거리라도 나가서 말이에요. 처음에는 버스를 탔는데 너무 시간이 많이 걸려서 사촌에게 스쿠터 한 대를 빌려서 타고 다녔답니다. 그러다 사고를 당하고 만 거예요. 테디가 누나한테 진주 목걸이를 사주고 싶었다고 말해서, 그러기엔 너무 늦었다고 말해주었죠."

납작한 초콜릿 상자가 타원형 테이블의 정중앙에 놓여 있었다.

절반은 비고 절반은 남은 상태였다. 클로드, 다니엘, 바스티앵, 레오폴의 손가락이 상자 위로 활기차게 날아와 무얼 고를까 망설이다 이내 목표물을 포착하고 내려앉았다.

"난 강아지라면 질색이야."

"그럼 고양이는 어때. 고양이는 제법 키울 만한 애완동물이야."

레오폴도 동의했다.

"나도 전에 한 마리 키운 적이 있어."

"난 지금도 한 마리 키워."

"운도 좋네."

"아침에 녀석이 야옹거리며 깨우러 올 때가 제일 좋더라고."

"내가 키운 녀석도 그랬는데."

"그런데 출근할 때가 문제야. 난 나가야 하는데 녀석이 집 안에서 내 다리를 감싸고 앉아 야옹거리면 정말이지 출근할 마음이 싹 사라져버린다니까."

레오폴이 그렇다고 끄덕였지만 질은 아니었다.

"고양이는 위선적이야. 야옹거리며 나타나서는 제 욕구만 충족되면 사흘이 넘도록 어디로 갔는지 보기도 힘들다고."

"안색이 좋지 않아 보이는데. 무슨 일 있어?"

"곧 크리스마스잖아. 그냥 우울해서."

레오폴과 린이 동의했다.

"말도 꺼내지 마."

마리는 복사기에 아예 얼굴을 파묻은 채 뭔가 살피고 있었다.

"산타 할아버지가 나타나 양면 복사가 되도록 해주면 정말 고맙겠어. 양면 복사 하는 법 아는 사람?"

종이 울리자마자 클로드가 가장 먼저 자리에서 일어났다.

"다시 못 보게 되더라도 다들 즐거운 크리스마스 보내."

다니엘도 미적미적 자리에서 일어났다.

"자, 나는 세 시간이나 남았어."

바스티앵이 다니엘을 따라나섰다.

"나는 두 시간."

레오폴이 바스티앵을 따라나섰다.

"나는 한 시간."

교무실은 거의 텅텅 비었다. 사람들은 발걸음을 재촉해 먼저 일어난 다니엘을 앞질러갔고, 다니엘은 깜빡하고 두고 간 분필통을 가지러 왔다.

"어? 아직도 남아 있는 거야?"

"음."

"연휴 내내 거기에 그러고 누워 있으려고?"

이십육 일

　나는 카페에 멈춰 섰다. 이가 듬성듬성 빠진 육십대 여자가 바
아래로 담뱃재를 털었다. 그녀는 유니폼 차림의 종업원에게 말보
로 한 갑을 다시 주문했다.

　"오 유로입니다."

　"빌어먹을."

　"그러게 말입니다."

　"이제 빌어먹을 한겨울이군."

　어둠에 잠긴 바깥에서 걸어가는 클로드의 등이 보였다. 나는 중
국인이 운영하는 정육점 근처에서 클로드를 따라잡으며 손을 내밀
었다. 클로드는 살짝 상냥한 미소를 지어 보였다.

　"괜찮아?"

　우리는 육중한 나무문을 같이 밀고 들어가 교무행정교사 세르
주의 열려 있는 사무실을 향해 인사를 건넸다.

"메리 크리스마스!"

나무가 꽁꽁 얼어붙은 교정에는 관리직원 마마두가 유치원과 경계를 이루는 벽에 사다리를 걸치고 올라서 있었다. 그는 여섯 단을 올라서서 목을 쭉 빼고 여기저기 살폈다. 그리고 반대편으로 넘어갈까 하다가 포기했다.

열려 있는 파란 문 안의 교무실은 텅 비었고, 발레리만 남아 이메일을 확인하고 있었다.

"새해에는 좋은 일만 있기를."

내 캐비닛에서 나는 오렌지 냄새는 더 견딜 수 없을 정도였다.

"무엇보다 건강이 최고지."

디코가 다른 아이들이 다 지나간 뒤에 뒤늦게 계단에 올라섰다.

"선생님, 지금 반을 바꿀 수 있어요?"

"안 돼."

"그럼 다른 프랑스어 선생님하고 수업할 수 있어요?"

"얼른 서둘러라."

체육실 앞에서 기다리고 있는 무리 중엔 덩치 큰 녀석도 있었다. 프리다는 반원을 그리고 선 여자아이들 앞에서 무용담을 늘어놓았다.

"한 번만 더 덤비면 맹세코 죽여버린다고 했더니 완전히 기가 죽은 거야. 그러더니 뭘 믿고 자길 죽이냐고 묻더라. 그래서 내가 우리 사촌이 있는데……"

"자, 자, 얼른 들어가라."

아이들은 교실로 들어가 각자 자기 자리에 앉아 조용히 기다렸다. 교실은 깨끗했지만 무력감에 가까운 습한 기운이 감돌았다. 나는 케빈에게 교무실에 가서 분필을 가져오라고 시켰다. 케빈은 반사적으로 한숨을 내쉬었지만 오 분만이라도 끔찍한 교실을 벗어나게 됐다는 생각에 기쁜 표정이었다.

"운동 효과도 조금 있을 거다."

케빈은 문을 닫으며 회심의 미소를 지었다. 왼쪽 열번째 줄에 앉은 디코가 쓱쓱 소리를 내며 말했다.

"선생님은 그런 운동조차 안 하시잖아요."

일부러 못 들은 척하자 더 큰 소리로 외쳤다.

"선생님이 운동에 소질 없는 거 저는 다 안다구요."

그 말에도 대꾸하지 말아야 했다.

"선생님은 운동에 영 소질이 없어요."

"그렇게 보이니?"

"운동엔 영 소질 없어요, 선생님은."

"그렇다고 확신하니?"

그렇게 말하면서 나는 양 손바닥으로 얼굴을 문질렀다. 긴장을 늦출 생각이었다. 그러고 난 뒤에 웃고 있는 프리다의 시선과 마주쳤다.

"선생님 열 받으셨어요?"

"왜? 그래 보이니?"

"얼굴이 벌게요."

"눈을 비벼서 그래."

"일찍 시작하면 할수록 그만큼 빨리 갈레트*를 먹을 수 있을 겁니다."

교장 선생님은 모두 U자형 테이블에 앉기를 기다렸다. 몇 가지 일상 소식을 전한 교장 선생님은 손가락 사이에 볼펜을 끼우고 돌리기 시작했다.

"개인적인 생각으로는 3학년 학생들을 낙제시키는 것은 바람직하지 않은 것 같습니다. 고등학교에는 실업계든 인문계든 모든 학생을 받아들일 제도적 장치가 마련되어 있으니까요."

나는 종이 한 장을 꺼냈다. 질은 일주일 전에 굴을 잘못 먹고 소화불량에 걸린 상태였다.

"죄송한 말씀이지만 3학년 학생 중에는 수학능력이 6학년보다 못한 아이들도 있습니다. 이런 아이들이 2학년에 진급해서 과연 뭘 할 수 있을지 의문입니다."

볼펜은 여전히 교장 선생님의 손가락에서 돌고 있었다.

"아시는지 모르겠지만 중학교에서 영 시원찮았던 아이들이 실업계 고등학교에서 재능을 보이는 경우도 있습니다."

바스티앵이 뒤를 이어 치고 나왔다.

"죄송한 말씀이지만, 그렇다면 왜 중학교에서 그런 아이들을 조기에 졸업시키지 않는 겁니까? 5학년 1반 아이들이라면 어떤 재능도 보이지 못할 게 뻔합니다."

교장 선생님은 반론을 제기하지 않고 하던 말을 이어나갔다.

---

* 주현절(1월 6일)을 기념하여 함께 나눠 먹는 달콤한 빵과자.

"또하나 여러분께 알리고 싶은 건, 교육부 지침상 아이들에게 부담이 되는 처벌성 과제를 내는 일을 지양해야 한다는 것입니다. 예를 들어 똑같은 문장을 몇십 줄 반복해서 적어오라는 과제 말입니다."

일부 교사들은 자신이 그랬음을 인정했다. 그중엔 레오폴도 있었다.

"죄송한 말씀이지만, 국가교사양성기관 연수에 참석했을 때 아주 흥미로운 이야기를 들은 기억이 있습니다. 인상적인 내용이어서 아직도 기억하죠. 강사가 말하기를, 처벌성 과제를 주면 학생의 머릿속에 과제물과 처벌 사이의 연상관계가 성립되기 때문에 이후 학생이 과제를 받으면 그것을 일종의 처벌로 간주하게 된다고 하더군요. 그런 관점에서 보자면 똑같은 문장을 몇십 줄 쓰는 것이 연습문제를 푸는 것에 비해 그렇게 나쁜 것만은 아닙니다."

제랄딘이 발언을 이어나갔다.

"뿐만 아니라 우리 중학교 학생들은 글조차 제대로 쓰지 못합니다. 연습문제 하나를 내주고 답안지를 받아보면 정말 가관이지요. 하지만 똑같은 문장을 오십 줄 써오라고 하면 그건 써옵니다."

관리실장 피에르가 양팔에 갈레트 상자를 여러 개 들고 나타났다. 교장 선생님은 역시 반박하지 않고 하던 말을 계속했다.

"아시다시피 학급위원회의 경고나 징계에도 거의 똑같은 문제가 제기되고 있습니다. 간단히 말해 법적으로는 옳지 않다는 것입니다."

삼십 분 후면 '어머, 행운이 나한테 떨어졌네' 하면서 아무렇지도 않게 종이 왕관을 쓰고 있을 린이 말했다.*

"그렇다면 그 사람들 하고 싶은 대로 바보짓이나 실컷 하게 내 버려두세요. 결국엔 아무것도 얻을 수 없다는 걸 알게 되겠지요."

나는 종이 위에 '하고 싶은 대로 바보짓을 실컷 하면 아무것도 얻을 게 없다'라고 적었다.

La DS dont il est le propriétaire est tombée en panne(그가 소유한 DS**가 고장 났다).

"자, 이 문장에서 관계절은 어디에 있지?"

1989년 1월 5일생 압데라만이 질문을 했다.

"선생님, DS가 뭐예요?"

!!!

"DS 정도는 다들 아는 거 아니냐…… 압데라만에게 설명해줄 사람?"

핸드폰을 목에 건 비앵에메가 말했다.

"관계절은 'dont il est le propriétaire est tombée en panne' 이에요."

"그래, 아니, 정확하진 않다. 그런데 DS가 뭘까? 누구 아는 사람 없어?"

아무도 나서지 않았다.

"종종 영화에도 나오는 것 같던데, 그렇지 않니?"

---

* 주현절에 먹는 갈레트를 구울 때 작은 도자기 인형을 하나 넣는데, 그것이 들어 있는 조각을 고른 사람이 왕이 되어 종이 왕관을 쓰게 된다.
** 시트로엥에서 나온 자동차 모델명.

아니었다.

"예를 들면 누아르 영화 같은 데 말이야."

가운데에 대문자로 'Ghetto Fabulous Band'라고 적힌 스웨트 셔츠를 입은 파야드가 말했다.

"누아르 영화가 뭐예요?"

"전혀 아름답지 않은 일들이 벌어지는 추리영화 같은 거야. 그래서 '누아르(검다)'라고 부르지."

비앵에메가 물어왔다.

"왜 누아르라고 불러요? 잘 모르겠지만, 블루라고 하면 안 돼요?"

"스머프하고 헷갈릴까봐 누아르라고 부르는 거야. 그나저나 DS는 모두 관심 밖이다 이거냐?"

알리사가 질문할 때면, 하늘 위에 또다른 하늘이 열리고, 그 하늘 위로 또다른 하늘이 열리며, 그 하늘 위로 또다른 하늘이 열린다.

"선생님, 왜 아까 비앵에메가 한 대답이 틀렸다고 하신 거예요?"

"난 아무 말 안 했는데. 비앵에메가 무슨 대답을 했지?"

"관계절이요."

"아, 그렇지. 그래. 그건 관계절이 propriétaire에서 끝나기 때문이야. 나머지 부분은 주절의 뒷부분에 해당해. La DS est tombée en panne(DS가 고장 났다). 이렇게 되는 거지."

검은 옷을 입은 하디아가 말했다.

"DS가 뭔지 말씀 안 해주셨어요."

"그건 집에 가서 찾아봐라. 자, 이제 다음 문장으로 넘어간다."

올해 들어 두번째로 밍이 손을 들었다.

"Elle part au cinéma avec son ami qu'il est libre(그녀는 시간이 남는 친구와 함께 영화관에 갔다)."

나는 틀린 부분이 단지 밍의 프랑스어 발음 때문이기를 바랐다.

"밍, 앞에 나와서 네가 말한 문장을 칠판에 써봐라. 그러면 더 확실하게 구분할 수 있겠지."

밍은 용감하게 자리에서 일어나 정신을 집중했다. 아이가 입은 빨간 스웨트 셔츠에서 하얀 퓨마 한 마리가 뛰어오르고 있었다. 밍은 칠판에 'elle part au cinéma avec son ami qu'il est libre'라고 적었다. 나는 밍을 자리로 돌려보냈다.

"고맙다. 자, 동사의 수는 완벽하게 맞았어. 동사가 두 개니 절도 두 개가 되겠지. 그리고 선생님이 지적한 것처럼 주절과 종속절이 들어 있으니 아주 잘된 문장이야. 그런데 아주 작은 문제가 하나 있어. 그건 qu'il 대신 qui가 들어가야 한다는 거야. 관계절이 나와야 제대로 된 문장이니까. 관계절은 명사를 수식해주거든. que 이하의 접속사절과는 다른 거야. 접속사절이면 동사에 걸리겠지."

프리다는 아이들이 줄지어 올라가기를 기다리는 내 모습을 보고도 십여 미터 떨어진 곳에 가만히 서 있었다. 나는 다른 아이들에게 어서 올라가라고 말한 뒤 프리다에게 다가갔다.

"프리다, 그렇게 가만히 서서 선생님을 기다리게 하면 미안한 마음이 들지 않니?"

프리다는 아무런 대답 없이 곁에 있던 친구에게 인사를 건네며 나중에 보자고 말했다. 그러고는 계단 쪽으로 한 발 내딛다 내가 고함을 지르자 그제야 멈춰 섰다.

"너! 선생님은 남이 나를 엿먹이는 거 별로 좋아하지 않아!"

"네?"

"선생님이 올라가라고 하면 얼른 올라가라고. 네가 친구하고 인사 나누는 동안 선생님이 기다려줄 이유는 없어."

프리다는 아무래도 상관없다는 듯한 건방진 태도로 마치 도전하듯 나를 쳐다보았다. 나는 잠을 설쳤고, '당장' 올라가라고 말했다.

"선생님은 잘난 척하는 계집애라고 봐주지 않아."

프리다는 눈 하나 깜짝하지 않고 아무런 대꾸도 없이 보일 듯 말 듯한 동작으로 어깨를 들썩이며 계단을 올라갔다.

한 시간 뒤, 종이 울리고 새장이 텅 비었을 때 나는 프리다에게 잠시 자리에 남으라고 말했다. 프리다는 '저 인간 또 뭘 어쩌자는 거야'라는 표정이었다.

"아까 너를 조금 야단친 건 선생님으로서 마땅히 해야 하는 일이었다. 특별한 이유도 없이 반항한답시고 선생님의 지시를 무시하는 건 아주 성가시고 잘못된 행동이야. 따라서 난 너의 잘못을 지적할 충분한 이유가 있어. 하지만 내가 한 말 가운데 딱 한 마디는 선생님으로서 좀 적절하지 못했다는 생각이 든다. 아니, 솔직히 말하면 자랑스럽지 못한 말이었다. 그 부분에 대해 너에게 사과하마. 그런 말을 해서 정말 미안하다. 그런 멍청하고 아무짝에도 쓸모없는 말을 한 점 이렇게 사과한다. 하지만 이제부터는 다른 아이들과 똑같이 줄을 지어 계단을 제때 올라가주면 좋겠다. 괜찮겠니?"

기나긴 장광설이 계속되는 동안 프리다는 친절한 미소를 짓고 있었다. 잠을 설친 나도 내 말에 거의 감동할 지경이었고, 프리다는 그러겠다고 대답했다.

옆에 앉아 있던 라셸이 뭔가 고백하듯 말을 꺼냈다.

"할 말이 좀 있어."

"뭔데?"

"월요일에 3학년 3반에서 싸움이 있었어. 하킴이 지브란에게 더러운 유대인 자식이라고 말하는 걸 들었지. 종이 한 장을 달라고 했는데 지브란이 안 주겠다고 해서 그런 거야. 그래서 내가 하킴을 붙잡고 그런 식으로 말하면 안 된다고 혼을 냈는데, 그러자마자 두 녀석이 서로 뒤엉켜 싸움박질을 벌였어. 정말 거짓말 안 보태고 삼십 분 동안 완전히 난장판이었다니까. 자세히 설명할 수는 없지만 아무튼 끔찍했어. 두 녀석이 그러고 나간 뒤에 결국 울어버렸어. 그 기분 알지? 그 생각만 하면 흥분이 가시질 않아. 눈앞에서 현장을 목격했는데도 어떻게 할 수가 없었어."

"그래?"

"자기라면 아마 잘했을 거야."

"그거야 겪어봐야 알지."

"특히 상드라의 행동이 정말 실망스러웠어. 그애가 글쎄 나보고 뭐랬는지 알아? 나 역시 유대인을 싫어하는 인종차별주의자라는 거야. 평생 그러고 살 거래. 오늘 그 아이들 수업 있어?"

"아니, 내일모레 하나 있어."

"어떻게 좀 해줄래?"

"할 수 있는 게 있는지 한번 생각해볼게."

다니엘은 삼십 분 전부터 전화기를 붙들고 있었다.

"네, 네, 제가 담임 선생입니다. 다름이 아니라 아드님에 대해 상의드리고 싶은데, 다음 주에 학교에서 열리는 회의에 참석해주실 수 있나 해서요."

민망할 정도로 가슴이 작은 제랄딘이 막 도착했다.

"뭐 하는 거야?"

다니엘이 전화기를 손으로 막고 대답했다.

"5학년 1반 학부모들에게 전화하는 중이야. 골치 아픈 일이라고 굳이 말 안 해도 알겠지?"

질은 눈 주위에 테두리라도 두른 것 같은 얼굴이었다.

"아무튼 이미 늦었어. 달라질 것 같지 않아. 4학년도 마찬가지야."

레오폴의 옷에는 'Evil's Waiting For You'라고 쓰여 있었다.

"아무리 그래도 5학년 1반은 정말 최악이야. 종 울렸나?"

레오폴은 종이 울렸다는 사실을 아주 잘 알고 있었다. 컵 바닥에 가라앉아 녹고 있는 각설탕을 재활용하기 위해 막대로 끄집어내는 실비와 샹탈만큼이나 잘 알았다.

"난 무용을 좀 배웠는데 지금은 그만뒀어."

"나도. 한 오 년 됐지. 지금은 아코디언을 배우고 있어."

"야, 그거 괜찮은데."

"응, 정말 그래. 동유럽 음악을 들으면 가끔 아주 환상적인 대목이 있다니까."

샹탈은 더이상 아무 말도 안 했고, 나는 더이상 입을 다물고 있지 않았다.

"난 아코디언 소리만 들어도 미칠 것 같던데. 어렸을 때가 생각나서 말이야. 그때는 아무렇지 않다가도 아코디언 소리만 나면 우울해지는 것 같았거든. 요새도 가끔 일요일에 축제나 파티에 가서 아코디언 소리를 들으면 끝없이 버번 위스키를 들이켜게 된다니까. 아코디언, 그거 정말이지 사람 신세 처량하게 만드는 빌어먹을 물건이야."

"경우에 따라 달라. 동유럽 음악은 정말 환상적이거든."

"동유럽이고 서유럽이고 간에 끔찍해. 자살 충동을 불러일으키는 음악이야. 금지해야 한다구. 진짜라니까."

a) 문장 속에서 변화된 동사 찾아내기.
b) 각 동사의 정확한 시제와 용도를 명확히 표기하기.

오 분쯤 지났지만 메주트는 한 글자도 적지 않았다.

"이제 뭐라도 좀 적어야 하지 않겠니, 메주트?"

메주트는 과장된 동작으로 볼펜을 쥐고 마치 면접에 임하듯 뻣뻣하게 의자를 끌어당겨 앉았다.

"네, 그럼요."

아이들은 얌전히 문제를 풀었다. 운동장의 앙상한 나무들은 칼바람 속에서 대리석처럼 냉담하게 서 있었다. 내가 하는 대로 하지 말고, 내가 말하는 대로 해. 거지 같은 진창이 너무 깊어 빠져나갈 수 없기 때문이야. 미안하지만, 네가 말하는 모든 단어를 정반대로 받아들여봐. 말하는 건 돈이 안 들지만, 인생의 대가는 아주 비싸. 내 지갑은 두둑하고, 내 머리도 가득 찼어. 치고 빠져보라고. 그러면 내가 너를 다시 쳐줄 테니까. 나는 영리한 녀석이지만 바보 흉내를 내고 있어. 내겐 믿음이라는 것도 없지만.[*]

"선생님, 그러니까 저거, '그들의' 가 동사인가요?"

"뭐라고, 메주트?"

"'그들의' 가 동사예요?"

"너무하는구나. 당연히 아니지. 정말 해도 너무하는군."

"네. 그런데 선생님, 동사가 아닌 걸 어떻게 알 수 있어요?"

"아, 그건 뻔한 거 아니니? 동사는 행위를 나타내잖아. 네가 보기에 '그들의' 라는 단어가 행위를 나타내는 걸로 보이니?"

"당연히 아니죠."

"그럼 됐네. 나 원 참."

수업을 시작하면서 나는 아이들이 내 이야기에 귀 기울일 만큼 차분한 상태인지 살펴보았다. 아이들은 차분했다. 나는 교단에 그대로 선 채 교탁에서 한 걸음 뒤로 물러섰다.

"미술 선생님이 그러시는데 문제가 좀 있었다더구나."

상드라가 더는 못 참겠다는 듯 짜증스러운 표정으로 한숨을 내쉬었다.

"아니에요, 그 문제는 벌써 다 해결됐어요."

---

[*] 미국 펑크 그룹 그린 데이의 노래 〈Walking Contradiction〉의 가사.

"아니, 해결되지 않았어. 머릿속에 그런 거지 같은 생각을 갖고 있는 건 해결된 게 아니야. 난 너희에게 잔소리도 하지 않을 거고, 너희를 훈계할 생각도 없고, 반유대주의가 담배를 피우고 화병을 깨부수는 행동처럼 나쁜 거라고 설명하지도 않을 거야. 난 그저 프랑스어 선생님의 역할에 충실할 뿐이다. 너희가 부정확한 표현을 쓰지 않도록 가르치는 일 말이야. 만약 너희가 직접목적보어가 조동사 avoir와 일치한다고 말하면 난 틀렸다고 말해줄 거야. 마찬가지로 유대인을 좋아하지 않는다는 것은 좋은 것도, 나쁜 것도 아니야. 단지 부정확한 표현일 뿐이야. 내가 너희 나이였을 때 나는 공산주의자였어. 공산주의가 뭔지 다들 알지? 한마디로 말하면 가난한 사람들이 조금 덜 가난하고, 부자는 조금 덜 부자가 되자는 주의라고 할 수 있어. 당시 내 적은, 그 나이에는 필연적으로 적이 있어야 했거든, 아무튼, 내 적은 사장들이었어. 회사를 경영하는 사람 말이야. 그래도 이건 뭔가 좀 있어 보이지 않니, 안 그래? 그리고 그 대상은 아주 정확했지."

이만이 뭔지는 모르지만 뭐라고 중얼거리자 상드라가 좋다고 맞장구쳤고, 두 아이는 서로 손바닥을 부딪쳤다.

"거기, 무슨 일이지?"

"아니요, 아무것도 아니에요."

"아니, 뭔가 있어. 그렇게 웃어대는데 뭔가 있는 거지, 안 그래?"

"아니요, 아무것도 아닌데요."

"아니, 무슨 일인지 말해봐."

이만은 머뭇거리다 나를 올려다보며 말했다. 웃지 않으려고 애썼지만 웃는 표정이 벌름거리는 코를 통해 드러날 수밖에 없었다.

"그게요, 선생님, 사장은 다 유대인이라구요……"

그럴 줄 알았다.

"좋아, 그런 생각을 갖고 있을 줄 알았다. 하지만 그건 완전히 터무니없는 생각이야. 아니, 그게 아니겠구나. 완전히 터무니없는 생각은 아닌 것 같다. 그래, 네가 하고 싶은 말은 프랑스의 유대인이 프랑스의 아랍인보다 훨씬 부자라는 거겠지? 왜 그런지 알아? 그래, 예를 들어 프랑스에 거주하는 유대인의 생활 수준은 아랍인보다 훨씬 높아. 그래서 그런 터무니없는 생각을 하게 되는 거야. 아마도 너는 유대인이 도둑놈처럼 모든 걸 훔쳐갔기 때문이라고, 그들은 돈 냄새에 환장을 한다고 생각할 거야. 그렇지?"

"조금은요."

"그거야말로 터무니없는 생각이야. 선생님이 프랑스에 사는 유대인이 왜 일반적으로 아랍인보다 잘 사는지 그 이유를 설명해줄게."

나는 자명한 세 가지 이유를 설명하고, 마지막으로 다른 사람의 우수함을 질투하기보다는 귀감으로 삼아 본받는 게 좋겠다는 말로 끝마쳤다. 그러자 누군가가 중동의 현 정세에 대해 질문했다. 수업시간을 조금이라도 줄여보겠다는 속셈이었다. '십오 분간 유명해질 기회'*가 세 번 돌아간 후 종이 울렸지만, 그 소리마저 아이들을 침묵에서 빼내주지 못했다. 새장은 생각에 잠겨 있었다. 정치적으로 겨우 여덟 살에 지나지 않는 하킴과 뱃살을 책상에 갖다

---

* 1968년에 미술가 앤디 워홀이 한 말. 하나의 예술작품이 관객에게 관심받을 수 있는 시간은 최대 십오 분이며, 십오 분이 지나면 관심이 사그라진다는 뜻.

댄 상드라만 예외였다. 상드라의 후회가 십만 볼트의 전류를 분산시켰다.

"선생님, 아까 그런 말 한 거 죄송해요. 어쩌다 그랬는지 모르겠지만 그냥 웃자고 한 소리였는데……"

"그냥 웃자고 하기엔 웃기 힘든 유머야."

상드라는 다리가 저렸는지 무릎을 흔들며 정에게 라틴어 접속법을 설명하는 데 열중해 있는 제가 나오기만 기다렸다.

"야, 너 팬티 보여!"

제의 바지 위로 천 조각이 삐죽 올라와 있었다.

"그것도 유머라고 하는 거니?"

"아니요, 정말 팬티가 보이잖아요. 안 보이세요?"

"하고 싶은 말은 그게 다니?"

전도체 역할을 할 것처럼 생긴 커다란 귀걸이가 아이의 뺨 옆에서 대롱거렸다.

"아뇨, 오리엔테이션 얘기도 있어요. 며칠 전에 마르셀 에메 고등학교에 갔다 왔어요. 근데 전 그 학교에 갈 수 없을 것 같아요. 거기에 다니는 애들은 모두 검은 옷에 스모키 화장을 하고 다니는 고스족이더라구요."

"그래?"

"네. 정말 거짓말 아니고 진짜예요. 또 힙합 바지에 농구화 신고 스케이트보드 타는 애들도 있어요. 전 그런 애들한테 말도 못 걸어요."

"유대인만 아니라면 뭐……"

상드라가 버럭 성을 내며 책상 다리를 발로 찼다.

"아, 죄송하다고 아까 말했는데 왜 자꾸 그러세요! 아무튼 진짜로 거긴 저한테는 맞지 않는 곳이에요. 펑크족이 넘쳐난다고요."

레오폴이 자신의 오십 상팀짜리 동전이 아무 탈 없이 자판기에 먹히도록 공을 들이고 있었다. 바스티앵은 비스킷 하나를 해치운 뒤 자신의 캐비닛에 들어 있던 종이 한 장을 읽었다.

"다들 이거 읽어봤어?"

샹탈은 교무실 구석 한편에서 넓적다리를 책상 삼아 아이들의 작문 숙제를 고치고 있었다.

"이 녀석은 이름도 안 썼어. 그러고도 내 탓을 하겠지."

특별히 누군가를 향해 던진 말은 아니었지만 옆자리에 나밖에 없었다.

"누군지 알아?"

"알긴 아는데, 이름을 안 썼어. 이래서는 좋은 점수를 못 받지."

바스티앵은 깜짝 놀란 표정이었다.

"다들 이거 읽어봤어?"

레오폴은 손바닥으로 자판기 옆구리를 두드렸다. 샹탈은 그런 레오폴의 모습을 보지 못했다.

"난 이름 안 써낸 답안지는 무조건 0점 처리해."

나는 샹탈이 혹시 농담한 건 아닌지 기다리다 물었다.

"0점 처리한다고? 정말?"

"당연하지. 뭐 더 좋은 방법이 있겠어?"

"오십 상팀짜리 동전 있는 사람?"

"다들 이거 읽어봤어?"

바스티앵은 우리에게 더는 모른 척할 기회를 주지 않고 들고 있던 종이를 펼쳐 보였다. 보조교사들이 올린 보고서였다.

클라리스, 아마라, 실벤은 5학년 1반 학생들과 함께 휴게실에 있었습니다. 그런데 마침 잘랄 엘 무덴의 언니가 동생을 데리고 나타나 "네 뺨을 때린 애가 누구야?"라고 물었고, 잘랄은 손으로 우아르디아 아가디르를 가리켰습니다. 잘랄의 언니는 즉시 욕설을 내뱉으며 우아르디아를 협박하기 시작했고, 우아르디아는 "빌어먹을 년아, 그러다 총 맞아 죽는 수가 있어"라고 과격하게 응수했습니다. 잘랄의 언니는 우아르디아를 때리려고 덤벼들었고, 클라리스와 실벤은 두 사람을 억지로 떼어놓아야 했습니다. 킹가가 지레스 선생님을 찾으러 갔습니다. 계속되는 욕설을 들으며 저희는 잘랄의 언니에게 당장 나가달라고 여러 차례 요구했지만 소용이 없었습니다. 잘랄의 언니는 계속 우아르디아를 때렸고, 우아르디아는 때릴 때마다 막았습니다. 파트리크 선생님이 오고 나서야 잘랄의 언니는 휴게실을 떠났습니다. 파트리크 선생님이 잘랄의 언니를 휴게실 밖으로, 그리고 운동장 밖으로 몰아내는 동안 저희는 우아르디아를 붙잡고 말렸습니다.

"펑크록 그룹 중에 혹시 레 테틴 누아르*라는 그룹 알아?"

---

* Les Tétines Noires. 1980년대에 결성된 프랑스의 펑크록 그룹. 후에 약자를 딴 LTNo로 이름이 바뀌었다.

144

레오폴은 보고서는 거들떠보지도 않고 우리가 지난주에 나누었던 음악에 관한 짧은 대화를 끄집어냈다.

"응, 당연히 알지."

"그 그룹은 펑크와 고딕 스타일을 접목시킨 그룹이야."

레오폴은 간혹 십 상팀짜리 동전이 굴러다니는 라셀의 캐비닛을 열어보았다.

"그 그룹 좋아해?"

"노래 가사가 너무 길던데."

레오폴은 다시 한번 자판기 공략에 나섰다.

"하긴 맞는 말이야. 정치적이기보다는 내면적인 스타일에 가까운 내용이지. 사회에 대한 반항이라기보다는 개인적인 저항에 가깝고. 내 말은, 좀더 개인적이고 감성적이면서, 뭐라고 할까 좀더……"

"로맨틱?"

"그래, 그거야. 반항치고는 너무 로맨틱해."

술레이만이 모자를 쓴 채로 내 앞을 지나 교실로 들어갔다.

"술레이만."

술레이만이 나를 돌아보았다. 그리고 손가락으로 머리를 가리키며 자신에게 메시지를 보내는 날 보고는 그 무언의 메시지를 실행에 옮겼다.

"안에 쓴 모자도 부탁한다."

술레이만의 머리에는 듬성듬성 노란 머리카락이 자라기 시작했다. 나는 모두 알림장을 꺼내라고 한 뒤 돌아오는 목요일에 쪽지 시험을 볼 거라고 알려주었다. 제와 다른 세 중국 아이가 곤란하다는 표정을 지었다. 자기들끼리 쑥덕거리며 밀담을 나눈 중국 아이들은 암묵적인 합의를 거쳐 자자를 대변인으로 내세웠다. 자자가 손가락을 올렸고, 나는 천천히 눈을 끔뻑거리며 자자에게 말할 기회를 주었다.

"목요일은 저희가 학교에 나오지 않는 날이에요. 그래서 저희는 쪽지 시험을 볼 수 없어요."

"왜 학교에 못 나오지?"

"중국 신년이거든요."

"그 신년을 다른 날로 옮길 수는 없니?"

나는 미소를 지으며 물었지만 자자는 그 말이 농담이라는 걸 이해하지 못했다.

"아니요, 절대 옮길 수 없어요. 저희가 결정하는 게 아니거든요."

"알았다. 그럼 목요일에는 학급 회의를 한다고 다들 적어두거라."

왼쪽 열 첫째 줄에 앉은 디코가 비난에 가까운 입소리를 냈다.

"학급 회의 같은 건 아무 소용 없어요."

"뭐라고, 디코?"

"그런 건 필요 없으니 전 안 올 거예요."

"뭐라고 했니?"

"전 안 올 거예요. 그런 건 필요 없어요."

"어디, 다시 한번 말해볼래?"

"전 안 올 거예요."

"한 번 더 말해볼래?"

"전 안 올 거라구요."

"한 번만 더."

"전 안 올 거예요."

"이 문제를 교장 선생님하고 함께 얘기해볼까?"

"전 안 올 거예요."

"좋아, 그럼 가자."

나는 교단에서 내려왔다.

"따라 나와."

나는 교실 문을 열고 엄지손가락으로 디코에게 계단을 가리켰다. 아이는 문을 잡고 있는 내 팔 아래로 지나갔다.

"너희는 조용히 자습하고 있어."

나는 복도로 나갔다. 디코가 삼 미터 정도 떨어져 따라왔다.

"얼른 서둘러."

디코는 전혀 서두르지 않았다. 나는 디코가 나를 앞서 가도록 걸음을 멈추었다. 그러자 더이상 앞으로 나아갈 수 없었다. 나는 포기하고 그냥 먼저 걸어갔다. 계단에 이르러서는 세 계단 내려갔다 다시 두 계단 올라와 디코를 기다렸다.

"멍청한 녀석."

"왜 절 그런 식으로 대하세요?"

"말대꾸하면서 선생님을 그런 식으로 대하는 건 바로 너야."

"왜 저한테 막 대하시냐구요?"

교정을 지나자 거리는 더 벌어졌다. 그렇게 겨우 교무행정교사 크리스티앙의 문 열린 사무실까지 갈 수 있었다. 나는 크리스티앙이 통역사를 대동한 한 학부모와 면담을 마칠 때까지 기다리지 않았다.

"이 무뢰한 녀석 좀 맡기고 갈게. 반성하는 기미가 없으면 다음 수업부터 절대 받아줄 수 없어."

"알았어."

"미안해."

"아니, 괜찮아."

상담 중이던 아이는 크리스티앙과 나 사이의 대화를 자동으로 부모님에게 아프리카 말로 전해주었고, 부모님은 망측하다는 듯 손으로 입을 막았다.

다니엘이 장갑까지 낀 손을 호호 불며 들어와 다소곳이 자기 자리에 앉았다. 열두 명 중 일곱 명이 참석해 회의를 위한 정족수가 채워지자 교장 선생님은 그간 있었던 일을 열거하는 것으로 회의를 시작했다.

"은데예가 복도 끝에 서 있더군요. 손에 사탕처럼 보이는 작은 분홍색 공을 들고서요. 당장 제자리에 갖다놓으라고 했더니 싫다 더군요. 그래서 다시 말했더니 말대꾸를 하는 겁니다. 교장실로 따라오라고 하니까 싫다면서, 아이의 말을 그대로 인용하자면 '개자식'이라고 욕을 했습니다. 교장실까지 오자 아이는 좀 진정이 되었습니다. 그날 저녁 바로 찾아와 죄송하다고 사과하더군요."

교장 선생님은 잠시 말을 끊었다.

"사태의 심각성을 고려해볼 때, 제 입장에서는 이 문제를 정식으로 고발할 수 있었음을 분명히 밝힙니다. 하지만 그러지 않았습니다. 왜냐하면 우선 교육 효과가 있는 제재 조치를 찾아야 한다고 생각했기 때문입니다. 동일한 이유로, 중재위원회 회의를 통해 다음 학기부터는 은데예가 정상적이고 어른을 공경하는 태도를 갖도록 도와주는 조치가 가능할 거라고 확신합니다."

한쪽 눈이 불편한 은데예의 어머니는 옆자리에 앉아 있는 자기 아이에게 아프리카 말로 뭐라고 몇 마디 중얼거렸다. 멀쩡한 다른 쪽 눈은 말하고 있는 교장 선생님에게 고정되어 있었고, 알아들을 수는 없었지만 가끔씩 교장 선생님의 말에 맞장구치듯 짧게 중얼거렸다.

"따라서 임시 퇴학 조치만이 우리 학교가 내릴 수 있는 유일한 결론은 아니라고 봅니다. 은데예에게는 이틀 동안 오후에 인근 유치원에서 아이들을 돌보도록 권고하는 바입니다. 이번 결정은 학생이 어른 입장이 되어볼 수 있는 기회이자, 공동의 규칙이 지켜지지 않으면 얼마나 골치 아픈 일이 벌어질 수 있는지 실감해볼 수 있는 기회이기도 합니다. 아울러 은데예가 심리 상담을 받았으면 하는 바람입니다."

자리에 있던 사회복지사가 여러 사람들이 지키고 있던 침묵을 깼다.

"이미 받고 있습니다."

난처한 상황에 처한 교장 선생님은 표정이 일그러지지 않도록 억지로 참으며 말했다.

"그 심리 상담이 지속되기를 바라는 바입니다."

"아니, 마초는 경우가 달라. 마초란 원래 근육질 몸매를 뽐내면서 수컷임을 과시하는 남자를 뜻해. 그렇기 때문에 여자를 좀 무시하는 경향이 있지. 하지만 여자를 좋아하지 않는 사람을 지칭하는 정확한 단어는 아니야. 왜냐하면 최소한 마초는 여성을 자기 방식으로 좋아할 수는 있거든. 자, 여자를 싫어하는 사람을 뭐라고 부를까?"

"동성애자요."

"아, 그건 아니야. 둘 사이에는 아무런 관계도 없어. 여자에게 성적으로 끌리지 않는다고 해서 여자를 싫어한다고 말할 수는 없거든. 반대로 대다수의 동성애자는 여자를 좋아하고 여자와 아주 잘 지내."

검은 스카프를 두른 파이자가 말도 안 되는 소리를 지껄였다.

"동성애자는 다 비슷하게 생겼어요."

"그건 네 생각이고. 아무튼 선생님이 원하는 답을 아무도 모르는 건가?"

나는 칠판에 'mysogyne'이라고 적고 잠시 생각하다 'misogyne(여성혐오자)'로 고쳐 썼다.

"접두사 miso는 부정의 의미로 사용되고, gyne은 자궁을 뜻하는 그리스어와 관련이 있다."

'히스테리(hystérie)'와 잠시 헷갈렸는데,* 아무도 그것 때문에 웃지 않았고, 아이사투도 격한 반응을 보이지 않았다.

"선생님, 여자는 집에서 살림이나 하길 바라는 사람도 여성혐오

---

* gyne에는 '여자'라는 뜻이 있고, 히스테리에서 hystér에는 '자궁'이라는 뜻이 있다.

자라고 해요?"

"그렇지. 그런 경우도 가능하지."

"하지만 여자는 보호해줘야 해요"라고 두니아가 말했다. "그래도 집 안에만 하루 종일 있게 하는 건 심해요"라고 수마야가 항변했다. "포르노 영화 같은 걸 보면 그런 게 더 심한 거 같아요." 전공 분야라 생각했는지 상드라가 끼어들었다. "제 생각에 그런 영화는 금지해야 해요. 배려라는 게 전혀 없거든요. 심지어 저도 봤어요." 내가 알지 못하는 누군가를 닮은 힌다가 말했다. "가끔 포르노 영화는 아니지만 섹스 장면이 나오는 영화가 있어요." "제 생각도 마찬가지예요." 상드라가 다시 치고 나왔다. "집에 있을 때 그런 영화를 종종 보는데, 그럴 때 아빠하고 같이 있으면, 아, 정말 수치스러워요. 그래서 이제는 아빠가 같이 TV 보자고 하면 '됐어요, 싫어요'라고 말해요." 수마야, 아니면 이만, 아니면 아이샤투가 말했다. "적어도 시골에 살면 TV 리모컨을 손에 쥐고 볼 일은 없어요. 시골에서는 그냥 편안하게 앉아서 TV를 보면 되지만, 여기서는 그렇지 않아요. 항상 리모컨을 들고 있다 야한 장면이 나오면 채널을 돌려야 하거든요. 저도 마찬가지예요. 이집트에 살 때는 채널을 바꿔가며 TV 볼 일이 없었는데, 여기 프랑스에서는 항상 이상한 것만 틀어주는 것 같아요. 무슨 말인지 아시죠, 선생님."

"그래."

내가 요구 사항을 말하기 전에 교장 선생님은 방금 들어온 새 소식을 말하고 싶어했다.

"선생님하고 이 얘기를 꼭 해야 합니다."

교장 선생님은 자신이 들려줄 얘기에 신이 난 듯 보였다.

"규율교사 중에서 알리라고 있지 않습니까?"

"네, 압니다. 네모난 안경을 끼고 덩치가 좀 큰 선생님 말씀이시죠."

"아니, 안경 안 끼고 호리호리한 선생입니다."

"네, 네, 누군지 알겠네요."

"만장일치로 그 선생과의 계약을 끝내기로 했습니다."

"그래요?"

"연수 기간이었는데, 말하자면 연수로 끝나버린 거지요."

교장 선생님은 웃음을 참지 못했다.

"사실 그 선생이 온 지 한 달 정도 됐는데, 제 역할을 다한 경우가 거의 없었습니다. 정기적으로 학생들과 마찰을 빚었고, 이런저런 소문이 끊이지 않았죠. 뭐, 그래도 대부분 그냥 넘어갈 정도의 일이었습니다. 어제까지는 말이죠."

교장 선생님은 잠시 말을 멈추었다.

"어제 학교에 들어오면서 '다 죽여버리겠어, 다 죽여버릴 거야!'라고 고래고래 고함을 지르더군요. 삼사 분 정도 계속해서 말입니다. 그래서 일단 자리에 앉힌 뒤, 진정하고 무슨 일인지 차분하게 말해보라고 유도했습니다. 결국 고함을 멈추더군요. 그러고 나서는 학생들에 대한 불만을 낱낱이 까발리기 시작했습니다. 나는 상황이 그러하다면 다른 교육기관이나 다른 직업을 찾아보는 게 좋겠다고 말해주었습니다. 그랬더니 당연히 그럴 거라더군요. 결국 모든 문제가 아주 말끔히 해결됐지요."

교장 선생님은 내 눈에서 확신을 구했다. 그리고 그 확신을 얻어냈다.

"하지만 모든 게 해결됐다고 하기엔 좀 이른 감이 있었습니다. 그 선생을 집까지 데려다줘야 했거든요. 그래서 학교를 나서는 도중 지브릴에게서 이걸 압수했습니다."

교장 선생님은 서랍장 두 개 사이에서 구리 막대 하나를 꺼냈다.

"아무튼 지브릴 녀석은 이걸 가지고 그리 멀리 갈 수는 없었을 겁니다. 게다가 아무런 반항 없이 고분고분 내놓더군요. 잘된 일이죠. 사람 일은 모르는 법이니까요."

나는 다른 이야기로 화제를 돌려보려 했지만 교장 선생님은 그럴 생각이 전혀 없었다.

"그렇게 알리 선생을 데려다주면서 이런저런 이야기를 주고받았는데, 아주 흥미진진한 얘기를 들었습니다."

"그래요?"

"그 선생 말이, 자기는 어렸을 때 어머니에게 '넌 뭘 해도 제대로 하는 게 없어'라는 말을 계속 듣고 자랐다더군요. 그 말 한마디로 모든 걸 알 수 있었지 뭡니까."

교장 선생님은 웃음이 사라진 얼굴로 안경테를 잘근잘근 깨물며 내 눈을 들여다보았다.

쿰바가 노크도 없이 들어왔다. 손가락 하나를 솜으로 틀어막은 한쪽 콧구멍에 대고 턱은 뒤로 살짝 젖힌 자세였다.

"좀 괜찮니?"

쿰바는 아무런 대답도 없이 자리에 앉았지만, 포르튀네가 뭐라고 몇 마디 속삭이자 킥킥대며 웃었다. 갑자기 디코가 자기 자리에서 가장 끝쪽 첫째 줄에 앉은 메디를 소리쳐 불렀다. 내가 "너!"라고 하자 디코는 "왜요?"라고 대꾸했다.

"지금 제정신이니?"

"제가 뭘 어쨌다고요?"

"또다시 시작하겠다는 거냐?"

"왜 저한테 뭐라 그래요?"

"다시 한번 되풀이할까?"

"그러거나 말거나 상관없어요."

"좋아, 그럼 한번 더 하자."

나는 교실 문을 열고 엄지손가락으로 디코에게 계단을 가리켰다. 아이는 문을 잡고 있는 내 팔 아래로 지나갔다. 교실 문을 닫은 뒤 나는 생각을 바꾸었다.

"생각해보니 차라리 복도에 서 있는 편이 낫겠다. 아까운 내 시간을 너하고 씨름하느라 허비할 생각은 없거든."

"그러거나 말거나요."

나는 검지를 뻗어 디코에게 겨누고 그애의 눈을 쏘아보았다.

"네 생각 따위는 필요 없어."

"왜 그렇게 화를 내요?"

"조용히 해."

"저는 가고 싶을 때 교실로 갈 거예요."

"어디, 어떻게 되는지 한번 해봐라."

디코가 나를 따라 계단에 발을 디뎠다.

"교실로 가면 어떻게 할 건데요? 때리기라도 할 거예요?"

"좋아, 교장실로 가자."

나는 세 계단 내려갔다 다시 두 계단 올라와 디코를 기다렸다. 계단을 다 내려온 뒤 아이와 나는 나란히 앞으로 향했다. 아주 천천히. 그러지 않았다면 디코만 뒤에 남겨두고 혼자 걷는 우스꽝스러운 꼴이 되었을 것이다. 속이 부글부글 끓었지만, 내가 낼 수 있는 가장 쾌활한 목소리를 내려고 애썼다.

"이렇게 둘이 걸으니 이상하지 않니?"

"칫."

나는 시골길을 따라 산책하는 것처럼 걸었다.

"인생이라는 게 참 멋지지 않니?"

"칫."

다른 아이들이 교실 창문에 들러붙어 내다보고 있을 게 뻔했다.

"디코, 네 인생은 정말 별 볼 일 없어. 그런 별 볼 일 없는 인생을 사는 게 지겹지도 않나?"

나는 이렇게 우스꽝스러울 정도로 천천히 걷는 상황을 정당화하기 위해 잠시 걸음을 멈추고 신발에 묻은 흙먼지를 털어냈다.

"칫."

겨우, 어렵게 어렵게 디코와 나는 교장실 문 앞에 도착했다.

"어리석은 짓은 하지 않는 게 좋을 거야."

"상관없어요."

"상관없어도 어리석은 짓은 그만해."

교장 선생님은 자리에 없었다. 디코는 아무 말 없이 따라 들어왔다.

"거기 앉아 있어. 선생님은 교장 선생님을 찾아볼 테니까."

디코는 앉지 않았다.

"자리에 앉아서 잠자코 있으라고."

"말은 선생님이 하고 있잖아요."

행정위원회의 구성원들이 제기한 문제를 다룰 차례가 되었다. 교장 선생님의 태도는 완강했다.

"여러 선생님께서 커피자판기 문제를 거론하고 싶어하시는 걸로 압니다. 그 부분은 관리실장인 피에르 씨가 직접 말씀하시는 게 좋을 것 같습니다. 비품에 관한 재정 상태를 소상히 알고 계실 테니까요."

관리실장 피에르는 앉은 의자에서 일어났다.

"우선 현재 이용하는 자판기가 2001 회계년도에 설치한 기계라는 점을 알아주시기 바랍니다. 이전에 이용했던 자판기는 주기적으로 내용물을 채워 넣어야 했기 때문에 어쩔 수 없이 그 일을 전담하는 용역업체를 두었는데, 그렇게 하니 타산이 거의 맞지 않았습니다. 즉 자판기가 그 자체로 적자를 냈다는 뜻이고, 그 결과 어쩔 수 없이 음료수 값을 십 상팀씩 인상할 수밖에 없었으며, 그래서 책정된 가격이 오십 상팀이었습니다."

파란 줄무늬가 들어간 흰 와이셔츠를 입은 피에르는 발언을 마치자 터져 나온 불만 섞인 웅성거림에 전혀 관심이 없는 듯 보였다.

"따라서 현재로서는 예전 방식으로 돌아가는 건 불가능합니다. 수지타산이 전혀 맞지 않기 때문입니다."

교장 선생님은 구석 자리에 앉아 동요하기 일보 직전인 사람들을 조심스레 살폈다. 내가 선봉으로 나섰다.

"제 생각에는 바꿔야 할 부분에 대해 오해가 있는 것 같습니다. 자판기 사업 자체가 아니라, 커피가 너무 자주 품절 상태로 방치되는 것이 문제입니다. 두 달 전만 해도 이런 문제는 문제 축에도 끼지 못했습니다. 따뜻한 음료는 선택의 폭도 넓었고요. 그런데 얼마 전부터 커피 캡슐이 바닥나는 일이 빈번해졌을 뿐 아니라 코코아나 카페오레, 차는 아예 자판기 선택 버튼에서 사라져버렸습니다. 교사들이 직접 창고까지 가서 떨어진 내용물을 챙겨 와야 하는 실정입니다. 전적으로 교육에 전념해야 할 교사의 입장에서는 시간 낭비가 아닐 수 없습니다. 이 문제를 관리직원에게 이야기하면 관리실장에게 직접 물어보라고 할 뿐입니다. 비품 관리는 자신의 업무가 아니라면서 말입니다. 결과적으로 그 관리직원에게 의심의 화살이 돌아갈 수밖에 없는 상황이지요. 특히 설탕은 그 양만 따져봐도 어디론가 사라지고 있는 것 같습니다. 저희는 이 문제의 해결을 위해 어느 성인(聖人)에게 기도해야 하는지도 모르겠고, 그러는 동안 출근해서 커피 한 모금 마시는 호사는 구경하기도 힘들어졌습니다. 아시다시피 이 벽 속의 세상은 온갖 신경전을 벌여야 하는 곳으로 유명한데도 말입니다."

동조의 뜻을 담은 작은 비웃음 소리, 앉아서 두 다리를 부딪치며 보내는 박수 소리, 그리고 분위기를 가라앉히는 교장 선생님의 동작이 이어졌다.

"큰 이의가 없다면 이 문제는 추후에 다시 논의하도록 하겠습니다. 이 문제보다 훨씬 '하찮은' 문제를 처리해야 하기 때문입니다.

바로 내년 수업시간 배분 문제입니다."

교장 선생님은 다른 교육기관에서 수업시간 단축을 실시하는 것과 반대로 우리 학교에서는 수업시간이 늘어난다는 점이 대단히 만족스럽다고 말했다. 그러고는 세부 사항을 논의하기 시작했다. 회의 이전에 논의된 내용에 따라, 마리는 늘어나는 수업시간이 우선 프랑스어 수업에 할당되었으면 좋겠다는 의견을 내놓았다. 그리고 4학년의 경우 한 시간 중 절반은 구술 능력에 초점을 맞춘 소그룹을 만드는 것이 어떻겠냐고 제안했다. 교장 선생님은 좋은 의견이긴 하지만 그럴 경우 개인별 학습 지도 시간을 삼십 분 정도 줄여야 하는데, 그러면 수업이 겨우 보름에 한 시간짜리가 되어버리기 때문에 아예 수업 자체를 없애는 게 낫다는 이유로 거부했다. 한마디로 개인별 학습 지도가 쓸모없는 수업이 되어버린다는 것이었다. 다음으로 4학년 체육 시간을 한 시간 늘리자는 의견이 나왔다. 내년에 4학년이 될 지금 5학년 학생들의 성향으로 미루어볼 때, 그나마 아이들이 즐기는 유일한 수업인 체육 시간을 늘리면 아이들의 에너지를 발산시키고 축 늘어진 분위기에 활력을 불어넣을 수 있기 때문이라는 게 이유였다. 그러자 4학년 영어 시간을 늘리자는 계획은 취소된 것이냐는 반문이 나왔고, 5학년 프랑스어 수업에 추가된 시간을 4학년 체육 시간으로 돌리면 충분하다는 대답이 돌아왔다. 현재 6학년의 프랑스어 수학능력은 만족스러운 수준이기 때문이라는 것이었다. 또한 그렇게 늘린 시간을 언어 수업에 집중하는 것으로 충분하다는 설명도 이어졌다. 그런 식으로 하면 작년의 400시간보다 늘어난 총 407시간의 수업시간을 분별 있게 사용할 수 있을 것이었다. 다음 학기 수업시간 배분에 있어 유

동성을 확보하기 위해서도 항상 몇 시간의 여유분을 가지고 있어야 하긴 했다.

한 시간 뒤, 종이 식탁보를 덮은 테이블 위에 백포도주 일곱 병이 속속 놓였다. 나는 작문 숙제 뭉텅이를 찾기 위해 문이 열렸는지 확인하지도 않고 일단 교무실로 뛰어갔다. 문은 열려 있었지만 스위치를 눌러도 불이 들어오지 않았다. 교무실은 컴컴한 어둠 속에 잠겨 있었고, 안으로 들어갈수록 완전히 암흑 세계로 변하는 것 같았다. 오렌지 냄새를 통해 내 캐비닛을 찾을 수밖에 없었다. 캐비닛 안을 더듬거리며 작문 숙제 뭉텅이를 찾고 있을 때 갑자기 불이 들어왔다.

"하루아침에 이루어지는 것은 없습니다."

비품실에서 들은 적이 있는, 나이를 알 수 없는 그 목소리였다. 목소리의 주인공은 창틀에 선 채로 내 머릿속을 들여다보는 듯했다.

"하루하루 없이는 아무것도 이루어지지 않습니다."

그는 한쪽 팔이 없었다.

"당신이 기차의 맨 마지막 칸에 올라타도 여전히 마지막 칸이 남아 있습니다. 첫째 날을 그냥 넘기면 둘째 날이 첫째 날이 됩니다. 언제나 하루부터 출발하는 법이지요."

내가 가까이 다가가려고 한 발짝 한 발짝 발을 내디딜 때마다 목소리의 주인공은 그만큼 뒤로 물러섰고, 이내 모습을 감추었다.

머리를 다 밀어버린 6학년 아이 두 명이 너무 힘차게 던진 나머지 반대편으로 넘어간 고무공을 넘겨달라고 소리쳤다. 하지만 반대편에서는 아무도 없는 것처럼 반응이 전혀 없었다. 마치 아이들이 서 있는 곳이 세상의 끝인 것처럼. 교장 선생님이 운동장 쪽으로 열린 교장실에서 나를 소리쳐 불렀다.

"교장실 단골손님인 디코가 선생님에게 편지를 쓰고 갔습니다."

나는 네 번 접은 종이를 펼치면서 카우보이처럼 태연한 척하려고 애썼다.

"이번에도 샤토브리앙* 같은 문장들만 나열해놓았겠지요?"

교장 선생님이 크게 웃은 뒤 비꼬듯 말했다.

"그렇지 않겠습니까?"

고무공은 여전히 돌아오지 않았다. 아무래도 무한 공간 속으로 사라져버린 것 같았다. 내가 파란 문을 열고 들어서자 규율교사 모하메드가 의자에 앉아 있다가 황급히 뒤를 돌아보았다. 해서는 안 될 짓을 하다 걸린 사람처럼.

"안녕하세요."

"네, 안녕하세요."

그는 다시 앞으로 돌아앉아 휴대폰 판매 사이트 검색에 열중했다. 나는 한 층 더 올라갈 때까지 편지를 펼쳐보지 않았다.

선생님, 3학년 1반 교실 앞에서 선생님께 반항하고 대든 행동에 대해 사과드립니다. 특히 언제나 저한테 잘해주셨던 선생님께 버릇없이 군 점에 대해 깊이 사과드립니다. 마지막으로, 선생님들께

---

* 프랑스의 소설가이자 외교 정치가. 화려하고 섬세하고 정열적인 문체로 쓴 서정적인 작품으로 낭만주의 문학의 선구자가 되었다.

좀더 잘하도록 노력하겠다는 말씀 드리며 마칩니다. 디코.

"십 상팀짜리 동전 다섯 개 있어?"

상냥하게 물어온 이는 린이었다. 난 그녀의 발소리를 전혀 듣지 못했다.

"그런 생각 안 해봤어? 동전을 챙겨서 다녀야겠다는 생각 말이야. 그런 걸 좀 미리 생각해두면 어디가 덧나나? 그때그때 즉석에서 빌리면 편하기야 하겠지만, 언제나 다른 사람이 대신 돈을 내주는 거잖아. 어떻게 이런 문제에 대해 그렇게 아무렇지 않을 수 있는지 정말 모르겠어. 젠장."

나는 목소리를 낮추고 사이비 교주 같은 어조로 설명을 시작했다.

"만약 범죄를 유발하는 유전자를 발견한다면 많은 것이 달라질 것이다. 그런 유전자를 지닌 사람을 어떻게 처리하느냐 하는 문제가 생기기 때문이지. 현재는 어떤 사람이 살인을 저지르면 대부분 살인자의 잘못이라고 생각하지만, 다른 여러 가지 요소로 인한 잘못이라고 생각하기도 해. 이런 경우를 '정상참작'이라고 한다. 힘든 상황에 처한 사람을 그 상황에서 벗어나도록 도와주면 더는 나쁜 짓을 안 하게 된다는 얘기야. 하지만 만약 범죄를 유발하는 유전자가 정말 있다면, 사람들이 범죄를 저지르지 않도록 예방할 수 없게 돼. 그럼 어떻게 해야 할까? 그런 사람들이 범죄를 저지르기 전에 미리 잡아서 가두어야 해. 그러지 않으면 방임주의가 판을 치게 되거든."

알리사가 느낌표처럼 온몸을 똑바로 세웠다가 다시 물음표처럼 등을 구부렸다.

"'방인주이'가 뭐예요?"

"'방임주의'야. 방임주의는 뭐든 그대로 내버려두는 걸 말해. 관대하고 너그럽다고 볼 수도 있는데, 부정적인 뜻이 아주 강하지. 예를 들면 열 살짜리 아들이 자정이 넘도록 밖에서 돌아다니게 놔 두는 부모는 방임주의자라고 할 수 있어. 하지만 뭐든 다 하도록 허락하기 때문에 관용적이라고 할 수도 있지."

나는 분필을 들고 칠판에 '방임주의자 = 관용적인 사람'이라고 적었다. 알리사가 공책 귀퉁이에 그 내용을 적었다.

"가령, 최근 들어 우리 학교가 너무 방임주의로 흘러가는 것 같다 는 생각도 할 수 있어. 메주트처럼 한 시간에 열 번 이상 뒤를 돌아 보는 학생에겐 엄한 벌을 내려도 될 것 같은데. 그렇지, 메주트?"

"그게, 이해가 안 가는 게 있어서요."

"그래?"

"음, 유전자가 뭐예요, 선생님?"

"해도 너무하는구나…… 방금 설명하지 않았냐……"

'Washington DC'라고 찍힌 옷을 입은 비앵에메는 알고 있었다.

"그건 누군가를 죽이고 싶다는 생각이 들면 그걸 막을 수 없다 는 거야."

"잠깐, 유전자는 범죄하고만 관련되는 게 아니야. 그리고 다시 말하지만 범죄를 유발하는 유전자는 아직 아무도 발견하지 못했 단다."

알리사는 종이 위에 깨알같이 뭔가를 쓰기 시작했고, 메주트는 여전히 못 알아듣는 눈치였으며, 파야드는 무슨 일인지 모르겠지만 마구 웃어댔고, 하디아의 플라스틱 귀걸이는 머리의 움직임에 맞춰 빠르게 흔들렸다.

"다른 유전자는 어떤 게 있어요, 선생님?"

"셀 수 없이 많지. 유머에 관한 유전자나 친절에 관한 유전자가 있는지도 알아보면 좋겠지. 글쎄, 맞춤법을 잘 알게 해주는 유전자도 말이야."

"선생님, 혹시 받아쓰……"

"다음 주 일요일이다, 타렉. 일요일 아침에 받아쓰기를 할 거야. 아침 여덟시에. 늦거나 틀리는 일이 없도록."

인디라가 압둘라예가 보내는 사랑의 시선을 받으며 손가락을 올렸다.

"선생님, 뿔이 내린다는 말을 정말로 할 수 있어요?"

"장대비야. '장대비가 내린다'고 하지.* 그런데 그게 무슨 상관이지?"

압둘라예가 지원에 나섰다.

"어제 비가 내렸거든요."

"장대비가?"

"네, 뿔이 내렸어요."

알리사가 뭔가 적고 있지 않았다면 틀림없이 왜 하필 장대비라

---

* 프랑스어로 뿔은 'corne'이고, '장대비가 내리다'에서 장대비는 'corde(줄)'이다. 인디라는 'corde'를 발음이 비슷한 'corne'로 착각했다.

는 표현을 쓰냐고 물어봤을 것이다.

"장대비라고 말하는 이유는 비가 많이 내리는 날 굵고 거센 빗줄기가 계속 이어지는 모습이 마치 장대 같기 때문이야."

종이 울리자 새들은 이리저리 흩어졌고, 알리사가 종이 한 장을 내게 내밀었다.

"제 생각을 논리적으로 정리한 거예요."

"그래?"

알리사는 내가 종이를 읽기도 전에 사라져버렸다.

방임주의자＝관용적인 사람.

우리 할머니, 할아버지가 학교 다니던 시절에 통했던 권위주의를 되살려야 하는가? 나는 과거는 그대로 두고 넘어가야 한다고 생각한다. 또한 과거에는 효과적이었던 것이 지금이나 미래에는 효과가 떨어질 수 있다고 생각한다. 어른의 가치관에 따른 규칙은 어른에게만 적용해야 할 것 같다. 또한 그런 규칙이 학생을 좀더 엄하게 다루기 위한 억압적인 방식으로 정해져서는 안 된다고 생각한다. 현재 여러 교육기관에서 학생이 문제를 일으키는 여러 가지 요인, 즉 끈기나 존경심 부족 등이 있긴 하다. 하지만 그렇다고 해서 과거의 가치관에 따라 권위주의를 되살리는 게 과연 옳은 해결 방법일까? 나는 그렇게 생각하지 않는다. 요즘 학생들은 그런 권위주의를 받아들이지 않을 것이다. 그리고 그런 일이 일어날 거라고 상상도 하지 않는다. 신세대는 대부분 지속적이거나 시의적절하지 못한 처벌 또는 억압에 반대하며 더이상 그런 것을 참지 않

는다. 게다가 권위적인 교육 방식을 도입한 일부 국가, 특히 제3세
계 학생들이 우리를 부러워한다고 자신 있게 말할 수 있다! 따라
서 만약 과거에 대한 향수 때문에 그런 권위를 되살리는 것이라면
결사반대이다!

지하드가 자리에 앉으려다 말고 교단으로 방향을 바꿨다. 걱정
스런 표정. 수심이 가득한 얼굴이었다.

"선생님, 베냉이라는 나라가 있어요?"

"그럼, 아프리카에 있는 나라야. 서아프리카에."

지하드는 뒤에서 그 이야기를 들은 바무사에게 눈짓을 했다. 두
아이 사이의 갈등이 해소되는 순간이었다.

"그런데, 그걸 뭐라고 말해야 하지? 그러니까 그 베냉이라는 나
라는 큰 나라예요?"

나는 입술을 오므린 채 생각했다.

"글쎄, 아닌 것 같은데. 큰 나라는 아니지만, 작은 나라도 아니야."

큰 나라가 아니라는 점에는 어느 정도 확신이 있었지만 작지
않다는 점에는 자신이 없었다. 하지만 지하드는 그런 점을 간파
하지 못했고, 베냉이라는 나라가 엄연히 존재한다는 사실이 기쁜
듯했다.

"엄청나게 큰 나라는 아니라는 거예요?"

"엄청 큰 나라는 아니야."

아이는 바무사 쪽으로 가면서 "거봐, 내가 뭐라 그랬어"라고 말
하는 눈치였다. 나는 지하드를 다시 불렀다.

"역사 시험 때문에 그러니?"

"아니요. 내일 모로코가 베냉하고 축구 경기를 하거든요. 그래서 베냉이라는 나라가 축구를 잘하는지 못하는지 알고 싶어서요."

"중간 정도 될 것 같구나."

지하드는 날듯이 자리로 돌아가 앉았다.

장 필리프가 3학년 1반 아이들에 대해 할 말이 있는 눈치여서 나는 바쁘게 하던 가위질에 박차를 가했다. 하지만 그는 그런 건 안중에도 없는 듯 내 책상 위로 몸을 숙였다.

"그쪽 반 아이들하고 문제가 좀 있었어."

"그래?"

상탈이 웃으며 지나갔다.

"그래, 범죄 유전자란 게 존재한다면서? 그걸로 아이들을 완전히 흥분의 도가니로 몰아넣었다던데. 아예 그 주제로 특별 수업을 해달라며 성화였어."

그 무엇도 한번 입을 연 장 필리프의 관심을 다른 데로 돌릴 수는 없을 것이다.

"지난주에는 자동응답기에 이상한 메시지까지 녹음되어 있더군."

"그래?"

"한마디로 조금 황당한 메시지였어. 외설적이고 기분 나쁜. 듣자마자 누구 소행인지 즉시 알아챘지. 두 여학생이었는데, 그중 하나는 분명 두니아였어."

"그랬군."

장 필리프는 이야기를 더 하고 싶어했지만, 제럴딘이 아무짝에
도 쓸모없는 작고 귀여운 가슴을 흔들며 지나갔고, 다니엘이 격분
한 표정으로 교무실에 들어왔다.

"아, 정말 도저히 못 참겠네! 도대체 오늘 뭘 잘못 먹었기에 저
야단들이야?"

레오폴은 아이들 과제물을 검토하느라 고개조차 들지 않았다.

"무슨 일인데?"

다니엘은 망연자실한 얼굴이었다.

"오늘 애들이 유난히 들뜬 것 같지 않아?"

"특별히 다를 게 뭐 있겠어."

바스티앵은 용지가 걸려 작동을 멈춘 복사기를 손보는 데 정신
이 팔려 있었다.

"주말엔 다 그렇지."

다니엘은 자신의 의견을 굽히지 않았다.

"5학년 1반 아이들에겐 주말이 월요일 오후에 시작된다고. 학
부모 회의 같은 건 해봐야 아무 소용 없어!"

"전체 회의를 또 해야 할 것 같아."

"무엇보다 징계위원회 회의가 필요해."

레오폴과 바스티앵이 말한 뒤 제각각 과제물과 복사기에 집중
했다. 기도하는 농부 그림 아래 있던 다니엘은 여전히 화가 풀리지
않은 듯 보였다.

"아니야, 오늘은 분위기가 달라도 한참 달라. 정말이라니까."

쥘리앵이 계곡 주변에 옹기종기 늘어선 여러 채의 작은 별장이
번쩍이는 컴퓨터 화면에서 고개를 돌리며 말했다.

"아마 축구 때문일 거야."

그 말에 바스티앵이 반응을 보였다.

"아, 그래, 바로 그거야. 좀 전에 말리하고 어디하고 어쩌고 하는 소리를 들었어."

나는 알고 있었다.

"말리하고 세네갈이 아프리카 네이션스 컵 4강전에서 격돌해. 올해는 튀니지에서 개최하거든. 이 년마다 열리는 대회야. 지난 대회 때는 카메룬이 우승했고."

다니엘은 어이가 없다는 표정이었다.

"그래, 좋다 이거야. 하지만 그게 슈크루트*하고 무슨 관계가 있다는 건지 모르겠네."

바스티앵은 결국 복사를 포기했다.

"아프리카 축구 경기가 있는 날은 휴일로 지정해야 될 것 같아. 그래야 모두가 편안하지."

레오폴이 과제물 평가를 마치고 빨간 볼펜을 내려놓았다. 아주 잘했음.

"아니면 수업시간에 경기를 중계해주고 축구 경기와 관련된 수업을 해도 좋지 않을까?"

다니엘은 전혀 그럴 생각이 없었다.

"난 스포츠는 하나도 이해 못하겠어. 특히 집단으로 하는 경기는 더 그래. 언젠가 아들 녀석이 럭비에 대해 뭐라고 설명하는데,

---

* 돼지고기 목살과 다양한 소시지, 절인 양배추 등으로 만든 알자스 지방의 전통 요리.

아무리 들어도 모르겠더라고."

하지만 럭비는 대단히 열정적인 스포츠다. 제대로 된 힘을 보여주기 위해 혼돈을 초래하는 것, 그것이야말로 정말 열정적인 것이다.

간밤에 내린 서리로 뒤덮인 운동장에 이드리사의 빨간 스웨트셔츠가 나타났다. 세 그루 나무 어딘가에서 계속 지저귀던 까마귀 한 마리 때문에 고개를 들었을 때였다. 까마귀가 날아간 나무 근처 벤치에 앉아 있던 우사마의 그림자가 움직였다.

"야, 까마귀가 날아가면 불길하다잖아. 너 오늘 재수 없겠다."

십오 분 뒤, 이드리사는 여전히 자리에 앉아 있었지만 장소는 회의에 맞게 재배치된 교무실이었다. 교장 선생님은 지구과학 선생이 작성한 경위서를 소리내어 읽었다.

"이드리사에게 소지품을 꺼내라고 하자 가진 게 아무것도 없다고 대꾸했다. 그러고는 자리에서 일어나 한 여학생에게 종이 한 장을 빌려달라고 했는데 거절당하자 자신의 모자로 그 여학생의 뺨을 때렸다. 반장에게 교장 선생님을 모셔오라고 하자 이드리사는 '그래, 가서 신이나 모셔와'고 말했다. 그리고 자리에서 일어나 반항하는 태도로 교단까지 걸어나와 '그래서 이제 뭘 어쩔 건데?' 라고 말하더니 교실 문으로 향했고, 멈추라고 하자 '신경 꺼'라면서 교실 문을 닫고 사라졌다."

교장 선생님은 반달 모양 안경을 코끝까지 내리고 '피고'의 어머니에게 인사를 건넸다. 이드리사의 어머니는 교장 선생님이 경위서를 읽는 동안 U자형 테이블 옆 구석에 쌍둥이용 유모차를 세워놓고 자리에 앉은 터였다. 교장 선생님은 어머니에게 징계위원회의 상임위원들을 한 명씩 소개했고, 어머니는 가슴에 손을 얹고 상임위원들에게 일일이 인사를 건넸다. 교장 선생님은 퇴학 조치가 결정되어 만약 해당 징계를 받게 된다면 이는 전적으로 이드리사의 교육을 위한 결정이며, 다른 곳에서 다시 한번 좋은 기회를 찾는 계기가 될 것이라고 설명했다.

발레리는 담임교사 자격으로 최근 들어 이드리사가 학업 성적이 많이 올라 칭찬해준 적이 있는데, 아마 너무 잘하고 있다는 생각에 반발심이 생겨 이런 행동을 한 것 같다고 대변해주었다. 커다란 금장 십자가 펜던트를 목에 건 발레리는 이드리사가 언제나 자신에게 깍듯했다고 말했지만, 아이는 삼십 분 내내 입 한번 열지 않았다. 학부모 대표는 이드리사가 앙골라에서 내전을 경험한 터라 그게 아이의 행동 발달에 적지 않은 영향을 끼쳤을 것이라고 강조했다. 또한 이드리사의 처벌에는 심리 상담 평가가 병행되어야 한다는 점도 강조했다. 교장 선생님은 오늘 어떤 처벌이 내려지더라도 그 처벌은 교육을 위해 필요한 일이라고 거듭 강조했다. 마리는 학교를 옮기는 편이 아이에게 오히려 좋은 기회가 될 수 있다고 조언하며 우리 학교의 분위기는 썩은 과일처럼 형편없다고 덧붙였다. 마리가 설명을 이어가는 동안, 원인과 결과야 어쨌든 이드리사와 어머니는 낮은 목소리로 이야기를 주고받았다. 마리가 말을 마쳤을 때는 내용은 알아들을 수 없었지만 두 모자의 언쟁만 들릴 뿐이었다. 어머니는 아들을 달래려 했지만 아들은 결국 자리를 박차고 일어났다.

"엄마는 여기가 무슨 천국이라도 되는 줄 알아?"

아이는 그 말을 세 번 반복하더니 나갔다 다시 들어왔다.

"절 쫓아내고 싶다고요? 그럼 쫓아내세요! 그리고 더이상 아무 말 말잔 말이에요!"

교장 선생님 특유의 점잖은 말투가 조금씩 사라졌다.

"그래, 이드리사. 말 나온 김에 그 부분에 대해 더 이야기를 나눠야겠다. 서로 이야기를 나누고, 그 이야기를 네가 직접 듣는 게 아주 중요하니까."

아이는 다시 자리에 앉았다.

"그러거나 말거나. 어떻게 되든 상관없어요."

교장 선생님은 아이의 어머니에게 법적 절차와 관련된 마지막 발언을 함으로써 아이의 불평을 단칼에 잘라버렸다. 어머니는 아무런 대답도 하지 않았다. 우리는 처벌 수위를 결정하는 동안 어머니를 옆에 있는 대기실로 모시고 갔다. 어머니는 감사하다는 말과 함께 대기실로 들어갔다.

징계위원회는 이드리사를 퇴학시키기로 결정했다.

살리마타는 자신의 책상 위에 놓인 과제물 점수를 보지 않으려 애쓰다가 결국 고개를 빼꼼 내밀어 점수를 보았다. 4점.

"살리마타, 너는 표현법에 신경을 많이 써야 해. 그건 기본이야, 기본. 우선 문장 다듬는 법부터 시작하고 나머지는 차차 해결해보도록 하자."

그런 평가에 익숙한지 살리마타는 실망스러운 기색이 전혀 없었다.

"먼저 구어나 속어 같은 표현은 쓰지 말아야 해. 알아듣겠니?"

아이는 소리 없이 입 모양으로만 "네"라고 말했다. 나는 몇 가지 예를 보여주기 위해 살리마타의 과제물을 다시 집어들었다.

"예를 들어 필기시험에서 부정문을 쓸 때는 ne와 pas를 모두 사용해야 해. 구어에서처럼 ne 없이 pas만 사용하면 안 돼."

나는 ne를 지나칠 정도로 강조했다.

"이것 봐. 이 '완전 예쁘다'는 말도 과제물에 써선 안 되는 말이야."

살라마타는 멍한 눈길로 나를 올려다보았다.

"구어 표현은 대부분 문법에 맞지 않아. 왜냐하면 대부분 글을 읽기보다는 그냥 귀로만 듣고 말하기 때문인데, 귀는 가끔 틀리는 법이지."

매직으로 '최강 말리'라고 쓴 아이의 필통 위에는 내가 설명하면서 튀긴 침이 집중포화를 맞은 듯 떨어져 있었다.

"예를 들면, 너희가 자주 쓰는 '어쩜'은 '어쩌면'으로 써야 하고 '솔까'는 '솔직하게 말해'라고 써야 하는 거야. 게다가 '솔직하게'는 문장 첫머리엔 거의 쓰지 않아. '젤 처음'도 마찬가지야. 과제물이나 시험에서는 '젤 처음'이 아니라 '첫째로'나 '가장 먼저'라고 써야 해. 말로는 사용하지만 글로 써선 안 되는 표현이 있는 거야."

알리사는 가느다란 연필을 무시무시한 이 사이에 끼워 물고, 얼굴에서 이십 센티미터 아래에 'Los Angeles Addiction'이라고 찍힌 상의를 입고 있었다. 또다시 하늘이 끝없이 열리기 시작했다.

"그런데 선생님, 어떤 표현이 구어로만 쓰이는 건지 어떻게 알아요?"

나는 시간을 좀 벌기 위해 살리마타의 과제물을 다시 책상에 내려놓았다.

"대부분은 쓰면서 그게 구어 표현이라는 걸 알아. 그러니까 그 표현을 사용하면서 이미 알고 있다는 거지."

하디아가 깜짝 놀라 잠에서 깬 사람처럼 자리에서 벌떡 일어났다.

"직간이요."

"그래, 직감으로 아는 거지."

고개를 숙인 채 큰 소리로 문장을 읽는 파이자의 스웨트 셔츠 앞에 박힌 문구 중 'How To Become Beautiful?' 다음의 문구가 보이지 않았다. 아이가 자리에서 일어났을 때에야 다음 문구가 'Meet A Rich Man'이라는 걸 알 수 있었다. 파이자는 자신이 읽은 문장의 마지막에 인용된 '바퀴벌레를 쥐고 있다'가 무슨 뜻이냐고 물었다. 비바람을 동반한 돌풍에 정신이 팔려 있던 상드라는 질문이 나오자마자 득달같이 답을 달았다.

"우울한 생각이 드는 날이나 뭐 그런 거 아니에요? 예를 들어 혼자 있을 때 같은 그런 거요."

"그래, 그럼 왜 '바퀴벌레를 쥐고 있다'는 표현을 썼을까? 상드라, 그 이유를 알고 있니?"

"그건 우울한 생각이 드는 날 뭐 그런 거예요."

"그래, 하지만 왜 바퀴벌레라는 단어를 썼냐고. 예를 들어 쥐라는 단어를 쓸 수도 있잖아?"

"쥐는 아무런 상관도 없잖아요, 선생님."

"그래, 그런데 바퀴벌레와 우울한 생각이 드는 날이 무슨 관계가 있을까?"

질문이 떨어지자 아이들은 동작을 멈추고 해답 찾는 일에 열중했다. 내가 모르는 누군가를 닮은 한디가 선공을 날렸다.

"바퀴벌레가 검은색인데, 검은색은 우울하기 때문에 그런 거예요."

"그래? 그럼 '까마귀를 쥐고 있다'고 말하지 말란 법도 없잖아?"

"까마귀는 즐거워하니까요."

"그럼 바퀴벌레는 슬퍼하니?"

"당연하죠. 걔네는 맨날 바퀴벌레 신세잖아요."

상드라가 갑자기 천 볼트에 버금가는 웃음소리를 내다 순식간에 그쳤다.

"그건 바퀴벌레가 너무 작아서 아무것도 할 수 없고, 그래서 항상 곤경에 처하기 때문이에요. 바퀴벌레도 자기들이 더 컸으면 좋겠는데 그게 안 되니까 우울한 거죠."

"그런 이유라면 '개미를 쥐고 있다'고 해도 되지 않을까? 개미는 바퀴벌레보다 크기가 작으니까."

교실이 점점 시장처럼 변해가기에 내가 목소리를 높이자 모하메드 알리도 나를 따라 목청을 높였다.

"그렇지 않아요, 선생님. 모로코에 가면 이만큼 큰 개미도 있어요. 정말이에요. 고모가 얘기해줬거든요."

모로코에 서식하는 개미의 크기라며 아이가 두 손으로 그린 공간에는 도베르만 한 마리가 들어가고도 남았다. 마이클이 자기 고모는 개미를 요리해 먹는다고 하자 상드라는 네 고모는 얼룩말 똥도 요리해 먹느냐고 말했고, 그 소리에 나머지 아이들은 구토하는 시늉을 하며 역겹다는 반응을 보였다. 상드라는 "에이 씨, 너 눈앞에서 번개 치는 거 한번 볼래?"라고 소리치며 장대비도 꺼뜨리지 못할 불 같은 싸움을 일으켰다. 나는 다음 날 치를 모의고사 소식을 소화기 삼아 잽싸게 뿌려댔다. 화재는 순식간에 진압되었다.

"프랑스어 시험은 지시 사항만 잘 따르면 모두 좋은 점수를 받을 수 있다."

나는 부대원들의 복장 상태가 청결한지 검사하는 장교처럼 아이들 책상 사이를 성큼성큼 걸어다녔다.

"지금 이 시간부터 내일까지는 수학 공식 하나 더 외우겠다고 열 시간 동안 책을 들여다보는 일이 절대로 없도록 해라. 차라리 머리가 맑아지도록 기분전환을 해봐. 다음 날을 위해 전날 벼락치기로 부랴부랴 공부하는 건 아무 쓸모가 없어. 그렇게 읽은 건 잠자는 동안 사라져버릴 뿐이야. 정 걱정이 되면, 상황에 따라 그간 필기한 노트 한두 권 정도는 훑어봐도 좋겠지만 대부분 주사위는 이미 던져진 상황이야. 너희는 기본에 충실해야 해. 지각하지 말고 조금 일찍 등교해서 교실이나 자리를 미리 둘러보는 것도 좋겠지. 빠뜨리는 것 없이 필요한 물건을 잘 챙겨오는 것도 중요하고. 특히 잠을 푹 자야 해. 숙면은 아주 중요해. 잠만 잘 자도 절반은 성공한 셈이야."

나가도 된다는 허락이 떨어지자 아이들 3분의 2 이상이 드르륵 의자 끄는 소리를 내며 자리에서 일어났다. 이미 가방까지 싸놓은 아이들은 동시에 내 책상으로 우르르 몰려나와 자신의 답안지를 제출했다. 남은 아이는 제, 자자, 샤윈, 알렉상드르, 리취아오였다. 다섯 아이는 해방된 친구들이 복도에서 질러대는 고함 소리에 상관없이 계산기에 고개를 파묻은 채 분홍색 연습장 위에 새로운 도형의 조합을 그리는 데 열중했다. 잠시 후, 알렉상드르가 답안지를 제출하고 사라졌다.

앙젤리크가 두툼한 점퍼를 벗으며 자리로 들어가려다 말고 교단으로 방향을 바꾸었다. 옆에서 따라오던 카미유는 뒤로 조금 물러났다.

"선생님, 연휴 끝나면 내야 하는 작문 숙제, 저는 안 낼 거예요."

"그래? 왜?"

"개학하면 전 학교에 없을 거거든요."

"그래? 왜 학교에 없을 건데?"

"다른 학교에 가서 4학년을 마칠 예정이니까요."

"그래? 어느 학교로 가니?"

"발드마른으로요."

"그래? 왜 거기로 가는데?"

"새로 바뀐 위탁 가정이 거기 살거든요."

"그렇구나."

"그러니까 작문 숙제는 할 필요가 없어요."

카미유는 안타까운 심정으로 우리의 이야기를 듣는 듯했다. 내가 무슨 말을 하든, 솔직히 덧붙일 말이 없었기 때문이다.

"그럼 가서도 열심히 공부하기 바란다. 3학년 진급도 문제없었으면 좋겠구나."

"감사합니다. 안녕히 계세요."

앙젤리크는 가방을 허벅지까지 늘어뜨린 괴상한 모습으로 사라졌다. 다시는 볼 수 없을 그 모습으로.

이틀간 이어진 모의고사가 끝나자 아이들은 정상적으로 수업을 진행할 분위기가 아니었다. 나는 아이들에게 기회가 주어진다면 세상 사람들에게 무슨 말을 하고 싶은지 이 분간 생각한 뒤에 자유롭게 발표하도록 시키고는 속으로 즉흥적인 아이디어치곤 썩 괜찮았다고 흐뭇해했다.

모하메드 알리가 가장 먼저 발표하겠다며 교단에 올라서기 위해 자리에서 일어났다. 교단까지 나와 발표하게 할 생각은 없었지만, 일단 교실 뒤쪽으로 자리를 옮겨 아이의 이야기를 듣기로 했다. 아이가 장신구로 차고 다니는 굵직한 금도금 사슬이 하얀 팀버랜드 추리닝 위에서 반짝거렸다.

"급우 여러분, 저는 이 자리에서 어제 상대팀에게 대패한 우리 말리 축구 국가대표 선수들에게 한마디 전하고 싶습니다. 말리 선수들에게 4대 0이라는 큰 점수 차로 패배를 안긴 주인공은 모로코 대표팀이었습니다. 언제나 그랬듯이 말입니다. 우리 모두 모로코 대표팀이 결승에 진출해 튀니지를 상대로 승리를 거두길 기도했으면 합니다. 그런데 저는 이번 경기를 통해 말리 선수들이 흉한 모습을 보여주었다고 생각합니다. 준결승전까지만 해도 말리 선수들은 아프리카 선수라는 사실을 자랑스럽게 생각했는데, 결승 진출이 좌절되자, 그것도 모로코라는 강팀에게 4대 0으로 지고 나자 아프리카는 별 볼 일 없다는 말을 서슴지 않고 했습니다. 그건 옳지 못합니다."

아이의 얼굴에는 조롱기가 떠나지 않았다. 아이는 랩 가수처럼 양손을 사방으로 뻗으며 한 마디 한 마디에 힘을 주었다.

"누구인지 말은 안 하겠지만, 우리 교실에도 그렇게 행동하는 친구들이 있습니다. 저는 그 친구들에게, 치사하게 굴지 말고 비록 응원하는 축구팀이 약팀이어도 아프리카 출신이라는 사실을 자랑스럽게 생각하라는 말을 전하고 싶습니다. 또한 말리 국민에게도 이번 토요일로 예정된 튀니지와의 결승전에서 위대한 모로코 팀이 승리를 거둘 수 있도록 응원해주기 바란다는 말을 하고 싶습니다. 감사합니다."

몇몇 아이들이 박수를 보냈다. 주먹에 모자를 걸쳐 빙빙 돌리던 술레이만은 마치 복수를 다짐한 사람처럼 흥분한 얼굴로 고개를 설레설레 내저었다. 알리의 이야기는 술레이만을 직접 겨냥한 것이었다.

"할 말 있으면 나가서 네 생각을 말해도 된다, 술레이만."

"상관없어요. 병신새끼, 하고 싶은 말 지껄이게 냅두세요."

발언하겠다고 미리 신청해놓은 이만이 벌써 교단 위에 올라서 있었다.

"선생님, 이제 발언해도 돼요?"

"그래, 어디 들어보자."

"그러니까……"

이만은 심호흡을 했다. 어디를 봐도 웃음보를 터뜨릴 것 같은 표정이었다.

"그러니까, 저는 우선 미안하다는 말을 하고 싶습니다. 왜냐하면 4대 0은 솔직히 좀 받아들이기 힘든 점수 차이기 때문입니다. 하지만 우리가 강팀이고, 강팀이 잘하는 건 당연합니다. 그래도 말리 국민에게 미안하다는 말을 하고 싶습니다. 큰 점수 차로 지는 것은 받아들이기 힘든 일이니까요. 반대로 어제부터 모로코 사람들은 너무 행복해하고 있습니다. 암튼, 그렇다구요. 그럼 모두 방학 잘 보내기 바랍니다."

이십칠 일

입술을 동그랗게 오므린 채 담배를 피우던 칠십대 노인은 바 위에 놓인 신문에서 눈을 떼지 못했다. 유니폼을 입은 종업원이 테이블 위에 잔 하나를 내려놓았다.

"두고 보라고. 그 스페인 촌놈이 재당선될 거라니까."

"결론적으로 전쟁의 대가를 치른 셈이죠."

움츠러들었던 아침이 점점 자리를 찾아가며 밝아오자 중국인이 운영하는 정육점 앞을 지나가는 마리와 장 필리프의 뒷모습이 눈에 들어왔다. 모퉁이를 돌아가자 커다란 나무문을 밀고 있는 두 사람이 보였다. 교정에서는 관리직원 네 명이 삽을 들고 진창으로 변하기 시작한 눈더미를 벽 쪽으로 밀어내고 있었다. 장 필리프와 마리가 교무실 문을 열고 들어갔을 때, 발레리는 메일을 확인하고 있었고, 질은 고장 난 복사기 앞에서 뭔가를 하고 있었다.

"안녕."

쥘리앵이 들어왔다. 눈가를 제외하고 검게 그을린 얼굴이었다. 질은 얼굴만 빼고 검게 그을린 모습이었다.

"여기 다시 출근하는 게 얼마나 지긋지긋한지 상상도 못 할 거야."

"힘들긴 힘들지?"

"그럼 말이라고 해?"

"나도 마찬가지야."

린은 양산을 든 여인 그림 아래에서 선 채로 졸았다.

"아, 늘어지게 낮잠 자던 때가 그립다."

"두말하면 잔소리."

디코가 다른 아이들이 다 지나간 뒤 뒤늦게 계단에 올라섰다.

"선생님, 저 다른 반으로 바꾸면 안 돼요?"

"안 돼."

"우리 반은 완전히 썩어빠졌어요."

"그건 네가 그 반에 있어서야."

"선생님 때문이기도 해요."

"빨리 자리에 앉아라."

학생 무리가 체육실 앞에서 수업을 기다리고 있었다. 프리다는 반원을 그리고 선 여자아이들 앞에서 무용담을 늘어놓았고, 아이들은 프리다의 말을 하나하나 귀담아들었다.

"그 자식이 나를 부르더니 '문제가 생겨서 너희 집에 들러야겠어'라는 거야. 그래서 내가 '난 허수아비가 아니야. 너야말로 한……'"

"얼른 들어가 앉아라."

술레이만이 모자를 쓴 채로 교실에 들어왔다.

"술레이만."

아이는 손가락으로 머리를 가리키며 모자 벗으라는 신호를 보내는 나를 발견하고는 마치 그 신호를 기다렸다는 듯 후드 티셔츠에 달린 모자를 벗었다.

"안에 쓴 모자도 부탁한다."

나는 칠판에 구입해야 할 소설 제목을 적고 그 아래에 작가의 이름을 적었다.

"자, 이 작가는 프랑스 작가다. 음, 아니, 프랑스 작가는 아니구나. 벨기에 사람이니까. 생의 대부분을 프랑스에서 보내긴 했지만."

두니아는 손가락을 올리고 내가 발언권을 줄 때까지 느긋하게 기다렸다.

"그러니까 번역한 소설이라는 거죠?"

두니아는 번역이라는 단어를 안다는 사실을 꽤 자랑스러워하며 그 말을 직접 사용했다는 사실에 만족하는 눈치였다.

"그건 당연히 아니지. 너도 알다시피 벨기에 사람은 대부분 프랑스어를 사용하거든. 거의 절반 정도. 프랑스어를 쓰는 왈롱 지역, 그리고……"

'네덜란드어를 쓰는 플랑드르 지역'이라는 말을 하려는 순간 쿰바가 자리에서 일어났다.

"저는 저 책 안 살 거예요."

나는 말문이 막혀 쿰바를 바라보았다.

"그래, 이제 사라졌던 혀를 되찾았구나?"

"저 책을 사지 않겠다고 말한 것뿐이에요."

"그래? 왜지?"

"몰라요. 그냥 저 책은 안 살 거예요."

"나가라."

쿰바는 즉시 문으로 향했고, 나는 그 벌에 정당한 이유를 달아야 했다.

"다음부터 누군가를 약올리려거든 손가락을 올리고 발언권을 구해."

쿰바는 그 자리에 멈춰 서더니 나를 정면으로 바라보았다.

"제가 누굴 약올렸는데요?"

'Adidas 3'이라고 쓰인 추리닝을 입은 지브릴이 조정위원을 자청하며 쿰바에게 혀를 차며 욕을 했다.

"저거 보셨어요? 저 자식이 저한테 욕하는 거요?"

"말도 안 되는 소리 하네. 내가 언제? 쯧쯧."

"네가 그랬잖아."

"내가 언제 욕했냐? 난 너 같은 년한테 관심 없어. 쯧쯧."

"선생님, 저 자식이 저렇게 욕하는 건 내버려두면서 책 안 사겠다는 말 한번 했다고 저를 내쫓아요?"

나는 팔짱을 끼고 서서 전날 숙면을 취한 사람처럼 행동하며 모든 일이 조용히 지나가기만을 기다렸다.

"너희 사정은 솔직히 관심 없다. 너는 그냥 밖으로 나가. 매일 점심에 케밥은 사먹으면서 책값이 비싸니 어쩌니 하면서 불평하는 사람 얘긴 듣고 싶지도 않아."

쿰바는 손바닥으로 주먹을 감싸더니 말했다.

"전 케밥 안 좋아하거든요?"

케밥 이야기를 마지막으로 교실 문이 닫혔다.

마리아마는 의자의 형태를 따라 축 늘어진 모습이었다. 기가 죽은 건지, 아니면 그런 척하는 건지. 그러거나 말거나 똑같은 자세였다. 하지만 왜 그러는지는 나중에 묻기로 했다. 그랬다가는 기적처럼 찾아온 오후의 나른한 고요함을 자칫 깨버릴 수도 있었기 때문이다. 침묵을 먼저 깬 건 마리아마였다. 마리아마는 옆자리에 앉은 아이의 시험지를 들여다보는 나에게 말을 걸었다.

"선생님, 끝나고 뭐 좀 말씀드려도 돼요?"

"그래, 그래, 물론이지."

종이 울리고, 뒤이어 다른 아이들이 날아가듯 교실을 떠날 때까지 기다린 마리아마는 집을 잃어버린 소녀 같은 표정을 하고 교탁으로 걸어나왔다. 아이가 첫마디를 꺼내자마자 검은 눈동자에 눈물이 맺혔다.

"선생님……"

"그래, 어서 얘기해봐라. 그러려고 여기 있는 것 아니니."

아이의 뺨이 금방이라도 왈칵 쏟아질 것 같은 눈물의 무게 때문인지 부르르 떨렸다.

"저 아무래도 헤매고 있는 것 같아요."

목에 핸드폰을 건 마리아마의 두 눈에서 결국 눈물이 쏟아졌다.

"헤매고 있다니, 그게 무슨 소리냐?"

"아무것도 이해할 수가 없어요."

"아무것도 이해할 수 없다니? 뭘?"

"뭐든지요. 수업시간에 뭘 하는지 이해를 못하겠어요."

"적어도 프랑스어 수업시간에는 전혀 그런 것 같지 않았는데."

마리아마는 한 손으로는 목에 건 핸드폰을 만지작거리고 다른 한 손으로는 계속해서 흐르는 눈물을 닦았다.

"가끔 잘하는 경우도 있지만, 그 외에는 수업이 너무 힘들어요."

아이는 서 있었고, 나는 앉아 있었다.

"모든 걸 이해하지 못한다고 해서 심각해할 필요는 없어. 세상에 척척박사는 없는 법이야. 가끔은 이 선생님도 내가 무슨 말을 하는지 이해 못할 때가 있거든."

마리아마는 웃지 않았다.

"해결책은 자신이 할 수 있는 부분에 최선을 다하는 거야. 그리고 결과를 보는 거지."

아이는 눈물을 그쳤다. 내 말투는 심각한 우울증 환자를 안심시키는 정신과 의사의 말투와 비슷했다.

"특히 네 진로에 대해 많은 고민을 해봐야 해. 그런 고민은 하고 있니?"

마리아마는 울음을 그치고 훌쩍거렸다.

"네, 진학상담 선생님하고 약속도 잡아놨어요."

"그런 게 중요한 거야. 네가 원하는 걸 제대로 선택했다는 확신 같은 것 말이야. 네가 좋아하는 것과 할 수 있는 것의 관계를 잘 알고 선택하는 것. 알겠니?"

마리아마는 소리를 내며 코를 풀었다. 사회계층적 시각에서 봤을 때 자신이 완전히 낙오자 신세라는 걸 마리아마가 깨달은 것 같지는 않았다. 아이는 묘석이라도 가득 찬 것처럼 무거워 보이는 가방을 어깨에 걸쳤다.

"하지만 제가 인문계 고등학교에 가고 싶다면, 앞으로 무엇을 할지 굳이 지금 정할 필요는 없지 않나요?"

"그래, 하지만 그럴 수 없는 경우가 생길지도 모르니 대비를 해야지. 취업과 관련된 올바른 진로를 알아보는 것 말이야."

"전 취업반으로 가고 싶지 않아요."

"그래, 하지만 만약의 경우를 위해서."

"알겠습니다, 선생님."

교장 선생님은 진학상담교사에게 자리를 내주기 전에 모의고사 성적에 대해 잠깐 언급하고 싶어했다.

"진학상담 선생님께 자리를 내어드리기 전에 모의고사 결과에 대해 간단하게 언급하고 싶습니다."

지각한 아이들이 고양이 걸음으로 들어와 자리에 앉았다. 빈자리가 대부분이었다. 자리가 점점 채워지고는 있었지만 여전히 빈자리가 많았다.

"시험 결과가 조금 실망스럽다고 말해야 할 것 같습니다. 모의고사는 여러분의 사기를 떨어뜨리는 게 아니라 여러분의 현재 위치를 알게 해주는 게 목적이라는 사실을 여러분도 이해해야 합니다. 하지만 이보다 더 실망스러울 수 없을 정도로 성적이 형편없더군요. 예를 들어 수학은 우려할 만한 수준입니다. 가만히 생각해보니 수학에 거부 반응이 심한 것 같습니다. 심리적 거부 반응, 그게 아니라면 도대체 설명할 길이 없어 보입니다. 수학 시험을 볼 때 절대로 지레 겁을 집어먹을 필요가 없습니다. 침착하게 문제를 읽는 데 시간을 할애하면 됩니다. 대부분 정답의 절반이 문제 속에 들어 있으니까요."

교장 선생님은 잠시 말을 멈추고 기침을 한 뒤 목을 가다듬으며 적절한 말을 찾는 듯했다. 겨울이 되었는데도 결코 흐트러짐 없이 한결같은 모습이었다.

"3학년에서 낙제란 있을 수 없다는 게 내 신조입니다. 여러분 모두 고등학교에 진학할 수 있습니다. 인문계, 이공계, 실업계, 어디든 여러분의 자리가 한 자리씩 있습니다."

나는 이어지는 교장 선생님의 이야기를 더 귀담아듣지 않았다. 두 줄 앞에 팔 하나가 없는 남자가 있었다. 아니, 그렇다고 생각했는데, 다시 보니 양팔이 다 있었다. 남자는 서두에 해당하는 장광설을 하나도 놓치지 않고 경청하면서 간혹 고개도 끄덕거렸다. 몇 분 뒤, 그는 외투 단추를 채우더니 마치 내 머릿속을 스캔하듯 나를 쳐다보고는 양쪽 문짝을 젖히고 사라졌다. 그리고 동시에 그 문에 백발 머리 하나가 나타났고, 그 머리에 붙은 양복 차림의 몸뚱이가 따라 들어왔다. 교장 선생님은 기계적으로 상체를 돌리다 그 남자를 보고는 미소를 지었다. 그러고는 그를 앞으로 나오게 하더니 인근 구(區)의 실업고등학교 교장이라고 소개했다. 그는 자신이 몸담고 있는 학교에서 준비할 수 있는 기술 자격증을 하나씩 열거했다.

자클린이 질겁했다는 듯 말했다.

"아, 끔찍해. 정말 끔찍하다고. 나중에 주제를 냉정하게 다시 살펴보니까, 글쎄 다 할 수 있는 거였어. 그런데 시험지만 앞에 있으면 울렁증 때문에 정말 미치겠다고."

다니엘 역시 덩달아 질겁한 분위기에 합류했다.

"그것 때문에 교수자격 시험을 봐야 한다는 건 올가미야, 올가미. 하지만 자긴 비정규직이라 익숙하잖아."

초라한 신세로 전락할까 두려워 매년 교수자격 시험을 미루는 린이 화제를 돌리려 했다.

"학구열이 대단한데그래."

나는 바보 같은 미소로 화답한 뒤 가위질에 몰두했다.

"마리아마는 여전히 멍청한 짓만 되풀이하고 있어."

내 뒤에서 그런 말을 던질 사람은 장 필리프 말고는 없었다. 나는 뒤를 돌아보았다. 장 필리프가 파란 수련 그림 아래 서 있었다.

"지난 목요일부터 교실에서 또다시 중국 학생들을 비하하는 말을 일삼기 시작했어."

"그래?"

"중국 사람 흉내 낼 때 내는 이상한 소리를 내고 다닌다니까."

나는 가위질을 멈추고 의자에 앉은 채 옆을 돌아보았다. 장 필리프가 금연초를 입에 물었다.

"그 소리를 입에 달고 산다니까. 학기 초부터 그랬어."

"그러게, 나도 본 것 같아."

제랄딘이 상자에 든 종이컵 한 묶음을 가지고 비품실에서 돌아왔다.

"오 유로짜리 동전 있는 사람?"

장 필리프가 청바지 주머니에서 동전을 꺼내려고 들고 있던 금연초를 다시 입에 물었다.

"그런데 중국 아이들은 그다지 열성을 보이지 않는 것 같아."

제랄딘이 셀로판 포장지를 뜯어 종이컵을 꺼냈다.

"마지막 장의 내용을 보면 마치 부활한 것 같아. 예수님처럼 말이야."

책을 읽어온 두니아를 제외한 나머지 아이들은 전반적으로 무관심한 반응을 보였다. 두니아는 묘사가 너무 많다는 지적을 했다.

"마리아, 부활이 뭔지 설명 좀 해보겠니?"

'District 500'이라고 쓰인 옷을 입은 모하메드가 대신 대답했다.

"예를 들어 어떤 운동 선수가 세 게임을 내리 진 다음에 순식간에 따라잡아 승리하는 거요."

"선생님, 은니 하신 지 오래되셨어요?"

왼쪽 열 맨 앞줄에 앉은 디코는 어떻게 하면 태양계를 교란시킬 수 있을까 머리를 짜내고 있었다.

"부활이랑 그게 무슨 상관이 있는지 모르겠구나. 적어도 네가 부활이 뭔지 알고 있다면 또 모르겠지만. 물론 당연히 모르겠지."

"아니, 알아요."

"말해볼래?"

"별로 말하고 싶지 않은데요."

"선생님이 지금 너에 대한 자료를 꼼꼼히 모으고 있다는 것 모르지? 너를 퇴학시킬 서류를 만들기 위해서 말이야."

"서류를 만들든 말든 관심 없어요."

종이 울렸고, 새들은 날아가버렸다. 포르튀네와 아마르는 지브릴에게 모자를 빼앗겨 고함을 지르는 술레이만을 따라 나갔다. 지브릴은 빼앗은 모자를 케빈에게 던졌고, 케빈은 다시 그 모자를 교실 사물함 뒤로 던져버렸다. 술레이만이 나를 보며 "선생님, 모자가 사물함 뒤로 넘어갔어요"라고 말했다.

"선생님이 어떻게 해줬으면 좋겠니?"

쿰바는 입을 굳게 다문 채 밖으로 나갔고, 마리아마는 엄지손가락으로 휴대폰 키패드를 바쁘게 누르는 디앙카를 기다렸으며, 모하메드는 이해하지 못한 수업 내용을 옮겨적기 위해 여전히 자리에 앉아 있었다. 알렉상드르는 그런 모하메드를 기다렸고, 술레이만은 벽에 뺨을 밀착시킨 채 팔 하나를 사물함 뒤편으로 밀어넣으며 인상을 찌푸렸다. 프리다는 김이 서린 유리창에 하트 모양을 그렸다. 디코가 앞으로 다가왔다.

"선생님, 선생님들은 왜 만날 복수만 하고 싶어해요?"

"어떤 선생님이 그러는데?"

"아까 선생님이 제 뒷조사를 하는 중이라고 하셨는데, 그건 복수잖아요."

"그건 처벌에 해당하는 거야. 복수와는 엄연히 달라."

디코에게는 그게 그거였다. 아이는 나를 쳐다보지 않고 고분고분한 척했지만 매번 튀어나오는 말대꾸는 점점 정도가 심해졌다.

"선생님은 제가 아이들 앞에서 말대꾸해서 화가 잔뜩 났고, 그래서 복수하는 거잖아요."

"판사가 누군가를 감옥에 집어넣는 것은 복수심 때문이 아니라 이 사회가 제 기능을 하도록 만들기 위해서야."

"선생님은 판사가 아니고, 그냥 복수만 하려는 거예요."

디코는 그 말과 동시에 뒤로 돌아 교실 문 쪽으로 향했다. 바짝 약이 오를 정도로 내 속을 뒤틀어놓고.

"선생님, 제 모자 좀 보세요. 완전히 먼지투성이예요. 이러면 안 되는 거잖아요."

"최선의 해결책은 모자를 쓰고 다니지 않는 것 같다."

술레이만은 랩 가사를 흥얼거리며 모자를 그대로 눌러썼다. 쌓아 올릴 것도, 말려 없애버릴 것도, 아무것도 없을 뿐. 기쁨 아니면 내게 남을 게 뭐가 있겠어.

나는 개인 지도를 받는 여섯 학생에게 한 주 동안 공부하면서 어려웠던 단어 중 지금도 뜻을 모르는 단어를 다섯 개씩 적어보라고 시켰다. 아이들은 순서대로 나와 칠판에 세로로 선을 긋고 자신들의 단어 목록을 적어내렸다. 나사나바는 '가장하다, 거부하다, 버벅거리다, 길을 잃다, 정도를 지나치다'를 적었다.

"전부 동사구나?"

"그러면 안 되나요?"

"아니, 아니야."

좀 못생긴 편인 소피안은 이런 단어를 적었다. '곡예사, 적합한, 암시하다, 무분별한, 피임.' 모디는 '항성(恒星)의, 은하수, 빅뱅, 혜성, 선모(仙茅)', 카티아는 '변신, 박애, 강장제, 과대망상증, 플

래시백', 옐리는 '지참금, 고리대금업자, 기술하다, 맹금류, 구형 (求刑)', 밍은 '오스트리아 여자, 동(銅), 남쪽의, 과대망상증, 모형'. 나는 아이들이 적은 단어를 하나씩 보면서 혹시 친구들이 모르는 단어 가운데 아는 게 있는지 물었다. 아무런 대답이 없어서 결국 단어 설명을 시작했다. 단, 중국 아이들만 빼고 다 아는 '오스트리아 여자'는 제외했다. 나는 밍 쪽을 바라보면서, '오스트리아 여자'란 말은 사람들이 대부분 아는 단어이긴 하지만 오스트리아는 작은 나라이기 때문에 모르고 지나가도 상관없다고 말해주었다. 그런 다음 "그래도 오스트리아라는 나라는 알고 있지, 밍?" 하고 물었다.

"아니요."

"그래, 모르는구나. 솔직히 그런 것을 알기 위해 머리를 쥐어짤 필요는 없는 것 같다. 뭐, 별로 중요할 것 없는 나라니까. 유럽에서도 별 볼 일 없는 나라야. 유명한 오스트리아인 아는 사람?"

손가락을 올린 학생은 아무도 없었다. 모두들 얌전히 앉아 있었다.

"거봐라. 내가 뭐랬냐. 만약 폭탄이 떨어져 세계지도에서 오스트리아가 사라진다 해도 아무도 모를 거야."

무엇 때문인지는 몰라도 투덜거리는 메주트 옆에 앉은 살리마타가 맞은편 줄에 앉은 압데라만을 향해 시계를 차지 않은 자신의 손목을 가리켰다. 압데라만은 마치 앞에 유리창이라도 있는 듯 손바닥을 펴서 손가락 네 개를 활짝 펼쳤다. 나는 잠을 설쳤기에 뭐라고 말할까 망설이다 입을 열었다.

"살리마타, 몇 시인지 알고 싶으면 선생님한테 물어봐야지."

아이는 질문도 하기 전에 자신의 과감함에 얼굴이 붉어졌다.

"몇 시인지 좀 가르쳐주실래요?"

은데예가 웃었다. 아이가 입은 초록색과 노란색 추리닝에는 'Jamaicans Spirit'라는 문구가 비스듬히 쓰여 있었다.

"친구의 말투가 그렇게 웃기니, 은데예?"

"살리마타 때문에 웃은 거 아니에요."

은데예는 무의식적으로 비앵에메에게 시선을 돌렸다. 비앵에메의 볼펜 잉크가 줄줄 새서 89라는 숫자가 쓰인 점퍼 위로 흘러내렸다.

"선생님, 휴지 좀 빌려도 될까요?"

"누구 비앵에메에게 휴지 빌려줄 사람?"

파야드가 밍이 꺼내든 클리넥스를 넘겨주려고 자리에서 일어났다.

"일어나기 전에 선생님에게 물어봐야지, 파야드."

파야드는 다시 자리에 앉았다.

"일어나도 돼요?"

"물론이지. 이제 일어나도 된다."

파야드는 책상 사이를 지나가다 타렉의 가방에 걸려 넘어졌고, 근처에 있던 인디라의 어깨를 짚고 일어섰다. 인디라 옆에 있던 압둘라예가 기회를 놓치지 않고 빈자리를 차지했다. 파야드가 소리쳤다.

"사악한 자식, 그새를 노려!"

알리사는 다른 아이들을 따라 웃지 않았다. 뭔가 고민거리가 있는 얼굴이었다.

"선생님, 왜 직설법 반과거라고 표현해요? 반과거라고만 쓰면 안 돼요?"

"선생님이 너에게 물어보자. 네 생각엔 왜 그런 것 같니?"

아이의 연필이 이빨의 공격에서 살아남지 못했다.

"다들 들었지? 왜 '직설법 반과거'라고 표현할까? 그래, 비앵에 메, 말해봐라."

"선생님, 잉크가 계속 흘러요, 화장실에 갔다 와도 돼요?"

"그래, 화장실 가서 해결하고 와라. 다른 사람? 왜 그렇게 표현할까?"

파야드가 자리로 돌아가면서 머리에 스카프를 두른 하디아의 비밀 쪽지를 가로채 뎀바의 책상 위로 던져버렸다.

"자, 굳이 '직설법'이라고 하는 이유는 다른 법의 반과거와 혼동하지 않기 위해서야. 그럼 또다른 반과거에는 뭐가 있을까?"

압데라만이 손목시계를 풀어 필통을 받침대 삼아 세워놓은 뒤 말했다.

"접속법 반과거요."

"그래, 그렇다면 접속법 반과거란 뭘까?"

아는 아이가 없었다. 나는 설명해주었다. 칠판에 '가야만 한다'는 뜻의 서로 다른 시제의 문장 두 개를 적었다. 그러자 아이들은 구닥다리 문법이라고 입을 모았다.

"그래, 지금은 접속법 반과거를 거의 사용하지 않아. 간혹 소설에서나 볼 수 있는데, 그것도 자주는 아니야. 이 시제를 대화에 사용하는 사람은 없어. 속물 같은 사람들 말고는."

머리에 스카프를 두른 하디아가 물었다.

"속물 같은 게 뭐예요?"

"뭐랄까, 거드름을 피우는 거라고 해야 하나."

적당한 말을 찾지 못한 나는 입술을 잔뜩 오므리고 등을 꼿꼿이
편 뒤 목을 쭉 뻗으며 도도한 척 흉내를 냈다.

"어떤 사람인지 알겠니?"

알리사의 얼굴에 피어났던 물음표가 하늘을 반으로 가를 듯 날
카로운 화살표로 변했다.

"그러니까 이런 시제를 사용하면 사람들이 '야, 쟤 왜 저래? 미
친 거야, 뭐야?' 라는 반응을 보인다는 거지."

술레이만이 모자를 쓴 채로 교실에 들어왔다.

"술레이만."

아이는 손가락으로 머리를 가리켜 모자를 벗으라는 신호를 보
내는 나를 발견하고는 시키는 대로 했다.

"안에 쓴 모자도 부탁한다."

술레이만과 모자 싸움을 하는 동안, 마이클은 자신의 짝이었던
하킴과 떨어져 혼자 교실 뒤로 가서 앉았다.

"마이클, 네가 스스로 자리를 옮긴 걸 전적으로 지지한다. 그 이
유가 수업에 더 충실하기 위해서라고 선생님은 확신하는데, 그렇
게 생각해도 되겠니?"

"아니요."

교실 전체가 웃음바다가 되었다. 힌다는 누굴 닮았는지 여전히 기억나지 않는 얼굴을 책상 위로 숙인 채 뭔가 불편한 듯 고개를 들지 않았다.

"그렇다면 다른 동기는 없는 거다. 오케이?"

"네, 네, 잡담을 그만하기 위해 자리를 옮긴 것뿐이에요."

힌다는 여전히 고개를 들지 않았다.

"혹시 앞자리에 앉은 힌다를 괴롭히려고 온 건 아니지?"

아이는 당연하다는 듯 "네"라고 대답하며 모음을 길게 끌었다. 힌다가 자기 손톱을 들여다보았다. 상드라는 내부 발전장치에 전원을 켠 듯했다.

"선생님, 테러에 대한 이야기를 해도 될까요?"

"무슨 이야기를 하고 싶은데?"

"사람들이 테러는 전부 이슬람주의자가 일으킨다고 그러잖아요. 하지만 그게 사실인지 아닌지도 모르지 않아요?"

"하지만 그런 경우가 적지 않았던 게 사실이잖아. 안 그러니?"

모하메드 알리와 수마야가 즉시 논쟁에 끼어들며 목청을 높였다.

"왜 이슬람주의자가 테러를 일으킨다고 말하는 거예요? 증거가 없으면 알 수 없는 일이잖아요. 그렇다면 그냥 입 닫고 있어야지 다른 수가 있어요?"

"그러면 뭐가 달라지지?"

모하메드 알리는 복수심에 불타는 대열에서 빠져나왔다.

"사람들이 아무것도 모른다는 게 달라지는 거죠."

수마야가 논쟁에 불을 붙였다.

"9.11사태 때도 아무것도 몰랐어요."

이만이 논쟁에 끼어들었다.

"전 9.11사태가 만족스러웠어요."

난 논쟁을 벌일 수 있어서 만족스러웠다.

"삼천 명이 죽었는데 뭐가 만족스럽니?"

모하메드 알리가 또다시 치고 나왔다.

"선생님, 그렇게 따지면 사망자를 전부 따져봐야 해요. 미국인도 팔레스타인 사람을 많이 죽였다고요."

"그래, 그랬다고 치자. 하지만 그런 식으로 복수의 악순환을 계속 반복할 순 없지 않겠니?"

"하지만 미국 사람들이 이슬람 사람들을 막 죽이잖아요. 그러니 이슬람 사람들이 방어를 하는 것도 당연하죠."

"닥치는 대로 아무나 죽이면서까지?"

아이들의 상반된 목소리가 교실을 가득 메웠지만 나는 내 목소리에만 귀를 기울였다.

"자, 제 소개를 하지요. 제 이름은 페피타이고 스물네 살이며 스페인 마드리드 교외에 살고 있습니다. 아이는 둘인데 아직 어리고, 저는 마드리드에서 일을 합니다. 기차를 타고 출근해야 하기에 아침 여섯시에 일어납니다. 아, 저는 작년에 이라크전에 반대하는 시위에 참여했고, 미국이 불법으로 남의 나라를 침략하도록 도와준 우리 정부의 결정에도 반대한 바 있습니다. 아무튼 여느 날 아침과 마찬가지로 저는 기차를 타고 마드리드로 향했습니다. 제 아이들, 전쟁, 그런저런 생각을 하면서 말이지요. 그러다 펑 하는 폭발음과 함께 전 죽고 말았습니다."

내 이야기가 마치 마법이라도 부린 듯 교실이 정적에 잠겼다.

나는 승리에 힘입어 이야기를 계속했다.

"저하고 비슷한 처지군요. 저도 페피타와 비슷한 경험이 있어요. 어느 날 아침 지하철을 탔어요. 여기까지 오려면 세 번 갈아타야 하죠. 전 히잡* 착용금지법에 반대해요. 그런데 그 법을 없애버리기 위해 프랑스에 폭탄을 터뜨려야 한다고 생각하는 사람들도 있더라고요. 결국 저는 지지하지도 않는 법안 때문에 죽게 됐답니다. 정말 신나는 일 아니에요?"

마법의 효과는 지속되었다. 침묵 속에서 상드라의 목소리가 이상하게 울려 퍼졌다. 유별나게 부드러운 음성이었다. 세상과 동떨어져 청명하게 울리는 목소리.

"'지자다'가 무슨 뜻이에요?"

"'지지하다'는 찬성한다는 뜻이야."

"프랑스 사람들이 찬성하지 않는다고 분명히 말하지 않는다면 그건 찬성하는 것과 마찬가지예요. 선생님은요? 선생님은 찬성하지 않는다고 말하신 적 있어요?"

"어느 정도."

"'어느 정도'라는 건 아무도 선생님의 의견을 들은 적이 없다는 뜻이에요. 다시 말해 이슬람 사람들은 그런 생각을 전혀 알 수 없다는 뜻이죠."

담임 선생님의 자격으로

---

* 아랍권 국가에서 여성이 머리와 상반신을 가리기 위해 둘러쓰는 가리개.

"선생님이 목요일 미술관 견학에 너희와 함께 가게 될 거다. 이번 미술관 단체관람 내용을 까먹지 말 것과 부모님의 확인을 받아와야 한다는 건 두말하면 잔소리겠지?"

'Love Me Tender'라는 문구가 수를 놓은 듯 불룩 튀어나온 스웨터를 입은 프리다가 눈살을 찌푸렸다.

"프리다?"

"선생님, 지금 하신 말씀 잘 이해 못했어요."

"이렇게 간단한 걸? 목요일에 미술관 단체관람이 있다."

"그거 말고 또 뭐라고 하신 거, 그걸 이해 못하겠어요."

"단체관람 간다는 얘기밖에 안 했는데."

"그러면서 '두말' 어쩌고 하셨잖아요."

"두말하면 잔소리?"

"네, 그거요."

"'두말하면 잔소리'는 굳이 말할 필요도 없을 만큼 뻔하다는 뜻이야."

프리다는 뭔가 이상한 냄새라도 맡은 듯 인상을 찌푸렸다.

"이상해요."

"이상할지는 몰라도, 부모님께 꼭 확인을 받아와야 한다는 걸 강조하기 위한 아주 적당한 표현이지."

왼쪽 열 첫째 줄에 앉은 디코는 언제나 그렇듯 기대를 저버리지 않았다.

"친구들하고 같이 가도 돼요?"

나는 못 들은 척 넘어갔다.

"선생님, 친구들하고 같이 가도 되냐고요."

"수업 시작할 때 내가 뭐라고 말했지?"

소용없었다.

"그냥 질문하는 것도 안 돼요?"

"수업 시작할 때 내가 뭐라고 했냐고."

쓸데없는 말을 한마디라도 하면 쫓아내겠다고 엄포를 놓은 터였다.

"그냥 질문한 것뿐이잖아요."

"좋아, 그럼 나가."

디코는 나가는 길을 잘 알고 있었다. 교실 문을 닫고 나간 디코는 십여 초가 지나자 복도 환기구에 입을 대고 이상한 소리를 내기 시작했다. 나는 복도로 뛰쳐나가 디코를 현행범으로 잡았다.

"안 되겠어. 너 선생님 좀 따라와."

디코는 나를 따라 계단을 내려왔다. 디코는 나와 삼 미터 정도 되는 불가침 거리를 유지했는데, 교정을 가로지르는 동안 그 거리가 점점 늘어났다. 교장실에 다다르자 나는 문 앞에 서서 아이가 들어가도록 등을 떠밀었다.

"왜 쳐요, 왜 치냐고요!"

"입 닫고 들어가."

교장 선생님은 컴퓨터 작업에 열중하고 있었다. 내가 예고 없이 나타나 최대한 밝은 목소리로 말을 걸자 내 쪽으로 몸을 돌렸다.

"죄송합니다만 이번에도 교장 선생님을 좀 귀찮게 해드려야겠습니다. 디코가 여전히 수업을 방해해서요."

"알겠습니다. 제가 알아서 하지요."

교장 선생님은 디코의 눈을 뚫어져라 쳐다보았다.

"거기 앉거라."

디코는 패치워크를 씌운 의자에 몸을 파묻듯 앉았다. 나는 디코에게 더이상 눈길을 주지 않았다.

"제대로 사과하지 않으면 내일 등교하지 못하게 할 생각입니다. 그리고 퇴학 조치를 취했으면 합니다."

"그런 경우라면 경위서를 제출해야 합니다."

"알겠습니다. 오전 중으로 제출하겠습니다. 정말 죄송합니다."

레오폴의 스웨트 셔츠에 그려진 용은 성질을 건드렸다가는 그대로 불을 뿜어낼 기세였다.

"오늘 얼굴이 영 형편없어 보여."

안색은 잿빛, 눈 밑엔 다크서클, 입가에 듬성듬성 난 수염, 다리까지 저는 질은 얼굴이 영 형편없었다.

"그렇게 티 나?"

"그걸 말이라고 해?"

잿빛 안색.

"금요일에 거의 기절했다 살아났어."

"설마!"

눈 밑엔 다크서클.

"책상 앞에 그냥 서 있는데 갑자기 다리에 힘이 쫙 풀려버린 거야. 겨우 책상을 붙잡아서 다행히 넘어지지는 않았어."

"아이들이 도와주기는 했어?"

입가에 난.

202

"물론 애들이 즉시 일어나서 내 팔을 붙잡고 의자에 앉혀줬어."

"월차라도 쓰지 그랬어."

듬성듬성한 수염.

"모르겠어. 그냥 짜증이 나. 수업도 못하고 이렇게 계속 앉아 있다가는 애들이 모의고사에서 끔찍한 성적을 받을 텐데."

"그렇게까지 의무감을 느낄 필요는 없어."

저는 다리.

"게다가 교사별 행정평가서가 날아왔는데, 정말 끔찍 그 자체야."

클로드는 액운을 쫓아내려는 듯 오십 상팀짜리 동전을 허벅지에 문지르고는 액운이 다시 살아나지 않기를 바라며 아주 정성스럽게 투입구에 밀어넣었다. 하지만 동전은 여지없이 아래로 굴러떨어졌다.

"빌어먹을."

질은 기계적으로 다른 오십 상팀짜리 동전을 클로드에게 건넸다.

"미안해, 자꾸 이런 얘기만 해서. 그냥 거기 앉아 있길래…… 생각해봐, 난 최소한이라도 하려고 애를 쓰는데 위에서는 내가 뭘 하는지 알지도 못하면서 거지 같은 점수나 던져주니 우울할 수밖에."

구석 자리에 앉은 실비는 임신 중이었다.

"무사는 아무래도 우울증에 걸린 것 같아."

라셀은 아이가 셋인데, 딸 하나에 아들 둘이었다.

"그래?"

"그런가봐. 내 수업시간 내내 잠만 자지 뭐야."

바스티앵은 임신 중이 아니었다. 남자니까.

"그거 알아? 그건 뭐랄까, 그냥 정상이야. 작년에 아버지가 자동차 사고를 당했거든. 그 일 때문에 많이 힘들었지. 아버지가 육 개월이나 병원에 입원했으니까. 이제는 휠체어를 타고 다녀."

"맞아, 무사가 언젠가 장애인에 대한 글을 쓴 적이 있어."

클로드는 태연하게 커피자판기를 분해하고 있었다.

"누구 십 상팀짜리 동전 있어?"

실비는 십 상팀이 있었지만 별로 주고 싶은 마음이 없었다. 바스티앵은 언제나 비스킷 같은 과자류를 입에 달고 사는 것처럼 자신의 편견 속에 파묻혀 살았다.

"아니, 상상을 해보라고. 시속 이백 킬로미터로 달리다 벽에 쾅 하고 박아버렸으니 아이 마음이 오죽했겠어."

"내 생각에는 그래서 우울증에 걸린 것 같아."

분해했던 커피자판기를 다시 조립한 클로드는 다른 음료수나 마셔야겠다고 생각했는지 질에게 동전을 다시 건넸다.

"오늘 안색이 영 안 좋아 보여."

오렌지 향이 풍기는 캐비닛을 열자 반 쪽짜리 종이 한 장이 보였다. 그때 라셸이 다가와 말을 걸었다.

"내일모레 미술관 가는 거 기억하고 있지?"

"그럼, 물론이지."

선생님, 선생님 수업시간에 분위기를 산만하게 한 점 사과드리며 저를 용서해주시기 바랍니다. 앞으로는 공부뿐만 아니라 행동에서도 더 나은 모습 보여드리도록 노력하겠습니다. 디코.

"뭘 읽는 거야?"

바스티앵은 내가 무엇을 읽는지는 관심이 없었지만, 내게 뭔가를 말하고 싶어했다. 나는 반 쪽짜리 종이를 바스티앵에게 건넸다. 과자 부스러기가 종이에 떨어져 커다란 사각형 위에서 미끄러지더니 순식간에 허공을 통과해 소리 없이 바닥에 내려앉았다.

샤윈은 작은 십자가가 여러 개 달린 목걸이를 하고 있었다. 나는 멍하니 그 십자가의 수를 세다가, 샤윈이 옆에 앉은 리취아오의 프랑스어–중국어 사전을 들춰보려고 몸을 움직이는 바람에 멈췄다. 샤윈은 지폐 뭉치를 빨리 세는 달인처럼 한 손가락으로 순식간에 사전을 넘겼다. 나는 잠에서 깨어났다.

"자, 생각할 시간은 충분히 준 것 같다. 자신의 삶에 대해 이야기하는 것이 왜 민감한 문제인지 두 가지 이유를 들어 설명해보도록."

아이 세 명이 손가락을 들었다.

"자기 생각을 말할 수 있는 사람이 겨우 셋뿐이야? 스물다섯 명 중에 셋이라니 대단하구나. 스물다섯 명 중에 세 명이면 비율이 얼마지?"

세 아이가 들고 있던 손가락을 내리고 다시 두 아이가 손가락을 올렸다. 두 명이 남았다.

"그래, 지하드가 말해볼래?"

"음, 4분의 1이요."

"그래, 네 계산이 정확히 맞아. 4 곱하기 3이 25니까, 아무튼 그건 넘어가자. 자신의 삶에 대해 이야기하는 것이 왜 민감한 문제인지 두 가지 이유를 어디 들어보자."

세 명이 다시 손가락을 들었다.

"마리아?"

'Jamaica' 라고 쓰인 윗도리.

"부모님을 힘들게 할 수 있기 때문이에요."

"그래, 그렇지. 더 일반적으로 보자면 주변 사람들도 마찬가지지. 아니면 관련된 모든 사람까지도. 다른 생각 가진 사람? 두니아?"

머리에 두른 검은 스카프.

"그다지 돈벌이가 되는 일이 아니기 때문이에요."

"그래, 그렇다고 볼 수도 있지만 이번 주제하고는 그다지 상관이 없는 것 같구나. 프리다, 네 생각은 어떠니?"

"제 생각이 맞는지 잘 모르겠어요."

"한번 들어보자."

"제대로 된 답인지 잘 모르겠어요."

"어디 한번 말해봐."

"그건 불편하기 때문이에요."

"좀더 설명해볼래?"

"어떻게 설명해야 할지 모르겠지만, 예를 들어 사람들은 창피한 짓을 가끔 해요."

"그래, 수치스러운 행동이라, 흥미롭구나. 사람은 누구나 수치스러운 행동을 하곤 하지. 수치스러운 행동이 어떤 것인지 예를 들어볼 사람?"

아이들은 별 성의 없이 찾아낸 예를 남들 앞에서 말하는 대신 혼자 키득거리며 웃기만 할 뿐이었다.

"자신의 경험을 떠올려보라는 말은 한 적 없는 것 같은데. 일반적으로 수치심을 느낄 만한 행동의 예를 한번 들어볼 사람?"

아이들은 뭔가 생각하는 듯한 눈빛을 주고받더니 악취에 대한 경험이라도 떠올린 듯 하나같이 코를 틀어막았다.

"좋아, 말하고 싶은 사람이 아무도 없으면 선생님부터 시작하지."

쥐 죽은 듯 고요해졌다.

"아마 선생님이 열두 살 때였을 거야. 그때만 해도 선생님은 뭘 그렇게 잘하는 아이가 아니었어. 적어도 몇 가지 분야에서는 말이야. 잘하는 것도 있긴 했지만 그렇지 못한 것도 있었어. 아무튼 선생님은 매일 아침 학교 운동장에서 여자아이 셋과 남자아이 둘과 만나 교실로 들어갔지. 작은 패거리라고 해야 하나. 친한 친구들끼리 운동장에 모이는 너희하고 다를 바 없었지. 그런데 그때 선생님은 세 여자아이 중 하나에게 호감이 있었던 것 같아. 아무튼 그게 중요한 건 아니야. 어느 날 아침 학교에 갔는데 그 아이가 안 보이는 거야. 그리고 나머지 두 여자아이 중 한 아이의 말이, 전날 전화가 왔는데 배가 너무 아프다고 했대. 그 말에 다른 남자아이가 '달거리하는 거야?'라고 물었고, 그 여자아이는 '넌 다 이해했구나'라고 말하더라고. 그래서 선생님이 '달거리가 뭐야?'라고 물었더니 여자아이 둘이 서로를 쳐다보면서 선생님에게 이 촌놈은 뭐 하는 녀석이야? 하는 눈빛을 보내더구나. 지금도 그때 생각을 하면 온몸이 오그라들 정도로 창피하단다. 물론 그럴 필요는 없지. 그리 수치스러운 일도 아니었으니까."

미술관 가이드는 아이들보다 몇 미터 앞에서 걷다 나무와 쇠붙이로 된 격자 장식이 있는, 서로 마주 보게 배치한 거울 옆에 멈춰섰다.

"이 작품은 '무한성의 구체화'라는 작품입니다. 여러분은 이 제목에서 무엇이 떠오르나요?"

작품에 가까이 서 있는 아이들이나, 뒤늦게 따라온 아이들이나 아무런 대답도 하지 않았다.

"'무한성의 구체화'라는 말이 좀 이상하게 느껴지지 않나요?"

방금 도착한 아이들 역시 묵묵부답이었다.

"여러분 생각엔 '무한성'과 '구체화'라는 단어가 서로 잘 어울리는 것 같나요?"

지하드가 질문의 정확한 뜻은 이해하지 못했지만 어감만으로도 아니라는 걸 느끼고 작은 소리로 아니라고 대답했다. 가이드는 지하드의 대답을 포착하고 설명을 이었다.

"물론 아니지요. 구체화된 물질 세계는 그 정의만 봐도 알 수 있듯 한계가 정해진 유한한 것으로, 무한성과는 전혀 반대되는 개념이니까요. 무한성은 정신 세계와 관련이 있습니다. 그러니까 물질적이지 않은, 구체적이지 않은 세계와 관련이 있지요."

현대 미술작품이 벽을 따라 놓인 미술관 안에 가이드의 목소리가 울려 퍼졌다.

"하지만 이 작가는 상반된 두 개념을 하나의 이름으로 묶어 오브제로 표현해냈습니다. 그게 어떻게 가능했을까요?"

길을 잃었다 겨우 무리에 합류한 지브릴도 침묵을 지켰다.

"측면을 한번 자세히 들여다보세요. 측면이 무엇으로 만들어져 있지요?"

지하드가 측면에 비친 자신의 모습을 보면서 대답했다.

"거울이요."

"그렇습니다. 측면에는 거울이 달려 있습니다. 작가는 이 거울이라는 물질을 통해 무한의 세계를 만들어냈고, 그 세계를 거울 속에, 즉 물질 세계의 내부에 표현한 것이지요."

상드라가 부자연스러울 정도로 심각한 표정으로 웃었다.

"선생님, 혹시 술레이만 보셨어요?"

"3학년 1반에서 봤는데. 그게 우습니?"

"선생님, 그 자식이 힌다에게 무슨 짓을 한지 아세요?"

나는 미간을 찌푸리며 모르겠다고 대답했다. 상드라는 두 손을 뻗어 책상 모서리를 붙잡으며 말을 이었다.

"그걸 모르신단 말이에요?"

"전혀 모르는 일이구나."

"피 터지게 두들겨 팼다고요."

"고의로?"

"당연하죠. 복수하려고 한 거예요. 힌다가 자기를 비웃었다고 생각했거든요. 사실은 아닌데요."

나머지 아이들이 굼뜬 동작으로 자리에 앉더니 이상한 냄새가 난다며 교실 창문을 열었다. 정말로 힌다의 모습이 보이지 않았다. 나는 상드라가 들으라고 목소리를 높였다.

"어떻게 피 터지게 두들겨 팼다는 거니?"

"그 자식한테 맞아서 여기가 찢어졌어요."

상드라의 손가락이 눈과 관자놀이 사이를 가리켰다.

"눈썹 뼈 있는 데가?"

"네, 거기요."

상드라는 조금 진정하는가 싶더니 이내 다시 들쑤시며 불을 붙였다.

"상드라, 선생님 생각에는 그 부위가 찢어졌다면 대단히 심각한 상황인데, 네가 왜 웃는지 모르겠구나."

"안 웃었어요."

"아니, 웃었어."

"아니에요, 안 웃었어요."

"학교에서 벌어진 난투극이 대단한 볼거리라도 되는가보구나. 그런 거니?"

상드라가 교단 위에 발 하나를 올렸다 다시 바닥으로 내려놓았다. 그 바람에 배꼽이 드러났다 다시 감춰졌다.

"정말 끔찍할 정도로 피가 튀겼다니까요. 진짜예요."

"그걸 보고 이렇게 웃고 있잖아."

"정말로 끔찍했다니까요."

"알았다, 이제 자리로 돌아가 앉아라."

시간이 흘렀고, 나는 아이들에게 자신의 이야기를 쓰는 이유를 물었다. 그러자 아이들은 잘난 척하기 위해서라고 대답했다. 잠을 설친 나는 자신의 이야기를 쓴 사람들이 모두 그렇게 훌륭한 일을 한 건 아니라고 말했다. 아이들은 그 사람들은 거짓말도 할 수 있고 이야기를 지어낼 수도 있다고 말했다. 나는 당연히 그럴 거라고 했고, 아이들은 어찌 됐든 남들 이야기에는 관심이 없다고 말했다. 그래서 나는 남들이 쓴 이야기는 우리의 이야기와 닮은 점이 있어서 흥미로운 거라고, 또한 우리의 이야기와 닮지 않았다 해도 흥미로울 수 있다고 설명했다. 그러니까 타인의 삶을 들여다보는 것은 흥미로운 일이며, 자기 이야기를 한다는 것은 결국 인생을 논하는 것과 같다고, 알아듣겠냐고 물었다. 아이들은 하지만 그런 걸 해서 뭐에 써먹냐고 물었다. 그러고는 종소리와 함께 푸짐한 먹이에 이끌린 참새 떼처럼 순식간에 사라져버렸다. 상드라가 다시 교단 쪽으로 왔다.

"선생님, 아까 제가 말씀드린 거 정말 다 사실이에요."

"네 말은 믿는데, 그만 좀 웃어라."

"저 안 웃었어요. 술레이만은 아마 징계받을걸요?"

"그래?"

"당연히 그래야죠."

상탈, 장 필리프, 뤼크, 라셸, 발레리가 타원형 테이블에 각자 자리를 차지하고 앉았다. 회의가 시작될 참이었다. 교장 선생님이 먼저 이야기를 시작했다.

"소니아에 대해서는 어떻게들 생각하십니까?"

"글쎄요."

"전혀 웃지 않는 게 이상해요."

"제 생각에는 수줍음을 많이 타서 그런 것 같습니다."

"하지만 작년에는 그러지 않았거든요. 예전엔 자주 웃었는데."

"그럼 생활기록부에는 뭐라고 쓸까요?"

"글쎄요, 도무지……"

"'전체적으로 보통이다'라고 할까요?"

"그러시지요."

"좋습니다. 그럼 유수프는?"

"오, 그 녀석이라면……"

"선생님 수업시간에는 어때요?"

"괜찮습니다."

"선생님은요?"

"한계치에 다다랐습니다."

"제 수업시간에는 괜찮던데요."

"그냥 없는 셈 치면 됩니다."

"개인별 지도 시간에는 정말 가관입니다."

"자, 그럼 유수프가 골칫거리라고 생각하시는 선생님?"

"저요."

"저요."

"저도요. 성가신 녀석입니다."

"그만두라고 엄포를 놓기 전엔 절대로 가만있지 않아요."

"주의 산만에 해당합니까?"

"맞습니다. 주의가 산만해요."

"알겠습니다. 좋아요, 주의가 산만한 학생, 수업 태도 변화 요망. 이제 아길레스로 넘어가지요."

"오, 그 녀석은……"

"그렇게 공격적인 아이는 처음이에요!"

"'공격적인 아이'라고 쓸까요?"

"좀 심한 것 같아요. 공격적이라는 말은."

"왜요, 그런 말은 쓸 수 없나요? 공격적인 아이면 당연히 공격적이라고 써야지. 아니면……"

"그게 아니라, '간혹 공격적 성향을 보임' 정도로 쓰는 게 낫지 않을까 해서요."

"좋습니다. 그렇게 적지요. 자, 그럼 이번에는 얀입니다."

"오, 그 녀석은……"

"그나마 얼마 전부터 떠드는 게 좀 줄긴 했습니다."

"무슨 소리예요. 그건 생활기록부 작성을 위한 학급평가회의가 다가왔다는 걸 알기 때문이라고요."

"그런가요?"

"당연하죠."

"그러면 수업시간에 잡담이 심하다고 적겠습니다. 성적은요?"

"성적이요?"

"그 녀석은 할 줄 아는 게 아무것도 없어요."

"덩치만큼 성적도 볼품없다고 쓰시면 됩니다."

"다른 아이들이 얀을 어떻게 부르는지 아세요?"

"아니요, 뭐라고 부릅니까?"

"미미 마티라고 불러요."

"미마티가 누굽니까?"

"그 이름 참 웃기네요."

"정말 그렇네요."

"그게 누굽니까, 미마티가?"

"난쟁이 여배우예요."

"아, 그래요?"

"나심으로 넘어갑시다."

"오, 그 녀석은……"

"단연코 가장 끔찍한 녀석이지요."

"끝없이 소란을 피운다고 적을까요?"

"시종일관 가만있지를 못해요."

"'끝없이 소란을 일삼음' 이라고 쓸까요?"

"'잡담이 심하고 주의 산만함' 이 좋겠네요."

"혹시 성적이 좀 나아지기는 했습니까?"

"그렇지도 않아요. 그렇게 소란스러운데요."

"제 수업에서는 그나마 반 점 정도 올랐습니다."

"'잡담이 심하고 주의 산만하며 성적이 향상되지 않음' 이라고 쓰세요."

"'잡담이 심하고 주의 산만하지만 더 잘할 수 있음' 이라고 쓰면 되겠군요."

"'더 잘할 수 있음' 보다 훨씬 과격한 표현을 써야 해요."

"그 녀석은 수업시간을 엉망으로 만드는 데 일등공신이에요."

"말 나온 김에, 수업 태도에 대해서는 뭐라고 쓸까요?"

"'잡담이 심함' 이 좋겠습니다."

"좋습니다. '잡담이 심함.'"

"'수업 태도가 좋지 않고 잡담이 심하며 성적이 향상되지 않음.' 이렇게 쓰면 되겠습니까?"

못생긴 편에 속하는 소피안이 꾸물거리다 나갔다. 그제야 다음 수업을 위해 아르튀르와 지브란을 들어오게 했다. 두 아이는 어깨를 툭 흔들어 책상 위에 가방을 내려놓으며 뭔지 모르지만 서로 키득거렸다. 소피안은 나가는 길에 잉크가 새는 볼펜을 휴지통에 버렸다. 나는 아이가 밖으로 나간 뒤 휴지통으로 가 볼펜을 주워 종이 조각으로 감싸 잉크를 닦은 뒤 다시 써보았지만 볼펜심이 완전히 망가진 걸 보고 다시 쓰레기통에 버렸다. 한 주가 시작되자 나른한 기운이 교실에 감돌았다. 힌다의 자리는 비어 있을 게 뻔했다. 하킴이 휘파람으로 〈라 마르세예즈〉*를 흥얼거렸다. 아르튀르는 재킷에 달린 모자를 여전히 쓰고 있었고, 지브란 역시 마찬가지였다.

"너 어제 누가 이겼는지 알아?"

아르튀르는 결과를 몰랐다. 지브란이 내 쪽으로 고개를 향했다.

"선생님, 어제 누가 이겼어요?"

"누가 뭘 이겨?"

"정치요."

"좌파가 이겼다."

아르튀르는 가방에서 아무것도 꺼내놓지 않았다. 지브란도 마찬가지였다.

"그럼 잘된 건가요?"

"각자 생각하기 나름이지. 그게 투표의 원칙이니까."

---

* 프랑스 국가.

아이들은 웃었다.

"네, 그렇긴 한데 저희는 아무것도 모르겠어요."

"그렇게 대화의 주제로 삼는 것부터가 시작 아니겠니."

상드라가 탈선한 열차처럼 불시에 나타났다.

"뭘 주제로 삼아요, 선생님?"

"우선 자리에 앉아 숨 좀 돌리면 얘기해주마."

상드라는 자리에 앉아 숨을 돌렸고, 나는 하던 이야기를 마저
했다. 내 설명이 끝나자마자 상드라의 생체 전기발전소가 가동되
었고, 상드라는 전날 밤 아빠와 함께 선거 개표 방송을 봤는데 너
무 좋았고, 무엇보다 야한 장면이 없어서 좋았다는 이야기를 늘어
놓기 시작했다. 이어지는 쉬는 시간에 보니 질의 얼굴이 창백했다.

"안 그래도 피곤해 죽겠는데, 이 녀석들한테 잠잘 시간 한 시간
까지 빼앗기다니."

엘리즈가 맞장구쳤다.

"정말 어처구니없는 일이지."

힌다가 학교로 돌아왔다. 나는 아이의 책상에 시험지를 내려놓
으며 눈썹 뼈를 따라 난 상처 자국을 살펴보았다.

"상처가 아주 예쁘게 아물었구나."

힌다는 미소를 지어 보였다. 눈의 반짝임이 평소보다 일곱 배나
더해졌고, 그만큼 봄이 찾아올 가능성도 높아질 것 같았다.

"진짜요?"

"물론이지. 거짓말 아니야."

"감사합니다."

힌다는 누구인지는 모르지만 정말로 누군가를 닮은 얼굴이었다.

"아프지는 않니?"

힌다가 또다시 웃음을 지었다. 봄여름 컬렉션 분위기였다.

"네, 그럼요."

마이클이 자리에서 일어나 내가 있는 곳까지 왔다.

"선생님, 문제도 적어요, 아니면 그냥 답만 적어요?"

"수업시간에 일어나서 돌아다니다니, 네가 초등학생이야?"

"죄송합니다, 샘."

마이클은 나를 쳐다보면서 힌다의 손이 닿을 위치에 종이쪽지 하나를 떨어뜨렸고, 힌다는 슬그머니 쪽지를 집어들었다. 나는 못 본 척하기로 하고, 들을 사람은 들으라는 식으로 말했다.

"괜히 딴청 피우면서 시간 낭비하지 마라. 한 시간도 채 안 남았으니까."

이만이 손가락을 올렸다.

"실제 있었던 이야기를 쓰는 거예요?"

"그래, 아니면 적어도 그럴듯한 이야기를 써야 해. 그럴듯하다는 게 무슨 말인지는 알지?"

"그건 '아무거나'라는 뜻이잖아요."

"아니, 그건 그럴듯하지 않은 이야기지. 그럴듯하다는 말은 그 반대야. 정말로 일어날 수 있는 일을 말하는 거야."

"옷을 예로 들어보자. 처음에 인간은 옷을 왜 입었을까? 추위를 막고 수치심을 덜기 위해서였어. 그런데 인간은 얼마 지나지 않아 옷을 입을 때 제3의 동기를 부여하기 시작했어. 옷은 아름다워야 하고, 자신의 취향과 개성 그리고 자신이 드러내 보이고자 하는 이미지를 심어줄 수 있어야 한다는 생각을 갖게 된 거야. 예를 들어보자. 유명한 디자이너나 옷을 코디하는 사람을 뭐라고 부르지? '스타일리스트'라고 부른다. 그러니까 멋들어진 옷을 입고 싶다는 것은 스타일에 관심을 기울인다는 뜻이야. 은데예, 좀 조용히 해줄래? 한마디로 스타일이란 실용적으로는 아무런 쓸모도 없는 거야. 언어도 마찬가지야. 하고 싶은 말이 있을 때 단지 전달하고자 하는 정보만 전하는 것으로 만족할 수도 있어. 예를 들어 '나는 프랑스에서 태어났다'라는 평범한 말을 멋진 스타일로 표현하면, '나는 치즈의 천국에서 태어났다' 혹은 '인권의 발상국에서 태어났다'라고 말할 수 있지. 선생님이 만든 문장은 멋을 부린 문장, 뭐 그렇게 썩 멋들어진 문장은 아니지만, 아무튼 스타일이 살아 있는 문장이라고 할 수 있어. 이런 식으로 말하는 기법이 있어. 그 기법에는 이름이 있지. 은데예, 선생님이 아까 뭐라고 했지? 예를 들면 스케이트장에 갔을 때 그냥 빙판 위만 돌아다닐 수도 있어. 그렇지? 스케이트 선수가 아니라면 말이야. 그런데 국제대회에 나가는 선수들은 어떻게 스케이트를 탈까? 스텝을 넣고, 트리플점프 등의 기교를 부리며 타겠지? 은데예, 마지막 경고다. 그러니까 프랑스라는 국가명 대신 '인권의 발상국'이라고 말하는 것, 그런 걸 수사법이라고 부른다. 수사법은 우리의 대화에서 수도 없이 쓰여. 저 문장은 우언법에 속하지. 이 외에도 우리가 이미 알고 있는 것이 많이 있다. 어떤 게 있을까?"

메주트는 수업을 시작할 무렵에 무엇 때문인지 몰라도 잠깐 울었다.

"동사요."

"메주트, 정말 왜 이러니? 동사가 기법이 아니라는 건 너도 잘 알잖아. 동사는 그냥 동사야. 해도 너무하는구나."

알리사는 답을 알고 있었지만 질문하기를 더 좋아했다.

"왜 프랑스 사람들은 자기 나라가 인권의 발상국이라고 말하는 거예요?"

"다들 그렇다고 말하기 때문이야."

67번을 입은 비앙에메가 나를 살려주었다.

"선생님, 선생님도 스케이트장에 가세요?"

"넌 안 가니?"

"저는 집안 사정이 좀 그래서요, 선생님."

종이 울리자 나와 개인 면담을 하고 싶어하는 압둘라예만 남고 참새 떼는 모두 날아가버렸다.

"선생님, 반 대표로 선생님께 드릴 말씀이 있어요."

"그래?"

"이 말을 선생님께 꼭 전해달라는 몇몇 아이들이 있었어요."

나는 내년에 3학년이 되면 또다시 담임 선생님을 맡아달라는 부탁일 거라 생각했다. 아니, 그러기를 바랐다.

"이번에 열릴 학급평가회의에 대한 거예요."

"어디 들어보자."

압둘라예는 침착하고 거리낌없는 모습이었다. 검은 테두리가 들어간 하얀 외투를 걸치고는 철이 든 불량배처럼 제법 점잖을 떨었다.

"아이들 말이, 선생님은 뻥이 너무 심하대요."

"그래?"

"네, 학급회의 시간에도 그랬어요. 선생님 좀 심하다고요. 제가 학급평가회의 때 그 얘기를 해줬으면 하고 있어요."

"누가 그런 말을 했니? 그러니까 이름을 대라는 게 아니라, 몇 명이나 그런 소릴 했지?"

"잘 몰라요. 몇 명이요."

"대다수는 아니란 말이지?"

"네, 몇 명이에요."

"알았다."

"안녕히 계세요."

"그래, 잘 가라."

"웃기는 버러지 같은 녀석들, 이제 정말 지긋지긋해. 더는 보고 싶지 않아. 다시는 보고 싶지 않아. 교실을 완전히 난장판으로 만들어버렸는데, 더는 못 참아. 그 자식들 더이상은 못 참아. 더는 안 돼, 아니, 못해. 가르쳐봐야 아무 소용 없어. 선생님을 쓸데없이 자리만 차지하는 사람인 양 빤히 처다보면서, 뭐라도 하나 가르쳐주려 하면 난장판에 빠져서 허우적대기만 하는 거야. 그렇게 허우적대든 말든 난 절대로 손 뻗어줄 생각 없어. 내가 할 일은 다 했어. 난 그 녀석들을 꺼내주려고 갖은 애를 썼는데, 정작 그 녀석들은 그런 걸 바라지도 않아. 그게 끝이야. 더이상 할 일이 없어. 빌어먹을, 더는 보고 싶지 않다고. 장담하는데, 한 녀석이라도 걸리면 가만히 안 둘 거야. 그저 깽판 칠 생각들이나 하고 있으니 얼마나 야비하고 사악한지. 그래, 어디 그렇게 해봐라. 이 썩어빠진 동네에 남아 평생 그렇게 구질구질하게 살아봐라. 좋기도 하겠다. 그런데 더 심한 건 그래도 좋다는 거야, 이 개자식들이. 그렇게 웃음거리가 되어도 좋다는 거야. 아무튼 교장 선생님 만나서 지금부터 학년 말까지 3학년 2반은 절대로 맡지 않겠다고 말할 거야. 아마 두 달 동안은 체육 수업이 없겠지? 그 녀석들이 체육 시간을 개무시한다고 말할지 몰라도, 올해에 단 일 초도 그냥 넘어간 적이 없어. 단 일 초도 제대로 수업한 적이 없다고. 빌어먹을 두 달 동안 달라질 게 하나도 없다, 이 말이야. 지금 뭘 한다 해도 절대 달라지지 않아. 반쯤 발정난 놈처럼 운동장에서 고래고래 소리나 지르는 녀석들이 뭐가 달라져. 교실이라고 뭐 다른 줄 알아? 정말이지 미친 짓이야. 짐승만도 못한 자식들이라니까. 그런 녀석들은 보다 보다 처음이야. 더이상은 못 참아. 3학년 녀석들만 안 보겠다는 말이 아니야. 다들 꼴도 보기 싫어. 그래, 교장 선생님 찾아가서 학년 말까지 수업 안 하겠다고 말해야겠어. 정말 이러다가는 한 녀석 죽여버릴 수도 있을 것 같다니까. 교장 선생님이야 지랄지랄하겠지. 하지만 이건 최소한의 안전장치야. 정말 그렇다니까. 누구 휴지 가진 사람 있어?"

교장 선생님은 상황에 맞게 회의실로 바뀐 교무실 문을 열어놓고 환기를 시켜도 되겠느냐고 물었다.

"오늘 우리가 모인 이유는 술레이만 군이 징계위원회에 출두하라는 명령을 받았기 때문입니다."

교장 선생님은 혼자서 술레이만의 반대편 자리를 차지하고 앉았다. 바나나 모양 펜던트를 목에 건 술레이만은 양옆에 두 명의 학생 대표를 대동하고 앉아 있었다.

"우선, 앞으로 결정될 징계 수위에 대해 미리 얘기할 의도는 없지만, 모든 징계는 전적으로 교육적 의미를 지닌다는 점을 밝히는 바입니다. 만약 징계위원회가 오늘 이 자리에서 퇴학 결정을 내린다면, 그 목적은 술레이만 군에게 다른 교육기관에서 성공할 수 있는 또다른 기회를 제공하고자 하는 것입니다. 규칙을 일깨워줌으로써 술레이만 군에게 도움을 주려는 것이지요."

우리는 당시 사건으로 돌아가 각자 자신의 의견을 피력했다. 절대로 용납할 수 없다는 의견. 유감스럽긴 하지만 용납할 수 없다는 의견. 양호교사는 눈 주위가 대단히 취약한 부위이긴 하지만 맞은 아이가 흘린 피의 양으로 보아 심하게 얻어맞았다고는 볼 수 없다는 의견을 밝혔다. 다니엘은 그래도 세 바늘이나 꿰매야 했다고 강조했다. 커다란 도금 십자가를 목에 건 보조교사는 술레이만이 모범적이고 바르게 행동하는 모습을 자주 보았다고 말했다.

어머니의 불참으로 직접 최후 진술을 해야 했던 술레이만은 친구가 피를 흘릴 정도로 다치게 할 마음은 없었다는 말 외엔 특별히 할 말이 없다고만 했다. 우리는 심의를 하는 동안 술레이만을 내보냈다. 술레이만의 점퍼 등에는 머리에 깃털을 꽂은 인디언이 그려져 있었고, 인디언의 머리 주변으로 'Redskins'라는 붉은 글자가 쓰여 있었다.

우리는 술레이만을 퇴학시키기로 최종 결정했다.

나는 아이들에게 푸념할 게 있으면 해보라고 말하며 학급회의를 시작했다. 그러고는 푸념이 무슨 뜻인지 설명해주고, 반대표에게 학급평가회의 시간에 어떤 내용이 논의되었는지 물어봐도 된다고 말하며 전반적으로 만족스러운 결과였다고 덧붙였다. 나는 '전반적'이라는 단어와 반대 뜻을 가진 '국지적'이라는 단어도 설명해주며 나지막한 소리로 혼잣말하듯 개인적으로 두번째 단어가 더 좋다고 말했다. 더이상 뭐라고 할 말이 없어 황의 우스꽝스럽게 큰 손목시계를 들여다보고, 자자가 올림픽 대표선수에 버금가는 노력을 해가며 손가락을 들어올린 모습을 보며 크나큰 안도의 한숨을 쉬었다.

"자자?"

"말씀 다 끝나셨나요?"

자자는 자신의 말이 제법 현지인처럼 들리게 하려고 다양한 손동작을 곁들었다.

"아직 할 말이 더 있냐고 묻는 거니?"

"네, 그거요. 네."

자자가 남들 앞에서 공개적으로 질문할 정도면 분명 중요한 내용임에 틀림없었다.

"그래, 다 했다. 하고 싶은 말을 해보거라."

아이들은 좀처럼 찾아오지 않는 이례적인 순간에 주의를 집중하고 자자의 입술에 온 관심을 곤두세웠다. 자자는 대단히 공을 들

여 일부 학생들(그 이름은 밝히고 싶지 않다고 했지만)의 계속되
는 조롱과 괴롭힘을 참을 수 없다고 털어놓았다. 나머지 아이들은
키득거리며 웃었다. 문제의 장본인이 마리아마라는 사실을 모두
알고 있었기 때문이다. 당사자인 마리아마가 티를 내며 말했다.

"선생님, 이런 식으로 고자질하는 법은 없어요."

마리아마는 자자를 돌아보며 마치 랩 가수 같은 동작을 취했다.
팔뚝을 뻗어 손바닥을 편 상태로 마치 허공을 가르는 듯한 제스처
를 취하며 적대적인 경멸의 뜻으로 입꼬리를 아래로 내렸다.

"솔직히 이건 좀 심한 거 아냐? 할 말이 있으면 직접 날 찾아와
서 해. 그리고 해명할 건 해명하자고. 이런 식으로 선생님한테 고
자질하는 게 어딨냐?"

재미 들린 아이들이 환호성을 질러댔다. 할 말이 있으면 손을
들고 말하라고 해봤지만 소용없었다. 손을 든 사람에 한해서만 발
언권을 주겠다고, 손을 안 들면 누구에게도 발언권을 줄 수 없다고
해보았지만 소용없었다. 자자와 마리아마는 내 중재에도 불구하
고 서로를 비난했다. 성이 난 자자는 점점 이성을 잃는 듯했다. 마
리아마는 자자가 다른 중국 아이 세 명하고만 패거리를 만들어 다
닌다며 불평했다. 자자는 그건 네가 상관할 바가 아니라고, 같이
다니고 싶은 아이들하고 다니는 건 내 마음이라고, 난 너한테 뚱뚱
하다고 욕한 적이 없다고 말했다. 정말 어처구니가 없다는 생각이
들었다.

"아니, 자자. 그런 식으로 서로 욕을 해서는 안 돼."

마리아마는 만화 속 오벨릭스*처럼 누르락붉으락 인상을 찌푸
렸고, 나는 잠시 조용해진 틈을 타 끼어들었다. 나는 참을성 있게

224

손가락을 올린 마리아마가 흥분한 마음을 진정시키고 사태를 종결시켜주기를 기대했다.

"그래, 마리아마. 얘기해보거라. 우리 마리아마의 이야기를 들어보자. 손을 들었으니까 발언권을 주마."

"선생님, 제 말은 진짜예요. 쟤네는 만날 자기들끼리만 몰려다닌다구요. 언젠가 버스를 탔는데 거기서 저를 만나 혹시 알렉상드르하고 같이 놀러가겠냐고 물어봤어요. 둘이 무슨 이야기를 하는 걸 봤거든요. 아무튼요. 그런데 저한테 하는 말이 인종이 달라서 친하게 지낼 수 없다잖아요."

할 수만 있다면 자자는 마리아마의 목을 졸랐을 것이다. 질식해 죽을 때까지 계속.

"그건 네가 상관할 문제가 아니잖아. 그건 제의 문제라고."

두 아이의 언쟁은 갈수록 격렬해졌다. 이번에는 두 아이가 언쟁을 그칠 때까지 기다리기로 했다. 그래서……

"선생님은 손님을 맞을 때는 맞이하는 사람이 두 배의 노력을 기울여야 한다고 생각해. 왜냐하면 맞이하는 쪽에서는 이미 상황을 잘 알고 있는 반면, 손님은 겨우 도착해서 아무것도 모를 수밖에 없기 때문이야. 그들은 모든 걸 처음부터 다시 배워야 하거든. 만약 너희 부모님이 아시아에서 온 이민자들과 똑같은 처지에 놓인다면, 아마 그곳에 먼저 자리를 잡고 살고 있는, 그러니까 선생님 같은 사람들이 이민자를 받아들이기 위해 그들보다 두 배로 노

---

* 프랑스의 대표적인 만화 〈아스테릭스와 오벨릭스〉의 등장인물로, 덩치가 크고 힘이 센 캐릭터.

력한다는 점을 분명히 깨달으실 거야."

나는 '감동하다'라는 동사의 참뜻이 느껴질 정도로 내 말에 감동했다. 언쟁의 당사자들은 내 말에 빈정거려야 할지, 아니면 동조해야 할지 망설였다. 쿰바가 엉뚱한 질문을 할 법도 했지만 정작 말문을 연 건 두니아였다.

"선생님, 그럼 삼 년 전에 시골에서 올라온 사람들은 어떻게 해야 해요? 그런 사람들이 남을 도와줘야 해요, 남이 그런 사람들을 도와줘야 해요?"

"그런 사람들을 알고 있니?"

"저하고 저희 오빠요."

"노력이라는 것은 먼저 자리를 잡은 사람들의 몫이라고 선생님은 생각한다."

부바카르가 말해도 되겠냐는 눈빛으로 나를 쳐다보았다.

"선생님, 남을 돕는 게 쉽지만은 않아요."

"왜 쉽지 않다는 거지?"

"뭘 도와주고 싶어도 그 사람들은 대부분 프랑스어를 잘 못하잖아요."

Le pâtissier a appelé Véronique(제빵사가 베로니크를 불렀다).
Le pâtissier l'a appelée(제빵사가 그녀를 불렀다).

"바무사, 이 문장에서 왜 과거분사에 e가 하나 더 붙은 거지?"
"베로니크가 여성이니까요."*

226

첫번째 질문에 대답해진 바무사였지만 두번째 질문을 던지자 질겁했다. 하지만 다른 일에 열중하던 지브릴의 관심은 전혀 끌 수 없었다.

"선생님, 예문에 나오는 여자는 왜 항상 베로니크예요? 파티마나 뭐 그런 이름을 쓰면 안 돼요?"

"베로니크라는 이름 예쁘지 않니? 베로니크 자노**는 꽤 귀여웠는데."

"???"

1988년 8월 15일생 모하메드는 끼어들 틈을 놓치지 않았다. 흐르지도 않는 땀을 닦을 생각인지 스웨이드 머리띠를 한 차림이었다.

"파티마도 예쁜 이름이에요. 저희 할머니 이름이 파티마였어요, 선생님. 과자도 많이 구워주셨는데, 진짜 마그레브*** 최고의 과자였어요."

"파티마라는 이름을 쓰고 싶은 사람은 그렇게 해라. 파티마 말고도 브리지트나 나오미나 로베르 같은 이름을 써도 된다. 하지만 선생님이 보고자 하는 건 분사의 끝에 e를 잘 썼는지다."

바무사는 흥분한 채로 말했다.

"선생님, 로베르에는 분사 뒤에 e를 붙일 수 없잖아요. 남자 이름인데."

"아, 미안하다. 그렇지. 이름만 가지고 말하다보니 헷갈렸구나.

---

* 프랑스어에서는 문장에 직접목적보어가 나올 경우 보어의 성수(性數)와 과거분사의 성수를 일치시킨다.
** 프랑스의 유명한 중견 여배우.
*** 리비아, 알제리, 모로코, 튀니지 등 아프리카 북서부 일대를 총칭하는 말.

그러니까 파티마나 브리지트나 나오미라는 이름은 괜찮지만 로베르는 안 된다. 하킴, 왜 그러니?"

"델핀도 쓸 수 있어요?"

"안 돼. 델핀은 안 돼."

머리 위로 하늘이 무너져내리는 듯했다.

"왜 안 돼요?"

"델핀은 안 돼. 내 수업시간에 델핀이라는 이름은 절대 사용할 수 없어. 그래도 그 이름을 사용하면 선생님을 무시하는 걸로 간주하겠다."

내가 커피자판기를 향해 가고 있을 때 누군가가 나를 불렀다. 하얀 줄무늬가 들어간 하늘색 팀버랜드 추리닝 차림의 알리사였다. 알리사라면, 내가 커피 한 잔을 마시기 위해 자판기로 달려가려고 이 분 먼저 나온 그 교실에 있던 알리사가 아니던가. 하얀 줄무늬가 들어간 하늘색 팀버랜드 추리닝 차림의 알리사.

"선생님, 여쭤볼 게 하나 있는데요, 세미콜론이 뭐예요?"

무설탕 커피 한 잔, 이미 돈은 혓바늘을 자극하는 데 딱이었다.

"알리사, 세미콜론이 뭔지 너도 잘 알잖니? 점 아래에 쉼표가 찍힌 게 세미콜론이야."

"그 용법이 뭔지 여쭤보는 거예요. 선생님은 가끔 바보 같은 대답만 하세요."

무설탕에 아주 뜨거운 커피.

"어떻게 사용하는지는 이미 수업시간에 가르쳐줬잖니."

"네, 그런데 전 잘 이해 못했어요."

김이 모락모락 올라오는.

"마침표보다는 덜 강하고, 쉼표보다는 강한 게 세미콜론이야. 알았니?"

"네, 그런데 언제 사용하느냐고요."

"알리사, 미안한데 지금 학부모 한 분하고 약속이 있거든. 이 문제는 다음에 다시 얘기하면 안 되겠니?"

"언제요?"

삼 미터 전방에 방사능 공격으로 도시를 초토화시킬 위협적인 핵발전소가 포착되었다. 다름 아닌 상드라. 상드라는 티셔츠 속에서 요동치는 커다란 가슴은 아랑곳하지 않고 노란 줄무늬의 검은 팬티가 흘러내릴 때마다 계속 끌어올리며 다른 여학생들을 모아놓고 남학생들에게 시비를 걸고 있었다. 그러더니 잠시 무리에서 떨어져 있던 마이클과 힌다를 발견하고는 두 아이를 향해 뛰어갔고, 결국 두 아이는 상드라 무리에 섞이게 되었다. 마이클은 누굴 닮았는지 여전히 기억나지 않는 힌다에게서 조금 떨어진 채로 울고 있었고, 힌다는 시련의 상처는 치유되기 마련이라는 위로의 말을 건네고 있었다. 상드라는 마이클을 안아주며 그런 일로 울어서는 안 된다고 달래주었다. 힌다는 웃음을 참았다. 그러니까 웃지 않았다. 사위는 이미 어둑어둑했다. 언젠가는 햇볕이 교정의 어둠을 뚫고 들어오겠지. 커피를 단숨에 마셔야겠다는 생각이 들었다.

"메주트 차례로 넘어갑시다."

U자형 테이블에서 만장일치로 한숨이 흘러나왔다. 린이 다른 선생님들에게 말했다.

　"메주트는 어떻게 해야 할까요?"

　U자형 테이블은 질문이 성립될 수 없는 질문에는 만장일치로 침묵했다.

　"게다가 상태까지 안 좋아요."

　"그러게요. 가끔 울곤 해요."

　교무행정교사 세르주는 뭔가 알고 있었지만 털어놓을 수는 없었다.

　"그 아이는 아버지에게 학대받고 있는 것 같습니다. 아이 어머니가 이미 그 문제로 불만을 제기한 적도 있구요. 게다가 이 아이의 진로 문제도 어떻게 처리해야 할지 모르겠습니다."

　교장 선생님은 침묵이 자리잡을 틈을 주지 않고 물었다.

　"어딜 지원하고 싶어합니까?"

　"인문계 고등학교요."

　진학상담교사는 만장일치로 멍해진 분위기를 단숨에 깨버렸다.

　"그 말을 하면서도 자신이 어떤 선택을 했는지 몰랐을 게 뻔해요. 아이의 학습 능력에 걸맞은 학교를 찾아주는 게 우리의 일입니다. 기술교육 연수라면 또 모를까……"

　"문제는 아이가 상업에 종사하고 싶어한다는 것입니다."

　"우리 학교에서 자투리 시간을 이용해 상업 수업을 들을 수도 있겠네요."

　그 말을 한 쥘리앵의 얼굴에 만족스러운 비웃음이 스치고 지나갔다. 나머지 사람들은 씁쓸하게 웃었지만 교장 선생님은 다시 진학상담교사에게 자문을 구했다.

"우리 학생들은 모두 고등학교에 진학할 수 있습니다. 상업에 관한 연수나 기초 수업 같은 게 있습니까?"

"있긴 합니다. 산업연수생 훈련센터에 상업 수업이 있습니다. 대부분 슈퍼마켓 매대를 담당하는 직원이 되는데, 아주 끝내주는 직업이지요."

상담교사는 끝내주는 직업이라고 말했지만 그의 구겨진 인상은 그 반대의 뜻을 표명했다. 교장 선생님은 그곳이 어디냐면서 아이의 진학 관련 서류에 필요한 부분을 채워줄 수 있도록 지원을 바란다고, 하지만 전반적으로 보았을 때 아이의 상황은 끔찍할 정도로 절망적이라고 말했다.

전학생이 온다는 소식을 사전에 듣지도 못했는데 새로 온 아이는 내게 자기소개조차 하지 않았다. 아이는 왼쪽 구석에 있는, 술레이만이 떠난 빈자리에 앉았다. 나는 아이에게 교탁으로 나오라고 했다. 'Mafia Law'라는 문구가 긴팔 폴로 티셔츠 한가운데에 찍혀 있었다.

"종이에 네 이름과 어느 학교에서 왔는지, 그리고 주소를 적어내라. 알았니?"

나는 의자 세 개가 서로 부딪치며 내는 소리만큼이나 왁자지껄하게 떠드는 다른 스물네 명의 아이들에게 들으라는 듯 일부러 큰소리를 냈다.

"거기 서 있는 녀석들, 어서 자리에 앉아주기 바란다."

"걔네 아마 그렇게 안 할걸요?"

이 말을 중얼거린 장본인은 모하메드 알리였다. 나는 '저런 싸가지 없는 녀석' 하는 투로 새우눈을 뜨며 일그러진 미소를 보냈다.

"다들 종이를 꺼내 맨 위에 대문자로 '어린 시절의 추억에 관한 작문 숙제 고치기'라고 써라."

나는 아이들이 쓴 작문 숙제를 나누어주었다. 정은 겨우 15점을 받았다. 지브란이 뭔지 모르지만 킬킬거리던 웃음을 멈추고 점수가 다음 학기에 반영되냐고 물었다. 나는 그렇다고 대답한 뒤, 하지만 지금은 자기 평균 점수를 내기보다는 종이를 꺼내 틀린 걸 고치는 게 더 낫겠다고 충고했다. 카티아는 종이가 없었는지 파이자에게 한 장 빌려달라고 말했다. 머리를 빨갛게 염색한 파이자가 종이를 건네주기 위해 자리에서 일어났지만 중간에 소피가 종이를 가로채 수마야에게 넘겨버렸고, 이를 본 카티아가 수마야의 다이어리를 재빨리 빼앗아 교환하자고 나오자, 수마야가 내 중재를 요청하고 나섰다.

"선생님, 카티아가 치사하게 굴어요."

"선생님은 유치한 어린이를 돌보는 육아 전문가가 아니다."

발전소 차단기를 올리고 발동에 들어간 상드라가 자기 큰언니가 육아 전문가라고 말했다. 그러자 하킴이 "너희 큰언니가 뭘 하건 우리가 무슨 상관이냐?"라고 말했고, 상드라는 매일 밤 할 일 없이 남자하고 어울리는 너희 누나나 신경 쓰라고 응수했다. 나는 아이들에게 작문 숙제를 다 나눠준 다음 막내가 태어나면서 질투심을 느꼈던 이야기를 쓴 아멜의 글을 읽어주었다. 5점을 받은 사실에 기분이 상한 하즈가 구시렁거렸다.

"할 말이 전혀 없을 땐 도대체 어떻게 해야 돼요?"

"내 생각엔 다들 할 말이 있을 것 같은데."

하즈는 여전히 투덜거렸다.

"도대체 뭘 말하라는 거예요?"

"찾아보면 아마 할 말이 있을 거다."

불평은 계속되었다.

"제 개인사는 말하지 않을래요. 중학교고 뭐고 다 쓸데없어요."

"오히려 흥미진진할 수도 있지."

하즈는 빈정거리기까지 했다.

"아니요, 절대 아니에요."

종이 울리자마자 스무 마리의 새가 단번에 날아가버렸다. 늘어진 뱃살을 흔들며 노래를 흥얼거리는 상드라와 도대체 누구인지는 기억나지 않지만 분명히 누군가를 닮은 힌다, 여드름이 막 돋아나기 시작한 수마야, 그리고 내가 시킨 것을 작성해 제출한 전학생만 남았다. 열일곱 살인 전학생의 이름은 오마르였고, 후견인이 있었다.

"전에 다니던 학교에서 프랑스어 시간에 자서전에 관해 공부했니?"

"기억 안 나요."

"적어도 자서전이 뭔지는 알겠지?"

"자기 이야기 말하는 거지 뭐겠어요."

"학교는 왜 옮기게 된 거니? 이사를 왔니?"

"퇴학당했어요."

"아, 그렇구나. 그럼 이번에는 열심히 공부할 생각이니?"

"네."

　원우와 그애 아버지가 책상 반대편에 앉았다. 나는 아이와 함께 보라며 아버지에게 성적표를 건네려다 생각을 바꿔 아버지에게만 보여주기로 했다. 아버지가 성적표를 들여다보는 동안, 나는 아버지에게 이것저것 설명하며 통역하는(하지만 대부분은 통역하지 않고 그냥 넘어가는) 원우에게 말을 걸었다. 아이와 나는 일대일로 면담할 때 이미 했던 말을 다시 주고받았다. 면담이 끝나자 아이의 아버지는 두 손을 모으고 미소를 지으며 고개 숙여 인사를 건넸고, 원우는 아버지 대신 한 번, 자신의 인사 한 번, 이렇게 내게 두 번 인사를 했다.

　"잘 가라, 원우."

　두 부자가 나감과 동시에 한 여성이 들어와 자리에 앉으며 자신을 메주트의 어머니라고 소개했다. 그녀의 이마에서는 시종일관 주름이 가시지 않았다.

　"선생님, 전 도대체 이해를 못 하겠습니다. 물론 저희 아들이 아빠를 만날 수 없어서 힘들 거라는 건 인정합니다. 그런데 그 인간은 스위스에서 다른 가정을 꾸리고 잘 살거든요. 터키에서도 그렇게 딴살림을 차렸고요. 그래도 저희 아들은 아버지만 빼고는 필요한 게 다 있습니다. 아들 녀석이 이 학교에 오기 싫어한 건 사실이에요. 그애는 친구들과 함께 12구에 있는 학교에 계속 다니고 싶어했어요. 그런데 이사를 올 때 제가 지하철로 통학하는 것은 절대 안 된다고 못을 박았지요. 그리고 이 학교에 보낸 겁니다. 물론 아이도 힘들었을 거예요. 하지만 문제는 그게 아닌 것 같아요. 진짜 문제는 머릿속에 있는 것 같아요. 가끔 그런 생각이 들어요."

"이해합니다."

"아무래도 저희 아들이 우울증에 걸린 게 아닌가 싶어요. 정신과에 가봐야 하는 건 아닌지 걱정도 되고요. 왜냐하면 문제는 여기, 머릿속에 있는 것 같거든요. 게다가 녀석은 말도 거의 하질 않아요. 물론 아이가 착하긴 해요. 그런데 무슨 문제가 생겨도 도대체 털어놓지를 않아요. 그렇게 속에 쌓아두다가 우울증에 걸린 것 같아요. 꼭 우울증까지는 아니더라도, 아무튼 상태가 좋지는 않아 보여요. 전 이해할 수가 없어요. 그런 데다 애 아빠도 아들을 거의 안 보고 지내니 정말 이해를 못 하겠어요."

"네, 이해합니다. 그 문제는 다음 기회에 다시 한번 말씀 나누시지요."

다음으로 아들과 똑같은 금발 머리 여성이 들어왔다. 하지만 그 머리를 보고서도 나는 누구의 어머니인지 한번에 알아보지 못했다.

"케빈 엄마입니다."

"아, 네, 네. 기억합니다. 앉으시지요. 잘 오셨습니다. 안 그래도 드릴 말씀이 많았습니다."

케빈의 어머니는 자리에 앉았다. 나는 성적표를 보여주며 수학 점수를 검지로 가리켰다. 어머니는 사정을 잘 알고 있었다. 케빈이 계산에 특히 취약하다는 것 말이다. 어머니는 케빈의 형에게 나머지 학기 동안 아이의 수학 공부를 도와주라고 할 계획이라고 말하면서 케빈이 수업시간에 혹시 뭘 먹는지 물어보았다.

"수업시간에 뭘 먹다니요? 그게 무슨 말씀이십니까?"

"과자 같은 거 말이에요."

"케빈이 수업시간에 과자를 먹느냐는 겁니까?"

"네, 맞습니다. 그 점에 대해 알고 싶어요."

"굳이 말씀드리자면, 수업시간에 일어나는 일을 제가 전부 알 수는 없지만, 제가 보기에 그런 일은 없는 것 같습니다."

어머니는 아무런 대꾸도 하지 않았다.

"사실, 아이가 올해 들어 살이 십 킬로그램이나 쪘더라고요. 그런데 집에서는 군것질하는 모습을 통 본 적이 없거든요. 그래서 도대체 어디서 그렇게 살이 쪘는지 궁금해서 여쭤본 겁니다."

"그렇군요."

"제가 언제나 아이의 뒤를 쫓아다닐 수도 없는 노릇이고, 낮 시간 동안 고속도로 요금소에서 일하는데, 아마 제가 퇴근하기 전에 뭘 찾아 먹는 것 같아요. 일 년 동안 십 킬로그램이라니, 너무하잖아요!"

"그렇군요."

"아빠만 있었어도 아마 이런 식으로 지내지는 않았을 거예요. 게다가 방학 동안 아빠한테 다녀오면 다시 살이 빠지더라고요. 아이 아빠는 민물낚시에 케빈을 데리고 가는 것 같던데, 그런 식으로 집에 잘 붙어 있질 않으니 방학이 끝나고 다시 학교에 가면 상황이 어떤지 아시겠지요?"

"그럼요."

"아이가 낚시를 너무 좋아해요. 물론 경우에 따라 다르겠지만요. 도움을 받아서 뭐라도 잡아오는 날에는 좋아하는데, 허탕을 치고 돌아오는 날에는 입을 꼭 다물고 사흘이 지나도록 한마디도 안 해요. 그제야 한숨 돌리는 것 같은 그 기분 아세요? 어찌 됐든, 아이가 말이 많은 게 문제가 아니라 하지 말아야 할 말을 한다는 게 문제 같아요. 제가 케빈에게 그런 말은 절대 해선 안 된다고 타이르면, 아이는 알았다고 대답해요. 그래서 이제는 안 그러겠지 하고 생각했는데 다음 날이면 여지없이 또 그러는 거예요. 그래서 또 제가 이렇게 타일렀죠. '나중에 커서 네 상사나 사장한테 그런 소리를 하면 어떤 일이 벌어질지 두고 봐라.' 제 말이 틀렸나요, 선생님?"

"아닙니다."

하비바는 도저히 믿을 수 없다는 표정이었다.

"처음부터 끝까지 모든 문장이 '나는 기억한다'로 시작한다고요?"

"그럼, 책 전체가 다 그래."

발전소를 두 개나 가동시킨 듯 소란스러운 상드라가 발언권을 구하지도 않고 끼어들었다.

"선생님, 저도 읽을 수 있어요?"

"넌 못 읽을걸."

처음에는 웃지 않으려 했지만 멍한 상태로 이를 드러내고 입을 벌린 채 어리둥절해하는 상드라의 표정이 아주 가관이었다. 나는 당연히 읽을 수 있는 책이라고 다시 설명하면서, 상드라는 사람 사는 이야기에 소질이 있으니 잘 이해하고 그 책을 좋아하게 될 거라고 말했다. 모하메드 알리가 하킴의 모자를 잡아당겼고, 하킴은 그런 알리를 그냥 내버려두었다. 하즈는 무슨 일이 있어도 이 미치광이들의 책을 끝까지 읽지 않을 것이다.

"이런 책은 사람들한테 그 당시의 기억을 떠올리게 하니까 읽는 거지, 그렇지 않으면 읽을 필요도 없어요."

나는 즉각 교육적으로 반응했다.

"그래, 말이 나온 김에 너희가 보기엔 이때의 기억이 대부분 어느 시절의 기억 같니? 모하메드 알리, 친구 모자는 좀 내버려두고 이 시대가 어느 때인지 좀 말해보겠니?"

"몰라요. 1985년 같아요."

"1985년에 텔레비전이 흑백이었을까?"

"모르겠어요."

"모른다고? 머리를 조금만 써도 분명히 알 수 있을 텐데. 다른 것도 마찬가지야. 머리를 쓰지 않고서는 아무 답도 찾을 수 없어."

이렇게 머리를 써도, 저렇게 머리를 써도 마찬가지였다. 심지어 햇빛을 받으며 앉아 있는 정마저도 마찬가지였다. 나는 잠을 설친 상태였다.

"분명히 너희 머릿속엔 귀를 쫑긋 세울 만한 그때의 기억이 남아 있을 거다."

하킴이 옷에 달린 모자를 다시 벗었다.

"그게 무슨 말이에요, 선생님?"

"뭐가 무슨 말이야?"

"쫑긋한다는 게 무슨 말이에요?"

"귀를 쫑긋 세운다는 건 답을 찾을 수 있게 도와준다는 말이야. 너희 머릿속엔 해답을 찾을 수 있는 기억이 분명히 남아 있어. 그리고 하킴, 아예 그 모자를 떼어내는 게 어떻겠니. 그래야 모하메드 알리가 모자를 가지고 귀찮게 안 할 테니 말이다."

귀를 쫑긋 세울 만한 그 무엇도 없었다. 기억을 되살려줄 단서가 필요할 뿐이었다. 교육적인 단서.

"예를 들어 '조니 할리데이*의 첫 공연이 기억난다' 는 문장에서 뭐 떠오르는 거 없니?"

1989년 9월 13일생 하즈에겐 아무런 의미도 없는 문장이었다.

"우리는 그 사람이 언제 데뷔했는지도 몰라요."

"하지만 알아볼 방법은 있지."

"예, 하지만 저흰 그 인간 별로예요."

점점 신경질이 나기 시작했다.

"선생님도 이 가수한테는 별 관심 없어. 설마 내가 조니 할리데이를 좋아한다고 생각하는 거니?"

"선생님 세대잖아요."

화가 치밀어올랐다.

"조니 할리데이가 내 세대라고?"

"몰라요. 그냥 늙었잖아요."

"얼마나, 얼마나 늙었는데?"

"몰라요. 한 쉰 살 정도?"

"그럼 선생님은?"

"몰라요. 그래도 선생님이 그 가수 나이를 알고 있다면, 선생님

---

* 강한 인상과 힘 있는 창법으로 프랑스에서 많은 사랑을 받는 중견 가수이자 영화 배우.

도 비슷할 때 태어났다는 얘기잖아요."

"그래, 당연하지. 실은 조니는 내 아들이다."

다시 본 수업으로 돌아갔다.

"작년에 파리 시내 여기저기에 붙은 포스터 못 봤니?"

"포스터요? 무슨 포스터요?"

"파리에 살고 있기는 해?"

"그럼요."

"그런데 포스터를 못 봤다고? 조니 할리데이가 육십 세 생일을 맞아 특별 공연을 한다는 포스터를?"

"전 그 가수 관심 없어요."

화가 났다. 교육적인 차원에서.

"조니 할리데이에게 관심 없는 건 나도 마찬가지야. 선생님을 뭘로 보는 거야? 그냥 내가 사는 파리 시내 여기저기에 포스터가 나붙었던 것뿐이야. 그때가 육십 세 특별 공연이었다면 적어도 1960년대에 처음 공연을 시작했을 거야. 보통 가수들이 스무 살쯤에 데뷔한다는 걸 감안하면 말이야. 그러니까 조니 할리데이의 첫 공연이 이루어진 시기는 1960년대라고 볼 수 있어. 오케이? 이제 알겠니?"

나머지 아이들은 듣는 둥 마는 둥 알겠다고 답했다.

"모하메드 알리, 하킴이 그렇게 사랑스러우면 차라리 껴안고 입에 키스를 해라. 그 모자는 좀 내버려두고. 그래야 우리도 휴가 보내는 것처럼 편하게 수업을 진행할 수 있지 않겠니?"

삼 십 일

서른에서 서른다섯 살 정도 되어 보이는 남자가 바에 기대서서 찻잔 하나를 앞에 놓고 담배를 피우며 우울한 기분을 털어내고 있었다. 유니폼을 입은 종업원은 그가 특정한 대상 없이 모두에게 중얼거리며 건넨 작별 인사를 들었다.

이미 아침이 환하게 밝은 덕에 몇몇 아이들이 중국인이 운영하는 정육점 근처를 지나가는 모습을 창을 통해 볼 수 있었다. 모퉁이를 돌자 아이들이 활짝 열린 커다란 나무문 앞에서 고무공을 발로 차며 걷고 있었다. 건물 로비가 써늘하게 느껴지지는 않았다. 타일이 깔린 실내 운동장을 지나, 사방에 둘러쳐진 벽 때문에 어두컴컴한 교정을 거쳐, 교무실에 도착해 파란 문을 열자 발레리가 자리에 앉아 메일함을 열어보고 있었다. 질은 복사를 하기 위해 평소보다 일찍 나왔다.

"안녕."

질이 세 쌍둥이가 왁자지껄 떠들듯 시끄러운 소리를 내는 복사기 뒤에서 큰 목소리로 인사를 건넸다.

"아, 출근하는 게 지긋지긋해 죽겠어. 얼마나 끔찍한지 아마 상상도 못 할걸?"

무릎까지 내려오는 레오폴의 티셔츠 가슴팍에서는 엘프 두 명이 싸움을 벌이고 있었다.

"이 생활 다시 할 마음이 싹 가셔버렸어. 정말 끔찍해."

처음 등교하는 아이들의 목소리가 운동장에서 들려왔다. 교무실로 들어온 쥘리앵은 안경 자국 없이 검게 그을린 얼굴이었다.

"학교 다시 나오는 거 정말 힘들지 않아?"

복사기는 끊임없이 소음을 만들어낼 생각인 듯했다.

"내가 얼마나 다시 나오기 싫었는지 상상도 못 할걸! 정말 지긋지긋하다니까."

"그래도 견뎌야 할 날이 그리 많이 남지는 않아서 다행이야."

나는 잠을 설쳤다.

"삼십 일."

디코가 다른 아이들이 다 지나간 뒤에 뒤늦게 계단에 올라섰다.

"서둘러라."

"휴우."

한 층 더 올라가자 지브릴이 모하메드가 쓴 화사한 빛깔의 모자를 벗겼고, 모하메드는 즉시 상대의 뺨에 손바닥을 날렸지만, 지브릴은 한 발 옆으로 빠지면서 용케 공격을 피했다. 그러고는 그대로 이 층 복도 쪽으로 뛰어갔다. 녀석이 다시 나타나지 않기에 나는 층계참으로 뛰어내려가 오른쪽을 살펴보았다. 지브릴의 모습은 보이지 않았다. 나는 복도 끝에 있는 방화문까지 가보았지만 그 뒤에도 지브릴은 없었다. 아무래도 비상계단을 통해 다시 삼 층으로 올라간 것 같았다.

"치러야 할 대가입니다."

어두컴컴한 곳에서 귀에 익은 목소리가 들려왔다. 남자는 어둠 속에서 걸어나와 이 미터 앞에 멈춰 선 채로 마치 내 머릿속을 들여다보듯 나를 쳐다보았다.

"치러야 할 대가입니다. 대가의 정도를 원하는 만큼으로 조절할 수도 없고 상황이 엉망이 되지 않도록 바랄 수도 없습니다. 그 절반이 되기만을 바랄 수도 없지요. 그저 잠을 잘 자면서 끊임없이 원할 수밖에요."

또다시 남자의 한쪽 팔이 보이지 않았다. 오른팔.

"절대적으로 현대적이 되어야 합니다."

"네."

나는 굴착기를 제대로 다루려고 노력했다.

"어떤 말을 하면서 사실은 그 반대로 생각한다는 것을 보여주는 걸 뭐라고 부르지?"

인디라의 그윽한 눈빛을 감지한 압둘라예가 머리가 어떻게 된 거 아니냐는 동작을 하며 인상을 찌푸렸다.

"선생님, 질문이 너무 복잡해서 머리가 아플 지경이에요."

메주트의 입술은 피를 흘린 것처럼 여전히 붉었다.

"질문이 도대체 뭐예요, 선생님?"

안경을 새로 맞춘 메라는 맨 앞줄을 차지하고 앉아 있었다.

"반어법 아닌가요?"

"그래, 당연히 반어법이지. 화자가 '과거 노예들은 아프리카 추장보다 유럽인에게 좀더 인간적인 대우를 받았는데, 그 이유는 유럽인이 노예의 목이 아니라 발목에 밧줄을 묶었기 때문이다'라고 말한 게 바로 반어법이야. 어디, 반어법을 사용해 문장을 만들어볼 사람?"

63번이라고 적힌 가짜 폴로 티셔츠를 입은 비앵에메.

"그래, 비앵에메?"

"선생님 멋져요."

"고맙구나. 그런데 반어법을 사용한 문장은?"

"선생님이 멋지다니까요."

"아, 알았다. 칭찬은 고맙구나."

메라는 자리를 바꾸고 안경도 바꾸었지만, 쿠카이 필통은 바꾸지 않고 그대로였다.

"내일 프랑스어 선생님이 안 나오신다는데, 이렇게 애통할 수가."

"그러니? 오늘은 선생님의 날인가보구나. 그래, 타렉, 이번엔 네 차례냐?"

"올해 프랑스어 시간엔 받아쓰기를 참 많이 했어요."

첫 줄에 앉은 메주트가 뒤에 있는 쓰레기통으로 뭔가를 던졌다.

"메주트, 수업 도중에 쓰레기통에 뭘 버리려면 허락을 받아야지."

"빨간 볼펜인데 잉크가 자꾸 새요."

알리사가 한 손에 심까지 모조리 물어뜯은 연필을 쥐고, 다른 한 손을 당장 하늘을 가를 것처럼 위로 치켜올렸다.

"선생님, TV에서 맨날 '운명의 아이러니'라는 말을 하는데 무슨 뜻인지 모르겠어요."

"그건 좀 특별한 경우에 사용하는 말이지. '운명의 아이러니'라는 말은 운명이 인간을 가지고 논다는 생각이 들 때 사용하는 표현이야. 예를 들어 내가 물에 빠져 죽어가는데 나를 살려준 사람이 내 철천지원수인 경우 말이야. 이해가 가니?"

"그러니까 복수하고 비슷한 건가요?"

"그렇지. 아니, 아니야. 복수하고는 달라. 한 축구 선수가 어느 클럽에서 뛰다가 방출당했어. 그런데 그다음 해에 다른 클럽으로 이적해 과거에 뛰던 팀과의 경기에서 세 골이나 넣은 거야. 그럴 때 기자들은 보통 이렇게 말하지. 운명의 아이러니로 친정팀을 대파했다고. 이제 좀 이해가 가니?"

"제 말이 그거예요. 복수 비슷한 거요."

"아니, 아니지. 복수는 아니야. 운명의 아이러니는 복수와는 다른 좀 특별한 표현이야. 게다가 이 표현은 종종 잘못 사용될 때가 많아."

"왜요?"

"왜냐하면 말 그대로 좀 특별한 표현이라서."

마리가 모두를 향해 말했다.
"모두들 하나 알아두셔야 할 게 있어요."

모두 귀를 기울였다.

"4학년 학생 밍의 어머니가 국외로 추방당할 판이에요. 다음 주에 재판이 있는데, 아마 중국으로 강제 송환될 것 같습니다."

다니엘은 오 상팀짜리 동전에 입김을 불어넣었다.

"미쳤어. 온 가족이 여기 산 지 벌써 삼 년이 넘었잖아요."

"그렇긴 한데, 갑자기 불법체류자 단속에 걸려버린 거지."

"아버지는?"

"아버지는 괜찮아. 다른 가족과 똑같은 처지인데 말이야. 그러니 어떤 경우인지 알겠지?"

모두 어떤 경우인지 짐작했다.

"그래서 드리는 말씀인데, 변호사 수임료의 일부라도 보탤 수 있도록 함께 모금을 했으면 해요. 수임료가 만만치 않거든요. 그리고 저희 교사들이 재판에 참석했으면 해요. 판결에 조금이나마 영향을 미칠 수 있도록요."

레오폴이 입은 긴 티셔츠에는 중세풍 성이 한 채 세워져 있었고, 그 성 아래에는 피가 흐르는 듯한 글씨로 'Devil Forever'라고 쓰여 있었다.

"그럼 밍도 떠나게 되는 건가?"

"알 수 없지. 하지만 아마 그렇진 않을 거야."

중세의 성은 포안(砲眼)이 화염에 휩싸여 있었다.

"정말 끔찍한 일이야. 솔직히 밍은 모범생이잖아."

마리는 모두 조금씩 보태자는 의미에서 테이블 중앙에 봉투 하나를 올려놓았다. 모두 십시일반으로 돈을 냈다. 제랄딘이 난처한 반응을 보였다.

"사실 여러분에게 제 임신 소식을 전하려 했는데, 아무래도 다음 기회로 미뤄야겠네요."

동료들은 발표를 미루겠다는 제랄딘의 말을 반어법으로 받아들이며 열정적으로 축하해주었다.

"초콜릿도 준비했는데."

제랄딘은 금빛 사각형 상자를 감싼 리본을 풀고 주변 동료들에게 권했다. 그녀에게 신의 은총이 있기를.

"제가 바라는 건 딱 두 가지예요. 밍의 어머니가 구제되었으면 하는 것과 앞으로 태어날 제 아이가 밍만큼 똑똑했으면 하는 것."

광부들의 파업을 설명하는 문장이었다. 굴착기보다도 큰 소리로 문장을 읽던 상드라가 갑자기 읽기를 멈추더니 질문을 던졌다.

"선생님, 석탄은 어디에 쓰는 거예요?"

"옛날에 연료로 쓰였다."

삼각형 모양 플라스틱 귀걸이. 검은색이었다.

"그러니까 석탄이라는 게 도대체 뭐예요? 잘 모르겠어요."

"불을 피우는 연료지."

상드라는 유일하게 졸고 있지 않은 학생이었다. 예시로 나온 문장은 형편없었고, 교과서에 실린 문제는 하나같이 어려웠다. 나는 그 일이 있었던 날짜에 초점을 맞췄다.

"5월 10일에 일어난 중요한 사건은 뭐가 있을까?"

아이들이 잠에서 깨어나 부스스 고개를 들고 자문하기 시작했다.

"1981년 5월 10일, 뭐 떠오르는 거 없니?"

고개를 든 아이들은 현대사에는 젬병이었다.

"1981년 5월 10일에 두 가지 사건이 벌어졌는데, 한 사건 때문에 다른 사건이 좀 퇴색했다고 할 수 있지."

1989년 1월 3일생 아이사투가 검은 스카프를 두른 머리의 신경세포를 자극하기 시작했다.

"테러 사건인가요?"

"당시는 요즘처럼 테러 사건이 많지 않았어. 당시엔 디스코 음악이 유행했지."

1981년의 일들을 알고 있는 아이는 아무도 없었다. 심지어 상드라마저도. 게다가 상드라가 몰래 교실을 빠져나가 사라졌다는 것도 나중에 알았다.

"좋다, 5월 10일은 선생님 여동생의 생일이지만, 그건 뭐 다들 관심 없는 사건이지."

수마야가 무식한 인간처럼 냅다 고함을 지르며 물었다.

"여동생이 몇 살이에요, 선생님?"

"알아맞혀봐라."

내 여동생의 나이는 열두 살에서 쉰두 살까지 고무줄처럼 제멋대로 늘어났다.

"좋아, 내 여동생 이야기는 다음에 하기로 하고, 1981년 5월 10일은 프랑수아 미테랑이 공화국의 대통령으로 선출된 날인 동시에 밥 말리가 사망한 날이다. 당연히 밥 말리의 사망 소식은 그리 큰 관심을 끌지 못했어. 당시에는 미테랑 후보의 대통령 당선이 무엇보다 중요한 사건이었거든."

"어떻게 죽었어요, 선생님? 밥 말리요."

"미테랑 후보가 대통령에 당선되는 걸 보자마자 죽었지."

"정말이에요?"

"당연히 정말이지."

오렌지 썩은 냄새 때문에 숨이 막혔는지, 살짝 열린 캐비닛 밖으로 종이 두 장이 삐져나와 있었다. 샹탈이 작성한 경위서였다. 나는 경위서를 꺼내 내용을 읽어내렸다.

장소: 102호 교실

날짜: 5월 10일

지적 사항: 수업 도중 마리아마가 허락도 없이 자리에서 일어나 쓰레기통에 뭔가를 버렸다. 선생님 허락 없이 마음대로 일어나면 안 된다고 주의를 주자, 아이는 내 눈을 똑바로 노려보며 "아, 그래요? 몰랐네요. 하지만 어쩌죠? 이미 늦어버렸으니"라고 말대꾸했다. 해당 학생의 무례함은 충분히 징계감이라고 생각한다. 특히 수업 도중 끝없이 떠드는 행동은 수업 진행을 심각하게 방해한다.

장소: 101호 교실

날짜: 5월 10일

지적 사항: 디코에게 조용히 하라는 경고를 여러 번 하자, 결국 디코는 낮은 목소리로 "아, 정말! 저 여자 완전 짜증나네!"라고 중얼거렸다. 불손한 태도와 끊임없는 잡담은 수업을 방해하는 소음

공해로 여겨질 정도이다. 디코에게 사과 내지는 교실에 남아 반성하는 징계가 주어지길 바란다. 디코의 행동은 통제가 불가능할 정도로 심해지고 있다.

패치워크를 덧댄 의자에 등을 붙이고 앉아 있던 교장 선생님은 나를 보자 금방 끝날 거라고 신호를 보냈다. 그리고 일 분 뒤, 자리에서 일어나 웬 어른 한 명과 바그베마를 배웅했다.

"바그베마가 학칙에 맞게 행동하도록 모든 방법을 강구한 끝에 징계위원회를 연다는 점을 이해해주시기 바랍니다. 이틀 뒤 어떤 결정이 내려지더라도 그 결정은 전적으로 교육적 관점에서 내려진다는 것도 알아주시기 바랍니다."

아이는 자신의 끈 없는 운동화만 내려다보았고, 어른은 교장 선생님의 설명에 울컥했는지 하마터면 나와 부딪칠 뻔했다. 한편 교장 선생님은 다시 의자에 등을 기대고 앉아 손님이 앉았던 자리를 나에게 권했다.

"제2차 모의고사 때문에 부르셨습니까?"

"맞습니다. 여기 주제가 있습니다. 복사만 하면 되지요."

교장 선생님은 흑단 재질의 책상 아래에서 스테이플러로 찍은 종이 묶음 하나를 꺼내 슬쩍 살펴보았다.

"마르그리트 뒤라스*, 바로 이겁니다. 뒤라스 좋아하세요?"

---

* 20세기 프랑스 소설가. 주요 작품으로 『태평양을 막는 방파제』 『모데라토 칸타빌레』가 있다.

"별로요. 하지만 시험 주제로는 괜찮을 것 같네요."

"밍 어머니를 위한 탄원서는 읽어보았습니다. 최소한의 결과라도 거두도록 희망해봅시다."

열린 문틈으로 비서인 지네브가 모습을 드러냈다. 그녀는 파란 플라스틱 귀걸이를 하고 있었다.

"마마두 씨께서 모자를 찾아가도 되냐고 묻는데, 뭐라고 할까요?"

"문서로 작성하고 서명한 다음 정식으로 요청하라고 전해요."

"지금 당장 필요하다고 하는데요."

"그렇다면 지금 밖의 기온이 섭씨 28도라는 사실을 알려주세요."

교장 선생님은 모의고사 주제를 '구내식당'이라고 적힌 서류 파일에 집어넣었다.

"그래, 3학년 3반에 전학 온 학생은 잘하고 있습니까?"

"특별히 뭘 하는 건 아니지만 문제는 일으키지 않았습니다."

"그 녀석이 왜 전학 오게 되었는지 아세요?"

"사실 잘 모릅니다."

교장 선생님은 마치 자신이 저지른 엉뚱한 짓을 고백하며 일부러 난처한 표정을 짓는 초등학생처럼 머뭇거렸다.

"뭐, 이제는 말해도 될 것 같군요."

교장 선생님은 자리에서 일어나 세 걸음 정도 걸어가 문을 닫은 다음 내 귀 가까이 앉았다. 그러고는 검은색 넥타이를 맨 목을 초록색 와이셔츠 깃에 파묻으며 피식 웃었다.

"사실 그 녀석은 묘한 짓을 하다 공교롭게 걸린 이력이 있습니다."

교장 선생님의 목소리는 거의 속삭이다시피 작아졌다.

"녀석, 수업시간에 자위행위를 하는 나쁜 버릇이 있다더군요."

"그렇습니까?"

"네. 녀석의 특기가 자위행위인 거지요."

교장 선생님은 웃음을 참지 못했다.

"어제 그 녀석을 맡았던 선생이 전화를 걸어와 그런 얘기를 해주면서 이상한 충고를 하더군요. 아이가 지나치게 성숙하니 그냥 무시하고 넘기라고요."

누군가가 노크를 했다. 비서였다.

"마마두 씨가 문서를 작성하면 시간이 너무 많이 걸리는 데다 지금 당장 모자를 찾아가지 못하면 난처해진다고 하는데요."

"내가 알아서 할게요."

교장 선생님은 문이 닫힐 때까지 기다렸다.

"이런 게 문제입니다. 지나치게 성숙한 아이들이 많다는 것."

참석 요청을 받은 사람들이 모두 회의실로 바뀐 교무실에 자리를 잡고 앉았다. 하지만 징계 대상자의 자리에는 아이 대신 어머니만 앉아 있었다.

"오기 전부터 계속 전화를 걸었는데 휴대폰을 꺼놓았더라고요. 분명히 온다고 했는데."

교장 선생님은 문제의 학생이 저지른 잘못에 대해 차근차근 설명했다. 학기 초부터 지금까지 여덟 번에 달하는 중징계감 행동, 즉 한 달에 한 번꼴로 대형 사고를 친 셈이었다. 교장 선생님은 해당 학생에게 퇴학 조치가 필요하다는 말로 설명을 마쳤다. 그렇게 하면 바그베마는 다른 학교에서 새롭게 시작할 수 있고, 아울러 사이가 좋지 않은 쌍둥이 형 데지레와도 거리를 둘 수 있다는 것이었다. 교육기관엔 모든 학생을 위한 자리가 있다는 말도 빼놓지 않았다.

서류를 담당한 선생님은 아버지의 무책임한 행동이 아들들에게 어떻게 행동해도 제재나 징벌을 받지 않는다는 확신을 키웠다는 점을 부각시켜 설명했다. 해당 학생의 아버지는 그저 자기 스트레스를 해소하는 데만 급급했으며, 특히 바그베마는 초등학교 때 선생님에게 훈계를 받거나 지적을 당하면 뒤로 돌아 우는 버릇이 있었다는 점도 덧붙였다.

한 학부모는 학생이 5학년 1반으로 배정되는 바람에 더 삐뚤어진 게 아닌가 하는 생각이 든다고 조심스레 말했다. 그러자 바스티앵은 즉각 5학년 1반이 문제 반이 된 데에는 바그베마의 공이 아주 지대하다고 반박했다.

바그베마의 어머니는 서너 차례 아들에게 전화를 더 걸어보았지만 역시 통화가 되지 않았다. 결국 어머니는 아들을 대신해 아이에게 한 번만 더 기회를 주었으면 좋겠다고, 4학년이 되면 분명히 나아질 거라고 말했다. 뿐만 아니라 여름방학 동안 고향으로 보내 거기서 학교 선생을 하는 사촌에게 신경을 좀 써달라고 부탁할 거라고 덧붙였다. 바그베마의 어머니는 할 말은 이것이 전부라고 했고, 우리는 그녀에게 징계 수위가 결정되는 동안 밖에서 기다려달라고 부탁했다. 아이의 어머니가 문을 닫고 나간 후에도 교장 선생님은 여전히 비밀스러운 내용을 토론하듯 목소리를 낮춰 말했다.

"문제의 모든 정황이 여러분의 머릿속에서 정리될 수 있도록 이

것 한 가지는 정확히 밝혀야겠습니다. 이번 징계위원회를 준비하면서 어제 아이의 아버지와 잠시 통화를 했습니다. 그런데 아버지는 자기 아들이 저주받았다고 생각하더군요. 또한 역시 우리 학교를 거쳤고, 당시 아주 행실이 나빴던 큰아들도 마음속 깊이 저주받았다는 확신을 가지고 있었습니다."

우리는 바그베마를 퇴학시키기로 결정했다.

날개를 활짝 편 천사 그림이 그려진 긴팔 티셔츠 차림의 레오폴은 싱글벙글한 표정이었다.

"대강 말하면, 이제 일주일 내내 학교에 나오지 않아도 돼."

메일을 들여다보던 발레리가 등에도 귀가 달렸는지 끼어들었다.

"어떻게?"

"잘 봐. 여기는 징검다리 휴일이고, 그다음 주에는 파업이 예상되고, 그다음 주에는 월요일이 공휴일이고, 아무튼 이런 식으로 꼭 뭐가 끼어 있다니까."

발레리는 모니터 화면에서 '답장하기'를 클릭한 뒤 제목 칸에 '빨리 바다에 가고 싶어'라고 쓰고는 제목 뒤에 느낌표를 세 개나 달았다. 제랄딘은 쌍둥이를 낳을 예정이었고, 린은 그 소식을 가장 마지막으로 전해 들었다.

"환상적인데."

"그렇긴 한데, 지금은 그동안 어떤 일이 벌어질지부터 생각해야겠지."

레오폴의 티셔츠에 그려진 천사는 무엇 때문인지는 몰라도 웃고 있었다. 아마 루시퍼처럼 악한 천사, 그러니까 죽음의 천사 같은 종류일 것이다. 겉으로 볼 때는 친절한 미소를 띠고 있지만, 지상에 내려온 본래 목적은 너무나 친절한 인간 족속을 모조리 말살하는 것이다. 아무튼 마리는 지금 그런 묵시록적인 미래가 전혀 걱정스럽지 않은 눈치였다.

"변호사 수임료가 다 마련되었어. 시작부터 좋아."

"그래?"

"변호사 말이, 우리가 법정에 많이 참여하면 할수록 판결에 적지 않은 영향을 미칠 수 있을 거래. 그러니까 재판이 열리는 시간에는 수업 대신 법정에 나갔으면 좋겠어. 최대한 많이 참석하는 게 관건이니까."

"학생들하고도 뭔가 해야 할까?"

"나도 그 생각을 했는데, 문제는 밍이 자신의 처지를 다른 아이들에게 알리고 싶을지 모르겠다는 거야. 무슨 말인지 알지? 일단 당사자인 밍에게 물어보는 게 좋겠어. 오늘 밍하고 수업 있어?"

"지금 그 반 수업이야. 내가 물어볼게."

운동장에는 티셔츠 차림의 아이들이 압도적으로 많았다. 압둘라예가 내가 시키는 대로 줄을 맞춰 계단을 올랐다.

"선생님, 너무 더워요. 이런 날은 야외 수업을 해야 해요."

"너도 콜라 한잔 마시고 싶니?"

"선생님은 뺑이 너무 심해요."

밍은 앞쪽에서 계단을 올라가고 있었다. 가장 좋은 방법은 밍을 붙잡고 그 자리에서 용건을 털어놓는 것이다. 아이에게 '어처구니없는 일을 겪게 되어 정말 유감이다. 하지만 선생님들이 꼭 도와줄

게. 선생님들은 널 도와주려고 있는 거야. 네가 당한 일은 정말 어처구니없는 일이니까. 게다가 넌 모범생이자 우리 학교의 보석 같은 존재란다. 너는 생명의 상징이고 너의 머리와 마음은 완벽한 걸 작품이지. 그러니 네 딱한 사정을 친구들에게 알려 친구들이 너를 위해 재판 결과를 유리하게 끌고 갈 수 있도록 뭔가 준비해도 되겠니?'라고 물어보는 것 말이다. 밍은 내 말을 이해하기 위해 집중하듯 바닥으로 눈을 내리깔고 내 이야기를 경청할 것이다. 그런 다음 이해가 되면 고개를 들고 나에게 좋기는 하지만 좀 곤란하기도 하다면서 결국 어차피 잃을 것도 없으니 그렇게 해주면 고맙겠노라고 말할지도 모른다.

나는 삼 층에 도착해 잠겨 있는 교실 문을 열고 무슨 일인지 모르지만 키득거리는 덩치 큰 녀석에게 길을 내주었다. 밍은 내 앞을 지나가면서 안녕하시냐고 인사를 건넸다. 나는 별일 없냐고 물었다. 아이는 아무 일 없다고 대답한 뒤 선생님은 어떠시냐고 물었다. 나는 별일 없다고 대답했다. 아이들이 다들 제자리에 앉자, 나는 문법 공책을 꺼내 형용사의 기능과 관련된 틀린 것을 고쳐보자고 했다.

"이미 예고했던 대로, 여기 너희의 진학과 진로에 관한 서류를 가져왔다. 너희가 이 서류를 작성해 제출하면 여러 선생님과 담당 전문가가 함께 면밀히 검토할 거야. 이 서류에 너희가 최종으로 희망하는 진로를 써내야 한다. 자, 그럼 어떻게 작성하느냐. 우선 두 칸만 작성하면 된다. 나머지 세번째 칸은 건드리지 마라. 너희가 쓰는 칸이 아니니까. A칸은 실업계 고등학교, B칸은 인문계와 이공계 고등학교에 관한 내용이다. A칸을 고른 학생은 선호도에 따라 네 가지 취업 희망 분야를 적을 수 있다. 그러니까, 예를 들어 제1지망에 서기직이라고 적고 맞은편에는 그 수업 과정을 이수하기 위해 가고자 하는 고등학교 이름을 쓰면 된다. 그리고 제2지망으로 자수 관련직을 적으면 마찬가지로 그에 해당하는 고등학교 이름을 쓰면 되는 거야. 해당 학교의 이름과 주소는 '3학년을 마치면서'라고, 12월에 나눠준 진학 요강을 참고하면 된다. 그런 식으로 작성하는 거야. 너희는 취업하고자 하는 희망 분야를 네 가지 적을 수 있다. 하지만 제1지망이 물거품이 될 경우를 대비해 차선책을 무엇으로 할지 좀더 폭넓게 알아보는 게 좋을 거야. B칸도 마찬가지다. 지망하는 학교를 네 군데 고르는 건 같지만, 분야는 따로 고르지 않는다. 왜냐하면 인문계는 다 똑같으니까. 다만 고등학교 졸업반 때 전공으로 선택하고 싶은 과목 두 가지를 쓰면 된다. 예를 들어 졸업반 때 산업기술 분야를 선택하고 싶다면 제2지망에 라틴어를 쓸 이유는 없겠지? 마찬가지로 문학을 선택할 생각이라면 제2지망에 이공계열에 해당하는 과목을 쓸 이유가 없는 거야. 그런 식으로 하면 된다. 그리고 희망하는 전공과목 맞은편에 너희가 가고 싶은 고등학교 이름과 주소를 적는 거야. 물론 그 고등학교에 너희가 희망하는 과목이 개설되어 있는지 먼저 확인해야 해. A칸하고 다른 건, 제1지망을 제외하고는 너희의 주소지 관할에 있는 학교를 의무적으로 선택해야 한다는 거야. 그럼 주소지 관할 학교라는 건 뭐냐. 크게 보면 방위와 마찬가지로 서구, 동구, 북구, 남구 네 지역으로 나눌 수 있다. 우리는 동구에 속한다. 다시 말해, 너희가 잘 알아두어야 할 부분인데, 1, 2, 3, 4, 10, 11, 12, 20구와 우리 구가 하나로 묶이지.* 그러니까 두번째 지망 학교는 주소지 관할 학교를 선택해야 한다는 거야. 제1지망 학교는 주소지와 상관없이 고를 수 있어. 아, A와 B 중 어느 칸을 선택해야 하는지는 학급평가회의 때 작성한 너희의 생활기록부에 적힌 내용을 참고하면 된다. '인문계 지원 가능'이라고 적혀 있으면 B칸을 선택하고, '인문계 지원 힘듦' 또는 '실업계 지원 가능'이라고 적혀 있으면 A칸을 선택하는 거야. 마지막으로 '인문계 지원을 위한 성적 향상 요망'이라고 적혀 있으면 A와 B칸 모두 작성하면 된다. 자, 간단하지?"

디코는 다른 아이들보다 뒤처졌지만 나보다는 앞서서 교실로 향했다. 나는 디코를 쳐다보지 않고 앞질러 가며 빨리 올라가라고 말했다. 그러자 아이는 그러거나 말거나 상관 말라고 중얼거렸다. 나는 무슨 생각이라도 하는 것처럼 잠시 멈춰 섰다가 곧바로 아이를 향해 뒤로 돈 다음 검지를 뻗어 디코의 코에 대고 삿대질을 했다. 그러자 디코는 내 손가락을 뚫어지게 쳐다보며 눈동자를 모았다.

"선생님한테 그런 말버르장머리가 어디 있어?"

"뭐가요? 교실로 빨리 들어가건 말건 전 관심 없어요."

내가 길을 막아서자 디코는 옆으로 빠져나가려 했지만 내가 팔

---

* 파리는 행정구역상 총 20개 구로 나뉘며, 도시 중앙부에 위치한 루브르 박물관 주변의 1구를 시작으로 달팽이처럼 시계 방향으로 돌아간다. 10구 이상부터는 파리 외곽 구역으로, 이 소설의 배경인 19구처럼 유색인종이 많이 사는 편이다.

을 붙잡자 목청을 높이며 소리쳤다.

"건드리지 말란 말이에요!"

"가만히 있으면 안 붙잡아."

"이런 식으로 건드리지 말라고요."

"가만히 있으면 안 붙잡아. 그리고 선생님한테는 그런 식으로 명령하는 게 아니야."

디코는 폭발 직전이었고 내 두 다리는 휘청거렸다.

"좋다고요. 이거 놔요."

"왜 그래, 뭣 때문에 이렇게 화가 난 거야? 지난번에는 내가 너한테 분풀이를 한다더니, 이제 보니 네가 그러는 것 같구나."

디코는 내 말을 무시하고 한 계단 올라섰다.

"좋다, 교장실로 따라와."

반 아이들이 모두 층계참으로 내려와 우리를 구경했다. 무리 중에서 지브릴이 튀어나와 자기 친구를 붙잡고 정신 차리라며 흔들어댔다. 백오십만 편의 평범한 영화 속 장면 같았다.

"지브릴, 네 친구는 벌을 받게 될 거야. 네가 그래봐야 소용없어. 너희는 얼른 교실로 돌아가. 무슨 구경거리라도 났어? 넌 나를 따라와."

다른 모든 것에는 신경을 껐다. 두 다리가 후들거렸다. 놀랍게도 디코는 순순히 나를 따라왔다. 하지만 몇 걸음뿐이었다.

"그만하라고요. 왜 교장실로 데려가요? 그냥 저기서 끝낼 수는 없어요? 병신 호모도 아니고."

나는 운동장 중앙에 꼿꼿이 멈춰 섰다. 운동장에서는 디코와 내 목소리만 오갔다.

"너 방금 뭐라고 했어?"

"왜 저기서 그냥 끝내지 않냐고요."

"왜냐고? 너를 더이상 학교에서 안 봤으면 하거든. 간단하지? 아주 간단하다고."

"남자라면 저기서 끝내라고요."

"왜? 너하고 나하고 저기서 할 일이라도 있어? 넌 여기서 꼼짝 말고 기다려."

단호하게 발걸음을 옮기면서도 반 아이들이 전부 달라붙어 구경하는 창문으로 시선을 돌리지 않아야 했다. 열려 있는 교장실 문틈으로 대략 여덟 명의 학생이 교장 선생님의 훈계를 듣고 있는 게 보였다. 나는 다시 디코에게 돌아갔다. 디코는 벤치에 앉아 있었다. 나는 고개를 숙여 디코의 눈을 똑바로 바라보며 다른 모든 것에 신경을 끈 채 낮은 목소리로 말했다.

"교장 선생님은 지금 바쁘시니까 넌 여기서 기다려. 난 더이상 너를 보고 싶지 않아. 내일은 공휴일이고, 모레는 시험 보는 날이야. 그러니 별 문제가 없겠지. 하지만 수요일에는 절대로 너를 교실에서 다시 보고 싶지 않아."

마리아마가 상황을 살피러 내려왔고, 불똥이 그 아이에게 튀어버렸다.

"수위 나리께서 어쩐 일로 여기까지 행차하셨지?"

"전 수위 아닌데요."

"그럼 선생님 일에 참견하지 말고 얼른 교실로 돌아가!"

눈 주위가 아예 검게 변해버린 질이 타원형 테이블 위에 모의고
사 답안지를 잔뜩 내려놓았다. 나는 이미 쌓여 있던 것들과 섞인
답안지를 집어들고 세기 시작했다.

"어땠어?"

"뭐, 그럭저럭. 우리 수학 선생들은 받아쓰기에 익숙지 않아서
말이야."

"책상에 지침서 같은 거 있었지? 제출하기 전에 전체를 한번 훑
어보고, 두번째로 각 부분별로 다시 읽고, 마지막으로 전체를 다시
읽어보라는 내용."

나는 다시 답안지의 수를 셌다. 얼굴 전체가 검게 탄 쥘리앵이 마
지막 답안지 뭉치를 가져왔다. 쥘리앵의 눈은 질을 향했다.

"표정이 아주 가관인데."

"당연하지. 나한테 강제로 받아쓰기를 시켰으니."

"난 지침서를 따라 했어."

"잘했네. 다음번에는 프랑스어 선생님한테 수학 문제를 풀어보
라고 해야 돼. 어떤 표정이 나오나 두고 보자고."

나는 다시 답안지 수를 세어보았다. 마리는 선생님들을 불러모
았다.

"내일이 재판 날이니 휴강한다는 거 학생들에게 꼭 미리 알려주
세요."

기도하는 농부의 머리를 가리고 있던 클로드가 쥘리앵을 불렀다.

"이봐, 곧 전근 가는 것 같던데, 맞아?"

"응. 루아양으로 발령 났어."

"우와, 장난 아니네!"

발레리는 복사기의 잉크 카트리지를 교환하느라 쩔쩔맸다.

"루아양이라면 성벽으로 둘러싸인 도시 아니야?"

"응, 맞아."

"좋겠다."

"하지만 학교는 성벽 밖에 있어. 바다가 한눈에 내려다보이는 곳이니 지겨울 일은 없을 거야. 질도 거기 가면 좋을 텐데."

"게다가 난 약간 혀짤배기소리를 내는데, 그곳 아이들은 내가 받아쓰기 단어 불러줄 때 혀짤배기소리 낸다고 뭐라고 하지 않을 테니까."

나는 다시 답안지 수를 세어보았다.

"그래?"

"글쎄, 그냥 갑자기 자네 받아쓰기 문제에 나온 '털외투'라는 단어에 얽힌 이야기가 떠올라서. 내가 그 단어를 '터래트'라고 발음했더니 아이들이 그게 정확히 뭔지 몰라서 나한테 다시 발음해 달라고 했거든. 다시 발음할 때마다 정말 끔찍했다고."

"일흔세 장. 빌어먹을, 한 장이 비잖아."

"세다가 건너뛰었을 수도 있겠지."

"다시 세어봐야겠어."

존경하는 재판장님, 재판장님께 다음의 문서 한 장을 첨부합니다. 피고인 주 부인의 아들 밍의 중학교 선생님들이 작성한 문서로, 밍이 현재 지극히 정상적이고 평범한 교육 환경 속에서 공부하고 있다는 내용입니다. 해당 학교의 교직원 일동은(교직원 대부분이 오늘 이 자리에 나와 있습니다) 밍이 삼 년 동안 프랑스에서 우수한 학업 성적을 거두었고, 만약 이대로 중국으로 돌려보내면 그간 이룬 모범적인 이민 생활에 막대한 손해를 입을 것이라고 말씀드리고 싶습니다. 이런 말씀을 드리는 것이 이 재판장 내에서 사사로운 감정을 앞세워 자칫 본질을 호도하는 것처럼 보일 수도 있겠고, 저 역시 처음에는 이 문서의 효용을 장담할 수 없었지만, 이렇게 교사 전원이 한마음으로 이 문서를 전하고자 하는 것은 그만한 가치가 있다는 확신이 있기 때문입니다. 감사합니다.

"어떤 여자아이에 대한 이야기야. 아니, 그 여자아이가 쓴 일기에 대한 이야기야. 그냥 우리 같은 평범한 여자아이의 일기지. 알겠니? 완전 평범하고, 아침이면 학교 가고, 학교 가서는 지겨워 죽는, 뭐 그런 스타일. 성적이 안 좋게 나오면 엄마 아빠한테 죽도록 혼나고 말이야. 그래서 정말 무섭다는 거야. 우리한테도 일어날 수 있는 일이니까. 알겠어?"

발전소를 세 개는 이끌고 다니는 듯 엄청난 거구인 상드라가 아이들에게 책 한 권을 소개하고 싶다고 나섰다. 나는 그 책이 혹시 『앨리스의 일기』냐고 물었다. "선생님도 읽었지. 그래, 그래, 좋은 내용이야." 나는 상드라에게 교단을 내주고 대신 교실 뒤쪽 상드라의 자리에 가서 앉았다. 양손을 들어올릴 때마다 엄청난 뱃살에 붙은 눈 같은 배꼽이 드러났다.

"어느 날 그 여자애가 파티에 갔는데, 파티에 처음 와본 거라 뭘 어떻게 해야 하는지 몰랐던 거야. 어떤 상황인지 알겠지? 결국 분위기에 취해 춤도 추고 그러다가 어느 순간 콜라 한 잔을 마셨는데, 컵 속에 스피드라는 마약이 들어 있었던 거야. 여자애는 전혀 몰랐지. 여자애가 이상한 소리를 지껄이고 킬킬거리기 시작했어. 있지도 않은 게 보이는, 뭐 그런 거 있잖아. 우리 엄마를 걸고 말하는데, 정말 자세한 내용이 다 나와 있어. 그런데 문제는 그 여자애가 순식간에 마약의 세계로 빠져버렸다는 거야. 해시시, 헤로인 등 닥치는 대로 마약을 하기 시작했지. 그렇게 완전히 돌아버릴 정도로 갈 데까지 갔다 결국 지긋지긋한 생활을 청산하기로 마음먹었어. 왜냐하면 말했다시피 완전히 평범한 그런 애였거든. 그런데 결말에 가서, 어떻게 된 건지는 모르겠지만 아무튼 마지막 일기를 쓰고 일주일 뒤에 죽어버렸어. 그런데 선생님, 이 이야기가 진짜로 있었던 일이에요?"

"그건 아니야. 그 일기장이 어느 집 낡은 서랍에서 발견됐다는 이야기도 있긴 하지만, 그 말도 지어낸 거야. 뭐, 확실히는 모르겠다. 하지만 중요한 건 네가 말한 것처럼 누구에게나 일어날 수 있는 일이라는 거야."

이만이 뭔가가 떠오른 듯한 표정을 지었다.

"아, 맞다. 그러니까 사실 같지 않다는 말이군요."

"아니, 그 반대야. 사실 같지. 만들어진 이야기이긴 하지만 꼭 사실 같지."

"삼 주 후에 있을 진짜 시험을 위해 이런 식의 실수는 꼭 바로잡아야 해. 사실 아주 쉬운 거야. 한 번만 더 생각하면 알 수 있거든.

무슨 말인지 알겠니? 예를 들어보자. 지난번에도 말했다시피 부사 trop는 '너무, 지나치게'라는 뜻이야. 이상하게 보일지 모르지만, 부사는 의미하고자 하는 바를 아주 정확하게 표현해주는 요소야. trop는 '지나치다'는 부정적인 의미를 가지고 있어. 만약 필기 시험에서 '이 사람은 너무 친절하다'라고 쓰면, 그 사람의 친절이 도를 지나쳐 오히려 나쁜 인상을 줄 수도 있다는 뜻이 돼. 반대로 구술 시험에서 똑같은 문장을 사용하면 너희 세대 학생들이 대부분 사용하듯 '죽이게 아름답다' '대단히 아름답다'는 뜻이 돼. 다시 말해 전적으로 긍정적인 의미가 되는 거야. '저 남자 너무 멋지다'는 말처럼 너무나 멋있어서 좋아하게 되었다는 의미이지. 알겠니? 또 뭐가 있지? 그래, '무엇무엇을 하는 중'이라는 표현인 'en train de'는 세 단어다. 두 단어가 아니야. 그런데 많은 학생들이 en과 train을 붙여서 쓰는 경향이 있어. 좀 세부적인 내용이긴 하지만 쉽게 고칠 수 있는 문제야. 마찬가지로 'eh bien'의 경우도 주의해야 해. 여기서는 h를 써야 하는데, 모두들 접속사 et인 줄 알고 t로 쓰고 있어. 선생님이 장담하는데, 너희가 하는 실수는 다른 사람들도 저지르기 쉬운 실수야. 자, 구술에 관해 조금 더 이야기해볼까? 대화문을 작성하라는 건 말하는 것을 그대로 글로 쓰라는 게 아니야. 무슨 말인지 알겠니? 게다가 말하는 것을 그대로 옮겨쓰는 건 불가능해. 우리가 할 수 있는 건 정말로 대화하는 것 같은 느낌을 전하는 것 정도야. 문장 맨 앞에 'franchement(솔직하게)'같은 부사를 쓰는 건 피해야 하고, 3인칭 복수 인칭대명사로 흔히 쓰는 on 대신 'nous(우리)'를 쓰는 게 좋고, 너희가 말할 때 거의 버릇처럼 그러듯 'sérieux(심각한)'를 부사로 쓰는 것도 가능하면 피해야 해. 다시 말해 구어로 쓰는 말이나 표현은 구어로만 사용해야 하는 거야. 예를 들어 선생님이 방금 설명하면서 'y a des choses (무엇이 있다)'라는 표현을 사용했지? 말로 할 때는 원래 표현인 'il y a'에서 il을 빼고 'y a'라고 해도 되지만, 글로 쓸 때는 비록 대화문이라 해도 반드시 'il y a'라고 써줘야 하는 거야, 이런 식으로. 조금만 생각하면 실수를 바로잡을 수 있지만, 그러지 않으면 점수를 따기는커녕 너희에게 전혀 도움이 되지 않을 거야. 지금 선생님이 한 말 들었지? 부정문에 써야 하는 ne를 선생님은 쓰지 않았어. 왜? 구어체이기 때문이야. 구어에서는 부정의 ne를 사용하는 경우가 극히 드물어. 굳이 고상한 언어를 구사해야 하는 경우가 아니라면 말이야. 하지만 문어, 그러니까 글로 쓰는 경우에는 무조건 ne를 붙여야 해. 어떤 문체를 사용하더라도 ne를 꼭 써줘야 해. ne나 n'가 빠지지 않았는지 확인해야 한다고. 꼭 그래야 해. 너희 생각엔 중요하지 않아도 말이다."

　U자형 테이블은 셔츠 소매를 걷어부치거나 공책으로 부채질을 하는 사람들로 채워졌다. 활짝 열어놓은 창문 너머로 새 한 마리가 놀랍게도 ILO*처럼 들리는 소리로 울고 지나갔다. 테이블 한가운데에 자리 잡은 교장 선생님이 서류 몇 장에 서명을 하고 테이블 한쪽 구석으로 밀어놓았다.
　"이제 지브릴 문제로 넘어가봅시다."

---

* '국제노동기구'의 약자로, 프랑스어로 '이엘오'라고 발음한다.

"아, 그 녀석이요."

"뭡니까? 2학기 초부터 또 말썽을 부리고 다니는 겁니까?"

"아닙니다. 그런데 수학능력이 심하게 떨어집니다."

"맞아요, 너무 뒤처져요."

"어떻게 4학년까지 왔는지 의문이에요."

교장 선생님은 그런 식의 지적을 싫어했다. 하지만 선생님들은 개의치 않고 농담을 이어갔다.

"개인적인 생각이지만, 초등학교 전 과정을 무사히 마치고 중학교에 올라오지 않았을까 합니다."

자클린의 말은 농담이 아니었다.

"그렇긴 하지만 이대로는 안 돼요. 지브릴에게 다른 방법을 찾아줘야 합니다. 3학년 취업반에 진급은 할 수 있을까요?"

진학상담교사를 향한 질문이었다.

"네. 지브릴에게도 이미 그런 말을 했습니다. 문제는 아이가 어떤 분야의 취업반에서 공부할지조차 모른다는 겁니다. 지브릴의 적성에 맞는 게 하나도 없습니다. 제 생각에, 지브릴은 평범한 아이에 속하지 않는 것 같습니다. 대단히 모호한 아이예요. 능력 평가를 해보니 아주 흥미로운 결과가 나오더군요. 바보와 천재 사이에서 오락가락하더라고요."

뤼크는 어릴 때부터 쓸데없는 농담을 할 기회가 생기면 절대로 놓치지 않았을 것이다.

"그렇다면 대단한 수재인데 그걸 알아보는 사람이 없었던 거군요."

냉소의 바람이 U자형 테이블을 휩쓸고 지나가다 교장 선생님

자리에서 뚝 그쳤다. 교장 선생님은 그런 식의 농담을 받아들이는
데는 전도율 제로였다.

"지브릴에게 구체적인 계획이 없다면 3학년 취업반으로 보낼
수 없습니다."

"그렇다면 낙제를 해야 합니다."

"낙제한다고 달라질 게 있을까요?"

질은 아무것도 바뀔 게 없다고 생각했다.

"정상적인 3학년 과정은 인간적으로 정말 불가능해요."

뚝 하는 손가락 꺾는 소리에 결심이라도 한 듯 갑자기 세찬 바
람이 불어와 열려 있던 문이 쾅 닫히면서 메주트의 생활기록부를
공중으로 띄워보냈다. 앉아 있던 사람들 머리 위로 일 미터 정도
날아올랐던 서류는 두어 바퀴 공중회전을 하고는 천천히 착륙하
는 글라이더처럼 정확히 비상 직전의 그 자리에 내려앉았다. 교장
선생님의 구릿빛 맨살 팔뚝 사이로.

모두 발레리의 이야기를 듣고 있었다.

"그쪽 봉급이 여기보다 1.53퍼센트 정도 높아."

레오폴의 티셔츠에 그려진 나무 막대기를 칭칭 감은 뱀은 라셸
에게 최면을 걸기 위해 애쓰는 형상이었다. 제랄딘의 가슴은 뱃속
에서 자라는 쌍둥이처럼 점점 커져갔다. 린이 비정규직 교사들 틈
에 자리를 잡고 앉았다.

"어디로 가?"

"레위니옹. 어제 임용됐다는 공문이 왔어."

"오, 운도 좋다."

"그런 것 같아. 거기서는 세금을 삼십 퍼센트나 덜 내."

클로드가 비정규직 교사들 틈에 자리를 잡고 앉았다.

"어디로 가?"

"레위니옹. 어제 임용됐다는 공문이 왔어."

"오, 재수도 좋다."

"그런 것 같아. 부가가치세도 덜 내. 하지만 두고 볼 일이지. 거긴 기름 값이 장난 아니거든."

바스티앵이 비정규직 교사들 틈에 자리를 잡고 앉았다.

"어디로 가?"

"레위니옹. 어제 임용됐다는 공문이 왔어."

"오, 땡잡았는데."

라셸의 안경에 낙담한 레오폴 티셔츠의 뱀이 질에게 관심을 돌리며 말했다.

"믿음을 좀 가져봐."

"누구에 대한 믿음? 진짜 웃기는 소리만 한다니까."

"나에 대한 믿음. 그거면 충분해."

"난 누구도 믿지 않아."

마리가 살짝 의기소침해진 비정규직 교사들 틈에 자리를 잡고 앉았다.

"판결이 내려졌어요. 패소했습니다."

"그래요?"

"이미 예견된 일이었어요. 이런 유의 재판에서 승소하는 사람은 백 명 중 한 명에 불과해요. 하지만 변호사는 끝까지 이길 거라고 생각한 모양이더군요."

모두의 관심이 장차 레위니옹 시민이 될 발레리에게서 밍에게
로 옮겨갔다.

"확정된 거예요?"

"소환 절차가 남아 있어요. 시간을 좀 벌어보자는 거지요."

"밍은 어떻게 되는 거예요?"

"기다려야지요. 다른 사람들처럼."

자신의 수완이 만족스러웠던 교장 선생님이 은밀한 공모의 시
선을 보내며 나를 교무실로 끌고 갔다.

"이번에 우리 학교에 와서 채점을 담당하게 될 선생들은 우리
학교 학생 답안지만 채점하도록 손을 썼습니다."

"그래요?"

교장 선생님은 자신의 수완에 만족한 표정이었다.

"그게 뭘 의미하는지 알아요? 외부 채점 교사가 우리보다 성적
이 좋은 학교 학생들의 답안지와 우리 학생들의 답안지를 비교할
수 없다는 겁니다. 즉, 성적을 조금 올릴 수가 있다는 거지요. 무슨
말인지 알겠습니까?"

"수완이 좋으시네요."

"그러게 말입니다. 솔직히 나도 이번 결과가 대단히 만족스럽습
니다. 커피 한잔 하시겠어요?"

교장 선생님이 세 걸음 만에 자판기 앞에 섰다. 커피를 뽑아 든
교장 선생님의 넥타이가 종이컵 위에서 아슬아슬하게 흔들렸다.

"잘 아시겠지만, 우리 학교에서 좋은 점수를 받았다는 답안지를 인근 학교의 답안지와 비교하면 중간 정도밖에 더 되겠습니까. 커피가 좀 진한 것 같군요."

"그러게요."

"언제나 한결같았던 제 할머니의 코처럼 세상도 쉽게 바뀌지 않겠지만, 누가 압니까? 이렇게 하면 퍼센티지라도 좀 오를지."

규율교사 모하메드가 열린 문 틈으로 고개를 내밀었다. 그의 티셔츠에서는 퓨마 한 마리가 뛰어오르고 있었다.

"이 녀석 문제 좀 맡아주시겠습니까?"

"무슨 일로 여기까지 행차하셨나?"

"어제 저희를 찾아와 학생 세 명에게 구타당했다고 말했는데, 오늘 가해 학생의 이름을 물었더니 글쎄 혼자 벽에 부딪혀 다친 거라고 하지 않습니까."

"알았습니다. 거기 앉거라, 셰이크오마르. 그래, 혼자 벽에 부딪혔다고?"

학생이 자리에 앉았다. 이마 한가운데에 혹이 도드라졌다. 아이는 교장 선생님의 찻숟가락을 따라 눈을 움직였다.

"네."

"하기야, 우리 학교는 너무 비좁아서 주의하지 않으면 자칫 너처럼 벽에 부딪히기도 하겠구나."

규율교사 모하메드가 또다른 아이의 문제를 들고 왔다.

"6학년 아이 하나가 천식이 심하다는데 집으로 돌려보내도 되겠습니까?"

결정권자는 그렇게 하라고 말한 뒤 나를 증인으로 삼는 듯 목소리를 낮추며 말했다.

"사실 그 천식이라는 거, 겨우 꽃가루 알레르기일 뿐인데 말이에요. 뭐 아무튼 넘어가지요."

교장 선생님의 찻숟가락이 동작을 멈추자, 셰이크오마르의 눈도 움직임을 멈췄다.

아이들은 작문 주제를 받아적은 다음 무슨 말을 쓸지 고민하며 연습장에 이것저것 끄적였다. '자신의 관점으로 친구와의 첫 만남에 대해 이야기하기.' 시라크가 과연 석 달 안에 두번째 총선 실패를 만회할 것인가? 아니면 지난 EU 관련 총선 때처럼 대다수의 기권표 뒤에 숨을 것인가? 선거에 관한 소식이 그 어느 때보다도 중요한 사회 이슈로 떠올랐고, 자자는 손가락을 들어올릴 만도 했다.

"선생님, 뒤에서 얘가 자꾸 쳐요."

뒷자리에는 디코가 앉아 있었다.

"웃기시네. 말도 안 되는 소리 하고 있어."

"그거 재미있구나. 난 자자의 말이 사실처럼 들리는데. 왜 그런지 모르겠구나. 디코가 누군가를 때렸다고 하면 무조건 믿게 되니."

"거짓말이에요. 전 건드리지도 않았어요. 별 개 같은 소리 다 하네."

"개 같은 소리를 하고 싶으면 밖에 나가서 해."

디코가 엉덩이로 의자를 밀면서 자리에서 일어났다. 나는 다시 지하철 신문 〈메트로〉를 들여다보는 척했다. 디코는 자기 짐을 아주 천천히, 꼼꼼하게 챙겼다. 교실 문으로 향하던 디코는 볼펜 하

272

나를 자자의 목덜미를 겨냥해 던졌다. 나는 바로 층계참으로 아이를 따라갔다.

"너, 교무실로 따라와."

나는 발을 질질 끌며 머뭇거리는 디코를 빠른 속도로 앞질러 갔다. 그리고 아이가 내 앞으로 지나갈 때까지 기다리면서 몸을 숙이고 신발 끈을 고쳐 맸다. 디코가 나를 따라잡으며 앞으로 지나갔다.

"웃기는 인간이야. 병신같이 신발 끈이나 만지작거리고."

나는 운동장을 지나면서 디코를 앞질렀다. 그러자 디코가 제자리에 서서 물었다.

"교장실엔 왜 가는데요?"

"설마 수업시간에 친구를 때리고 나서 아무 일도 없기를 바랐냐?"

디코는 소리를 지르기 시작했다.

"말도 안 돼요. 전 안 때렸어요. 걔가 거짓말한 거라고요."

"그럼 친구한테 볼펜을 던지는 행위는 뭐라고 해야 하지?"

"그건 때린 게 아니잖아요. 때리는 게 뭔지 제가 보여줄까요?"

"그래? 네가 직접 보여주겠다고?"

"그래, 내가 직접 보여주겠다고."

나는 교장실로 이어지는 계단으로 향했다. 멍청한 녀석도 내 뒤를 따랐다.

"어디, 나한테 반말하고 싶으면 얼마든지 해라. 난 신경도 안 쓰니까. 아무 관심도 없다고. 알아들었어?"

"당연하지. 너한테 반말하고 싶을 땐 언제든지 할 거야."

우리는 교장실 문 앞에 서서 가만히 동작을 멈추었다.

"그러거나 말거나. 네가 반말을 하든 말든 아무 관심도 없어."

"그러거나 말거나. 나도 상관없다고. 근데 여기는 왜 오냐고!"

"그러는 넌 학교는 왜 오는데? 학기도 끝났겠다, 너보고 결석했다고 잔소리하며 귀찮게 구는 사람도 없잖아. 그런데 왜 굳이 학교에 나와 다른 사람들한테 피해를 주는데?"

"그래, 그랬다."

"네가 왜 학교에 오는지 알아? 학교에 오는 일 외엔 아무것도 할 줄 아는 게 없어서야. 학교라도 안 가면 할 것도 없고, 할 줄 아는 것도 없거든."

"알았으니까 이제 그만하라고요."

"왜 할 줄 아는 게 없는지 알아? 네 인생이 아무짝에도 쓸모없기 때문이야. 너는 불쌍하기 짝이 없는 인생이라고."

"그러는 당신은?"

"나? 내 인생이야 너보다 천 배 이상 낫지. 너처럼 할 일이 없어 학교에 나오는 건 아니니까. 적어도 너처럼 아무 의미 없는 곳에서 무의미하게 시간을 낭비하진 않거든."

"나한테 말 좀 걸지 말래요?"

"그리고 네가 학교에 나오는 또 한 가지 이유가 뭔지 알아? 네가 나약한 녀석이라서야. 넌 학교에 나오지 않을 용기도 없는 녀석이니까."

"그러는 넌 무슨 전사라도 되나?"

"그래, 난 전사보다 강하다."

"그래, 전사라서 좋겠다."

"당연하지."

나는 교장실 문을 열었다. 교장 선생님은 코피를 흘리는 아이를 돌봐주고 막 일어선 터였다.

"여기, 오늘의 디코를 데려왔습니다."

나는 디코를 자극하려고 한 손을 아이의 등에 올리고 두드렸다. 드디어 디코가 폭발하고 말았다. 아이는 폭풍 전야에 마구간에 홀로 남은 말처럼 마구 고함을 지르기 시작했다. 그때까지 디코에게 별로 관심이 없었던 교장 선생님이 끼어들었다.

"디코, 진정해라."

나는 대단히 느긋하고 여유 있는 척하며 아이의 잘못을 꼬집었다.

"디코가 수업시간에 다른 아이를 때리기에 교장 선생님께 데려오는 게 좋겠다고 판단했습니다."

디코는 대놓고 고래고래 소리를 질렀다.

"때리지 않았다고요! 안 때렸는데 왜 자꾸 때렸다고 그래요! 내가 때렸다는 말 그만하라고! 나도 이제 지겨워 죽겠어! 관둬요. 이대로 그냥 사라져버릴 테니까!"

디코가 앞에 있는 의자를 발로 차는 바람에 의자 등받이가 비서의 책상까지 날아가버렸다. 비서는 겁을 집어먹은 표정이었다. 디코가 문으로 향하다 갑자기 몸을 돌리며 무슨 짓을 하려고 해서 나는 순간적으로 디코를 향해 몸을 뻗었다. 나의 제지에 디코는 하려고 한 행동을 실천에 옮기지 못하고 다시 몸을 돌렸다. 우리 둘이 벌인 어이없는 상황에 교장 선생님이 다시 입을 열었다.

"그냥 내버려두세요. 그게 낫겠습니다."

디코는 학교 정문이 아닌 교실 쪽으로 빠르게 걸어갔다. 날아가

버린 등받이를 집어들고 멍한 표정으로 가만히 앉아 있는 비서에게 내가 별일 아니라고 말하는 동안, 교장 선생님은 그 바보 같은 녀석을 따라가 교정 앞길을 가로막고 손가락으로 학교 정문을 가리키며 말했다.

"아니, 거긴 아니야. 넌 이쪽이 아니라 저쪽으로 가야 해."

나는 문제에서 멀리 떨어진 사람처럼 행동하고 싶지 않아 부리나케 두 사람 쪽으로 갔다. 교장 선생님의 검지는 여전히 육중한 나무문을 향했다.

"정 떠나고 싶으면 떠나거라. 우리도 더이상 너를 보고 싶지 않다."

디코는 실내 운동장을 지나 중앙 로비를 거쳐 육중한 나무문 뒤로 사라졌다.

2001년 2월 1일, 수학 시간이었다. 할머니는 나에게 프랑스에 가서 공부하게 됐다고 말씀하셨다. 할머니는 나에게 "밍, 넌 이제 다 컸다"라고 말씀하셨다. 나는 무척 기뻤지만 또 슬프기도 했다. 할머니, 할아버지와 친구들을 떠나야 했기 때문이다. 오랜 시간 비행기를 탄 후에 나는 프랑스에 도착했다. 자유롭고 인간적인 나라였다. 여섯 달 뒤, 나는 발미 중학교에 입학했다. 아주 깨끗한 학교였다. 나는 특별반에 배정되었고, 거긴 나 외에도 내가 모르는 중국 학생이 여럿 있었다. 나는 재키 옆자리에 앉게 되었다. 재키는 친절하고 말하기 좋아하는 아이였다. 며칠 이야기를 나누다가 우리는 친구가 되었다. 재키는 파키스탄에서 왔는데, 중국 옆에 있는 나라였다. 재키는 나보다 훨씬 프랑스어를 잘했다. 우리는 일 년 동안 같은 반에서 수업을 했고, 이 년째 되는 해에 전학을 가게 되어 이곳으로 왔다. 바로 모차르트 중학교. 하지만 재키와 나는 지금도 전화로 연락을 주고받는다.

지나칠 정도로 고요했다. 그 어떤 움직임도 느껴지지 않았다. 사방의 벽이 서로를 향해 다가가면서 모두를 짓누르는 것 같았다.

"하킴, 너라면 잘 알겠구나, 개막 경기가 정확히 언제지?"

아이는 종이에 얼굴을 파묻고 제2막의 장면들을 따져보다 고개를 들었다.

"토요일이요. 오후 다섯시에 포르투갈과 그리스가 붙어요."

검은 별자리 문양 스카프를 머리에 두른 아이사투가 물었다.

"선생님은 어디를 응원하실 거예요?"

나는 아이들의 책상 사이로 걸어가 교실 끝에 있는 사물함에 기대선 다음에야 대답했다.

"선생님은 스페인을 응원할 예정이다."

파이자는 과연 꿈꾸는 인생을 살 수 있을까?

"선생님도 프랑스를 응원하지 않으세요?"

"별로 좋아하는 팀이 아니야."

내가 모르는 누군가를 닮은 힌다의 가슴에는 'Inaccessible'라고 쓰여 있었다.

"시골에 있는 우리 할머니 이름을 걸고 맹세하는데, 프랑스 축구대표팀 선수들은 너무 아름다워요."

수마야가 목에 건 핸드폰을 누가 낚아채기라도 한 것처럼 고래고래 소리를 질렀다.

"너 머리가 어떻게 된 거 아니야? 프랑스 선수들, 생긴 건 완전히 꽝이야!"

지단은 머리도 벗어진 게 완전히 원숭이 얼굴이잖아. 하지만 어떻게 생겼든 그건 상관없어. 중요한 건 축구를 얼마나 잘하느냐야. 지단이 얼굴부터 발끝까지 초록색이라 해도 마찬가지야. 생긴 건 아무 상관 없다고. 화성에서 온 외계인이든 악취를 풍기든 축구만 잘하면 그만이야. 그래, 그래도 프랑스 선수들은 너무 잘생겼어. 생긴 거라면 영국 선수들이 훨씬 낫지. 난 영국 선수들이 더 좋아. 웃기는 소리 하네, 나이 들고 못생긴 선수들이 좋다는 게 말이 돼? 다들 엄마 뱃속부터 못생기게 타고났다고. 베컴을 봐. 베컴이 어디 다른 선수하고 비교가 돼? 베컴이 못생겼다고 우긴다면 넌 태어날 필요도 없었다고. 앙리를 봐. 얼마나 멋있는데. 장난하냐? 앙리는 고개도 삐딱하다고. 분명 똥구멍으로 태어났을걸. 안 봐도 비디오야. 앙리 머리가 뭐 어떻다고! 그깟 개소리 따윈 집어치워, 선생님 죄송합니다.

"그 정도는 괜찮다."

제랄딘과 실비의 배는 이제 크기가 엇비슷해졌다. 뒤늦게 쌍둥이를 임신한 제랄딘이 실비를 거의 따라잡았던 것이다. 제랄딘은 만약 아들을 낳는다면 이름을 레오, 뤼카, 클레망이라고 붙이고, 딸을 낳게 된다면 레아, 마르그리트, 마농이라고 부를 거라고 했다. 샹탈은 임신한 몸은 아니었지만 가슴을 쭉 내밀고 성이 난 채로 어디선가 갑자기 나타났다.

"정말 말도 안 돼. 웬 녀석 둘이 내가 수업하는 교실 문을 갑자기 열더니만 나더러 돼지 같은 창녀라고 하는 거야. 그런 욕을 듣다니, 기분 정말 끔찍했다고."

장 필리프가 낙담한 얼굴로 고개를 절레절레 흔들었다.

"그런 녀석들은 징계위원회를 통해서라도 더이상 학교에 나오지 못하게 해야 해. 라마단 기간처럼 그냥 집에 있어주는 게 모두에게 도움이 되는 녀석들이니까."

제랄딘은 집에 있으면서 끼니까지 걸러야 한다면 몹시 고통스러울 거라고 생각했고, "학교에 나오지 못하게 해야 할 녀석들은 5학년 1반이야!"라고 말했다.

레오폴이 있었다면 두 손 들고 환영했을 것이다.

"그 녀석들은 정말 어쩔 수가 없어. 아무 방법도, 대책도 없어."

"그렇게 자책할 필요 없어. 우리 어머니 말씀이, 집에서 막 부리는 일마를 종마로 바꿀 순 없댔거든."

"난 내년에 절대로 4학년은 맡지 않을 거야. 두고 보라고."

실비가 내가 끔찍이 싫어하는 사악한 표정을 지으며 나를 바라보았다.

"자기는 계속 4학년을 상대할 거잖아. 아마 그 녀석들을 제대로 파악할 수 있을 거야. 네가 어떤 식으로 녀석들을 가지고 놀지 주의 깊게 봐둘게."

"그러게. 어떤 방식으로 녀석들을 요리할지 두고 볼 일이지. 4학년 녀석들, 아마 두 반을 맡게 되겠지. 그중에서도 아주 진상인 녀석들만 골라서. 우선 그런 녀석들부터 진정시키고 시작하면 될 것 같아. 그 녀석들을 프랑스어 문법에 익숙하게 만들고 상상력 넘치는 작문 실력을 지닌 번듯한 학생으로 탈바꿈시킬 거야. 한마디로 막 부리는 일머슴을 종마로 바꾸는 셈이지. 그게 내 전공이거든. 나는 교수법의 천재니까. 교육학의 기념비를 세운 게 바로 나라고. 오케이?"

3학년 여학생 여러 명이 운동장에서 라셸을 둘러쌌다.
"선생님, 정말 이럴 순 없어요."
"정말 이럴 순 없어요."
"이럴 순 없어요. 정말."
라셸이 내게 어떻게 해야 할지 갈피를 잡지 못하겠다는 눈빛을 보냈다. 그날 아침, 라셸은 아이들에게 학교 담벼락에 자신의 흔적을 남겨보라는 이야기를 한 터였다. 문제는, 절반 정도 되는 아이들이 자기 출신국 언어로 벽에 글을 남겼는데 그다음 시간에 어쩔 수 없이 6학년 아이들에게 그 글을 다 지우라고 시켜야 했던 것이다. 그리고 곧바로 제3차 세계대전이 일어났다.
"정말 이건 심해요, 선생님."
"이건 정말 심해요."
"이건 심해요, 정말."
벽에는 다양한 색으로 이루어진 스무 개의 손길이 서로의 영역을 침범하고 있었다. 여기저기, 자기 이름이나 다양한 모티프의 그림, 암호문이나 무언가를 감출 목적으로 아무렇게나 휘갈겨 쓴 문장들이 주를 이루었다. 라셸은 감추어진 뭔가를 알아내느라 한참 동안 고생을 했다.

"종교와 무관한 교육기관에서 나라 이름을 공개적으로 쓰는 건 안 될 일이야. 단순히 그런 이유 때문이라고."

수마야는 노발대발하며 대들고 나섰다.

"이럴 줄 알았어. 선생님은 우리가 프랑스라고 쓰길 바라는 거라고요. 하지만 전 튀니지라는 이름을 남기고 싶으면 튀니지라고 쓸 거예요. 모든 사람이 선생님과 똑같이 생각하길 바라는 건 안 좋은 거예요."

살리마타가 낮게 드리워진 나뭇가지에서 나뭇잎을 뜯어내며 항변했다.

"솔직한 말로 선생님, 6학년을 시켜서 말리나 세네갈 같은 나라 이름을 지우라고 시킨 건 있을 수 없는 일이에요."

라셸은 작은 두 발에 야한 분홍색 슬리퍼를 신었다.

"미리 경고했잖아. 나라 이름을 써서는 안 된다고."

카티아 역시 분홍색 신발을 신었지만 발목 부위에 그려진 동그라미 속에 'All Star'라고 쓰인 컨버스 운동화였다.

"선생님, 선생님도 학생들의 흔적을 지우라고 시키는 건 안 좋은 일이라고 생각하시죠?"

"안 좋은 일인지는 잘 모르겠지만, 나라 이름을 적는 것보다 더 독창적인 낙서는 없니? 선생님이라면, 가령 나를 표현하는 뭔가를 남기라고 하면 적어도 프랑스니 방데니 하는 지명은 절대 적지 않을 것 같은데. 무슨 말인지 알겠지?"

'All Star'가 말했다.

"선생님, '과령'이 뭐예요?"

"나라 이름이야. 과령이라는 나라에는 사람이 많이 살아."

"선생님은 언제나 뻥이 심해요. 그건 말도 안 돼요."

"'가령'은 '예를 들면' 혹은 '이런 경우' '이런 상황'이라는 뜻이야. 지금 같은 경우는 이 벽 속에서 일어나는 이 일에 대한 예를 든 거지."

아이사투는 논쟁에서 빠진 채 처음부터 줄곧 귀를 기울이고 있었다. 태양 아래 꼿꼿이 서서 귀를 쫑긋 세운 채 언쟁에서 쏟아져 나오는 단어 하나하나에 집중했다. 아이사투의 그 모습은 평생 기억에 남으리라.

"선생님이라면 뭘 썼을 것 같아요?"

"글쎄다. 선생님이 좋아하는 가수 이름이나 운동 선수 이름, 아니면 작가 이름을 썼을 거야. 그래, '랭보'라고 썼을 것 같은데."

"그게 누군데요?"

"네 또래쯤 되는 사람이야."

화장실 근처에 있는 수마야는 마치 사람들이 싸우러 나가는 걸 말리는 권투 선수 같았다.

"선생님은 자유롭게 아무거나 쓰라고 해놓고는 우리가 쓰고 싶은 건 쓸 수도 없게 했어요. 그건 표현의 자유가 아니에요. 썩어빠진 거짓말이라고요!"

라셀은 어쩔 줄 몰라 쩔쩔맸고, 살리마타는 화를 억눌렀다.

"선생님, 방금 전에 말씀하신 게 뭐예요?"

"뭐 말이니?"

"몰라요, 방금 전에 프랑스하고 뭐 이상한 거 말씀하셨잖아요.

뭔지는 모르겠지만."

"'프랑스니 방데니'라고 한 것 같은데."

"그거요. 그 방데라는 게 뭐예요?"

"프랑스에 있는 도(道) 이름이야. 거긴 선생님의 고향이기도 해. 선생님이 하고 싶은 말은 태어난 나라나 도시, 그런 건 아무 상관 없다는 거야."

"멀어요?"

"저기 벽 보이지? 저 벽을 넘어서 가야 하는 곳이야. 아주아주 멀리."

카티아가 끼어들었다.

"거긴 농부가 사는 시골 아니에요?"

"그렇다고 할 수 있지."

개인별 학습 지도 마지막 시간에 나는 아이들에게 4학년 기간 동안 배운 것 스무 가지를 목록으로 작성하라고 시켰다. 전에는 몰랐지만 지금은 알게 된 것 스무 가지. 아이들은 다른 질문 없이 바로 목록 작성에 들어갔다. 아이들의 책상을 돌아다니며 무엇을 쓰고 있나 어깨 너머로 들여다보다, 아이들이 내 지시 사항을 제대로 이해하지 못했다는 것을 깨달았다.

"피타고라스의 정리를 배웠다는 것만 적지 말도록. 선생님한테 무엇을 배웠는지 설명해야 한다. 소피안, 너는 상퀼로트*에 대해

_____

* 프랑스 대혁명 때의 과격 공화파의 별명.

배웠다고는 적었지만 그 내용은 전혀 적지 않았지. 그렇게 하면 안
돼. 그게 무엇인지, 무엇을 한 사람인지 선생님한테 설명해줘야
해. 그리고 두 줄 아래에 프랑스혁명이라는 단어를 따로 적어놓았
어. 상퀼로트와 프랑스혁명은 서로 연관이 있는데 말이야."

　삼십 분 후, 모디가 제출하고 간 종이를 읽던 나는 모디가 다시
알려준 지시 사항을 따르지 않았다는 것을 알았다. 모든 과목이 뒤
죽박죽 연속으로 이어지고, 무엇을 배웠는지에 대한 설명 없이 단
어만 나열되어 있었다. 카티아가 쓴 것을 제외하고는 거의 다 그런
식이었다.

　저는 피타고라스의 정리를 배웠습니다. 직각삼각형의 세 변을
A, B, C라고 하고 C에 대한 각을 직각이라고 했을 때 $A^2 + B^2 = C^2$
이다. 다음으로는 루이 14세가 통치하던 절대왕정 시대에 대한 내
용도 배웠습니다. 삼각무역도 배웠습니다. 유럽 상인들 사이에 체
결된 무역 방식으로, 유럽의 진귀한 물품을 흑인 노예와 맞바꾸는
교역제도를 삼각무역이라고 부릅니다. 프랑스어 수업시간에는 수
동태와 능동태를 배웠습니다. 예문: 개가 여자아이를 물었다. 여
자아이가 개에게 물렸다. 영어 시간에는 '이전에'라는 표현을 배
웠습니다. ago라고 합니다. 화학 원소기호도 배웠습니다. 산소는
O, 질소는 N, 철은 Fe입니다. 스페인어 단어도 배웠습니다. '중학
교'는 colegio, '무엇무엇이 있다'는 hay, '살다'는 vivir, '은신
처'는 escondite. 스페인어 동사변화도 배웠습니다. 예를 들어 현
재형 동사 어미는 e, as, a, amos, ais, an입니다. 영어의 불규칙변
화 동사도 배웠습니다. sing, sang, sung은 '노래하다', drive,

drove, driven은 '운전하다', meet, met, met은 '만나다', be, was, been은 '무엇무엇이다', do, did, done은 '무엇무엇을 하다'. 영어의 현재완료 시제도 배웠습니다. 예문: she has just driven the water. 물리 시간에는 전압계를 항상 돌려놓아야 한다는 것을 배웠습니다. 입체파 사조도 배웠습니다. 입체파의 그림은 다양한 관점에서 바라볼 수 있는 그림입니다.

밍은 다른 아이들이 다 끝낸 다음에야 작성을 마쳤고, 지브란과 아르튀르를 필두로 한 3학년 아이들이 뭔지는 모르지만 키득거리며 다음 수업을 위해 이동하려고 교실을 나간 뒤에야 내게 종이를 제출했다. 밍의 종이는 내일 읽어봐야겠다.

4학년은 중학교에서 아주 중요한 시기입니다. 따라서 가장 공부를 열심히 해야 하는 때이기도 합니다. 저는 이번 해에 아주 많은 것을 배웠습니다. 프랑스어 수업시간이 제게는 가장 힘들었습니다. 하지만 저는 열심히 공부했고, 결국 프랑스어를 많이 배울 수 있었습니다. 저, 얇은 책들은 이해합니다. 또한 전에는 모르던 단어도 많이 배웠습니다. 프랑스어 덕분에 작문 실력도 더 올랐다고 생각합니다. 수학은 저한테 그렇게 어려운 과목은 아닙니다. 수학 시간에는 피타고라스의 정리가 무엇인지 배웠습니다. 직각삼각형의 세 변을 A, B, C라고 하고 C에 대한 각을 직각이라고 했을 때 $A^2 + B^2 = C^2$입니다. 역사도 저에게는 어려운 과목입니다. 하지만 몇 가지 배운 게 있습니다. 삼각무역이 무엇인지 배웠습니다. 삼각무역은 유럽과 아프리카, 아메리카 간에 이루어진 교역 방식으로 서로 천과 노예를 거래했던 무역입니다. 19세기에 발명된 새로운 통신수단이 뭔지도 배웠습니다. 그것은 전신기와 해저 케이블입니다. 영어 시간에도 많은 걸 배웠습니다. 현재분사라는 게 뭔지 알게 되었습니다. Have 동사(현재형) + 본동사의 과거분사 형태입니다. 미래형 만드는 법도 배웠습니다. 주어 + will + 본동사 + 보어의 형태입니다. 그 외에도 많은 걸 배웠습니다……

"'세상은 가장 추악한 물범들이 기어다니며 진흙탕 속에서 온몸을 뒤트는 끝없는 하수구이다.' 자, 이 문장은 어떤 수사법이 쓰였다고 할 수 있지?"

메주트는 지난 백 년 동안 잠 한숨 못 잔 아이처럼 보였다.

"주절이 있어요."

"그래, 이 문장에는 주절이 있어. 당연한 거야. 하지만 선생님이 묻는 건 그게 아니지."

알리사는 뭐든지 먹어치울 기세였다.

"은유법이 사용됐어요."

"그래. 그런데 이 문장은 하나의 실처럼 이어진 것 같아 보이지. 왜냐하면 비슷한 단어가 줄줄이 이어지기 때문이야. 그러니까 썩은 것들을 의미하는 단어 말이야."

계속되는 위아래 턱의 공격으로 알리사의 연필은 결국 물음표 형태로 휘어버리고 말았다.

"하지만 선생님, 그 사람들이 한 말은 사실이 아니에요."

"'그 사람'이 한 말이지 '그 사람들'이 한 말은 아니야. 페르디캉* 혼자서 한 말이니까. 그런데 뭐가 사실이 아니라는 거지?"

"세상은 다 썩었다는 거요."

"페르디캉은 그 말만 한 게 아니야. 마지막 문장을 잘 들여다보자. '그것은 내가 한 내 경험이지 내 자만심과 무료함이 만들어낸 가상의 존재가 한 경험이 아니다.'"

"'가상의'라는 말이 무슨 말인지 모르겠어요."

"'가상의'는 '가짜' '인위적인' '사실이 아닌'을 뜻하는 단어야. 하지만 한 문장과 다른 문장 간의 관계를 이해하기 위해서는 장광설 같은 긴 문장 전체를 차분히 읽어봐야 해. 그 부분은 다음 주에 공부하기로 하고, 우선은 은유법이 쓰인 부분부터 찾아보도록 하자."

알리사는 벌써부터 말없이 입술을 움직이며 장광설 같은 수많은 단어를 먹어치우고 있었다. 지브릴은 수업 내내 칠판에 눈길 한 번 주지 않고 입도 뻥긋하지 않다 때때로 예상치 못한 순간에 툭 하고, 마치 정확한 시간에 맞춰 터지는 시한폭탄 같은 발언을 일삼았다.

"아무튼 병신이나 다니는 학교예요."

"지브릴, 갑자기 그게 무슨 뚱딴지 같은 소리냐?"

핸드폰을 목에 건 지브릴의 대답이 이어졌다.

"여긴 병신이나 다니는 학교라고요."

---

*프랑스의 바이런이라 불리던 작가 알프레드 드 뮈세의 희곡 「사랑은 장난으로 하지 마오」에 등장하는 인물.

"병신이나 다니는 학교라면 넌 왜 나오는 거지? 너도 잘 알다시피 요즘 같은 학기 말엔 학교에서 너한테 원하는 게 아무것도 없는데?"

오른쪽 가슴 부위에 말리 축구협회 문장이 붙은 새틴 재질의 운동복 티셔츠를 입은 아이의 대답이 이어졌다.

"다들 머저리라고요. 논할 가치도 없이 다들 머저리예요."

"뭘 논하자는 게 아니야. 단지 너한테 강요하는 사람도 없는데 왜 굳이 머저리로 가득 찬 학교에 제 발로 걸어오느냐고 묻는 거다."

"제가 하고 싶은 걸 하는 것뿐이에요."

"네가 하고 싶은 건 그게 아니잖아. 머저리로 가득 찬 학교에 오고 싶어한다는 건 말이 안 돼."

"제가 뭘 하고 싶은지 선생님이 어떻게 알아요? 말도 안 되는 소리만 하시네."

지브릴은 자리에서 일어나 여름용 모자를 눈썹까지 눌러썼다. 그리고 조심스럽게 문을 열고 나가 소리 나지 않게 닫았다. 그게 다였다.

나는 삼 층에 있는 교실에서 대기해야 했다. 따로 복습하러 돌아오는 아이가 하나도 없기만을 바랐다. 뭐라고 예측할 수는 없지만 결국에는 그게 옳았던 거야. 당신이 인생을 즐기는 시간을 가졌으면 하는 바람이야.* 열한시가 되자 발소리가 계단을 타고 올라

---

* 그린 데이의 곡 〈Time of your life〉의 가사.

왔다. 네 개의 발. 한 쌍의 움직임. 카티아와 상드라였다.

"안녕하세요, 선생님."

"공부하고 싶어 온 거니?"

"네, 선생님."

"자리에 앉아라. 연습문제를 내주마."

두 아이는 자리에 앉았고, 나는 녀석들이 풀지도 않을 조건법에 관한 연습문제를 내주었다. 사실 두 아이는 할 말이 있어서 온 것이었다. 카티아는 컨버스 운동화 속에 숨은 벼룩처럼 흥분한 상태였고, 상드라는 발전기를 두 개 정도 돌린 상태였다.

"선생님, 저희가 시험에 통과해 졸업장을 받을 수 있을까요?"

"아니."

"선생님, 농담하지 마세요. 정말로 졸업장 받을 수 없어요?"

"너희가 열심히 공부했다면 운이 따르겠지. 그래서 교실에서 열심히 공부해야 하는 거야."

하킴, 이만, 모하메드 알리, 하즈, 하비바, 아이사투가 숨을 헐떡거리며 나타났다. 뒤이어 힌다도 도착했다. 아이들은 자리에 앉아 가방도 풀지 않았다.

"선생님, 저희 토론 수업 해도 될까요?"

"졸업장은? 관심 없는 거니?"

"토론 수업이 훨씬 좋아요."

"토론 수업을 못 할 것도 없지만, 졸업 시험에는 토론이 없는걸."

아이들은 동성애자의 결혼에 대한 토론을 시작했다. 여학생들은 그 문제에 반대하는 편은 아니었지만 남학생들은 결사반대였다. 하킴은 자기 의견을 피력하면서 구역질이 난다는 듯 인상을 찡

그렸다. 아이사투는 뭔가를 생각했고, 모하메드 알리는 그런 식으로 사랑을 나눌 수는 없다고 말했다. 상드라는 자기 고향에서는 여자애들이 혼전순결을 지키기 위해 여자끼리 그런 짓을 한다고 말했다. 너 알아? 진짜 어이없는 상황이었다고. 옷을 쫙 빼입고는 천박한 여자들을 싫어한다니, 그게 짐승이지 뭐냐고. 안 그래? 여자들은 거기도 다시 수술한다잖아. 카티아가 덧붙인 말이었다. 모로코에서는 공공장소에서 키스도 못 해. 내가 알지 못하는 누군가를 닮은 힌다가 말했다. 상드라는 그런 힌다를 장난스러운 눈빛으로 바라보았다.

"거긴 프랑스 같지 않지. 안 그래, 힌다?"

힌다는 행복한 것만 연상시키는 환영에서 빠져나오기 싫다는 듯 전혀 못 알아들은 척했다. 상드라가 탐스러운 빵을 노리는 듯한 눈길을 고집했다.

"선생님, 힌다는 사랑에 빠졌어요."

"그러니?"

고속 엔진을 장착한 것처럼 속도를 내기 시작한 상드라를 말릴 수가 없었다.

"선생님, 예쁜 것 같지 않아요? 힌다 말이에요."

"힌다는 귀엽지."

카티아가 "어머나!"라는 탄성과 함께 말을 이어받았다.

"선생님은 힌다가 〈스타 아카데미〉에 나오는 제니퍼와 닮았다고 생각하지 않으세요? 다들 그렇게 말하거든요. 제가 보기에도 힌다하고 제니퍼하고 너무 똑같아요."

종소리가 울림과 동시에 아이들은 기계적으로 문 쪽으로 향했다. 그러면서도 계속 수다를 떨었다. 아이들은 내게 방학 같지 않은 방학이지만 잘 보내라고 인사말을 건넸다.

"너희들도 방학 잘 보내거라. 하지만 일주일 동안 복습을 철저히 해야 할 거야. 그걸 잊지 마라."

나는 아이샤투와 상드라, 힌다가 남다른 인사를 건네리라 기대했지만 전혀 아니었다.

"회의한다고 했잖아. 그런데 고작 이거 하려고 우릴 불러낸 거야? 난 먼저 가야겠어. 다들 잘 지내라고."

장 필리프는 기분이 영 아니었다. 아무런 상표가 없는 그의 가방은 교무실의 파란 문을 뒤로하고 사라져버렸다. 레오폴의 티셔츠에 적힌 'Rhapsody' 위로 별로 멋지지도 않은 독수리 한 마리가 날고 있었다.

"어제 최종 복습 시간에 학생들이 좀 있었어?"

마리는 방금 복사기의 양면 복사 방법을 알아낸 터였다.

"3학년 두 반에서 한 스무 명 정도."

"디코도 있었어?"

"아니. 더이상 학교에서 디코를 볼 일은 없을 것 같은데."

엘리즈는 살이 붙은 모습이었다.

"졸업장을 받으려면 체육 시간에 덜 멍청하게 굴어야 할 거야."

엘리즈의 말에 시선을 돌린 클로드가 이어 말했다.

"두 달 동안 잘 쉬었어?"

"말도 하지 마. 자고, 먹고, 먹고, 또 자고. 꿈 같은 시간이었지.

이렇게 살까지 쪄버렸잖아."

별로 멋지지도 않은 레오폴의 독수리는 h자 위에 내려앉을 기세였다.

"아직 안 끝났잖아. 내일 식사도 있고."

클로드가 엘리즈의 허리를 쳐다보며 말했다.

"오긴 올 거지?"

엘리즈는 사오 킬로그램 정도 살이 붙은 모습이었다.

"그럼, 그럼, 당연히 참석해야지. 선생들이야 괜찮은데, 문제는 학생들이지. 아이들을 다시 보려면 아무래도 마음의 준비를 할 시간이 더 필요해."

Rhapsody의 h가 생존할 시간이 얼마 남지 않아 보였다.

"시청에서 하는 행사에는 다들 참석할 거야?"

제랄딘은 쌍둥이가 아들인지 딸인지, 혹은 둘 다일지 알고 싶어하지 않았다. 제랄딘 뒤에 그려진 농부들은 일어선 자세로 첫 종소리에 맞춰 기도를 드리는 모습이었다.

"그런데 뭐에 관한 행사야?"

Rhapsody의 h가 사라지며 거의 'Rapsody'로 보였다.

"아마 축구 시합일걸."

나는 잠을 설쳤다.

"아니야, 축구는 그다음 날이야."

벽에 그려진 농부들은 기도하고 또 기도했다. 메마른 경작지를 보며 할 수 있는 일은 기도밖에 없으리라. 마리가 자연스럽게 내 손에 들린 가위를 가져갔다.

"꼭 가야 하나? 난 축구라면 사양이거든."

복사기가 아무 이유 없이 혼자 작동하면서 평소보다 훨씬 느린 속도로 하얀 종이를 쏟아냈다. 거의 십 초에 한 장꼴이었지만 끝없이 계속 종이를 뱉어낼 것만 같았다. 무한정 복제되는 아무짝에도 쓸모없는 똑같은 백지들. 레오폴이 복사기를 손보려고 하다 결국 두 손 들고 말았다. 입으로만 조치를 취할 수밖에 없었다.

"올해에는 수요일에 수업이 없었으니 지금 시작하진 않을래."

레오폴은 행사에도, 축구 경기에도 참여하지 않을 테지만 나는 참석할 것이다.

교장 선생님은 특별한 날에만 입는 쥐색 정장 차림에도 불구하고 땀을 흘리지 않았다.

"의자가 모자라지는 않을까 걱정했는데 괜찮네요."

커다란 직사각형 강당에 삼백여 명에 약간 못 미치는 학교 전체 인원이 가득 찼다. 니스 칠을 한 마룻바닥 위로 육백여 개의 미국, 영국, 독일 상표 운동화가 소리를 내며 움직였다. 맨 앞쪽에는 가로로 긴 무대가 자리 잡고 있었고, 무대 위 천장에는 유리 장식이 가득한 샹들리에가 달려 있었다. 무대의 주인공들은 교장 선생님이 학생들을 조용히 시켜주기를 기다렸다. 하지만 교장 선생님은 그저 삐익 하는 마이크 하울링 소리만 낼 뿐이었다.

"저는 올 한 해 동안 여러분에게 조용히 하라고 수도 없이 말했습니다. '조용히 해라' 혹은 '진정해라'라는 말을 얼마나 많이 했는지 모르겠습니다. 그런데 오늘 이 자리에서도 그 말을 한번 더 해야 하는 처지가 되어버렸군요. 오늘은 다른 이야기도 하고 싶습니다. 예를 들어 여러분이 자주 보여주지 않았던 재능이 여러분에게 있다는 말, 그리고 여기 모인 여러분 모두 원하기만 하면 뭐든지 할 수 있는 사람들이라는 말. 왜냐하면 뭔가를 배우고 싶다고 간절히 원할 때에만, 그리고 그것을 구체적인 계획으로 만들 때에만 그것을 제대로 이룰 수 있기 때문입니다. 마지막으로, 그런 여러분이 이 자리에 모이도록 19구의 구청장님이 힘을 써주셨다는 말을 전합니다."

클로드는 디지털 카메라로 피사체를 생동감 있게 담아내느라 땀을 뻘뻘 흘렸다. 그러니까 뒤편에 공화국을 형상화한 그림이 그려진 무대를 내려오는 교장 선생님을 찍으려고 분주했던 것이다. 압델크리모와 파티흐는 무대 뒤 배경 쪽에 서 있었고, 밍은 당당히 한 자리를 잡고 있었으며 더이상 쫓겨날 신세가 아니었다. 프리다는 환하게 빛났고, 메주트는 그림자에 가려졌으며, 상드라는 뛰듯이 자리를 오갔다. 쿰바는 끝까지 나를 무시하는 역할을 완벽히 소화했다. 앞줄에 포진해 있던 아이들은 무릎 위에 올려놓은 가방에서 종이를 꺼내 부채질을 하다 자이나와 엘렌이 무대 위로 올라오자 박수를 보냈다. 자이나와 엘렌은 오프닝 단막극을 보여주기 위해 엉성하게 마이크를 잡고 거대한 조명 아래에 섰다.

"아니, 자이나, 왜 그렇게 뾰로통해 있는 거야? 무슨 일이야?"

"춤도 못 추고, 노래도 못하고, 연기도 못하고, 내가 뭘 할 수 있는지 모르겠어."

"다른 아이들을 한번 봐. 그러면 아마 기분이 좋아질 거야."

신호에 맞춰 알리사가 무대로 나왔다. 무대 위에 선 알리사는 키가 사 미터는 되어 보였다. 마치 자신이 던진 모든 질문을 먹어치우며 커져버린 물음표 같았다. 알리사는 떨지 않았다.

"잘 가요, 카미유. 어서 당신의 수녀원으로 돌아가라고요. 당신의 마음을 더럽힌 그 추악한 이야기들을 사람들이 또다시 하거든 내가 지금 하는 말을 그대로 전해주세요. 남자는 모두 거짓말쟁이에 불안정하고 부정을 저지를 뿐만 아니라, 수다스럽고 위선적이고 자만심이 하늘을 찌르고 비겁하고 남을 경멸하며 육체의 유혹에 쉽게 넘어가는 존재입니다. 여자는 모두 배신을 잘하고 인위적인 데다 허영심과 호기심이 많으며 쉽게 타락하는 존재이지요. 이세상은 가장 추악한 물벌들이 기어다니며 진흙탕 속에서 온몸을 뒤트는 끝없는 하수구란 말입니다. 하지만 성스럽고 숭고한 뭔가가 있는 또다른 세상이 존재합니다. 그건 바로 이처럼 너무도 불완전하고 끔찍한 두 존재가 서로 만나는 세상입니다. 우리는 종종 사랑에 속고 상처받으며 불행에 빠지곤 합니다. 하지만 다시 사랑을 하고, 자신의 무덤 앞에 서게 되면 자기 삶을 뒤돌아보게 될 뿐만 아니라, '내게는 고통스러운 순간이 너무 많았고 몇 번을 배신당했지만 또다시 사랑을 하게 됐어. 그것은 내가 한 내 경험이지 내자만심과 무료함이 만들어낸 가상의 존재가 한 경험이 아니야' 라고 생각하게 됩니다. 꼭 이렇게 전해주기 바랍니다."

알리사는 인사 없이 무대 뒤로 사라졌고, 그 자리를 대신해 이름 모를 여학생 둘이 축 늘어진 샹들리에 아래에 섰다. 선술집에서나 흘러나올 배경 음악에 맞춰 두 아이는 의자 하나를 두고 서로 마주 보고는 대칭 모양으로 몸을 움직이기 시작했다. 그 모습이 마치 화려하게 번쩍이는 의상을 입은 마술사 곁에 서 있는 도우미처럼 보였다. 두 아이는 그렇게 몇 개의 동작을 선보인 다음 기대하지도 않은 박수를 받으며 무대 뒤로 사라졌다. 엘렌과 자이나가 다시 무대로 나왔다. 자이나가 다시 단막극을 이어나갔다.

"저걸 춤이라고 춘 거야? 좀 심하잖아. 저런 게 어떻게 춤이야?"

"그럼 네 생각엔 더 잘할 수 있다는 거야?"

"당연하지."

"정말로 저 친구들이 지금보다 훨씬 잘할 수 있다고 생각해?"

"물론이지. 지금보다 훨씬 잘할 수 있어."

"네 생각이 옳은 것 같아."

리듬박스에서 나오는 쿵쿵 소리에 불 꺼진 샹들리에가 흔들리기 시작했고, 아까 나왔던 이름 모를 두 여학생이 다시 등장해 별이라도 잡을 듯 팔을 위로 쭉 뻗었다. 어느새 꽃무늬 치마를 검은 타이즈와 몸에 딱 맞는 붉은색 티셔츠로 갈아입은 채였다. 두 아이는 완벽한 조화 속에서 팔다리를 흔드는 동작을 비롯해 아라베스크 동작과 목을 빠르게 돌리는 동작 등 영어로 노래하는 여자 가수의 목소리와 둔탁한 타악기 소리, 자극적일 정도로 단조롭고 반복되는 리듬에 맞춰 강압적으로 움직이는 듯한 춤을 선보였다. 두 쌍의 발이 바닥을 뛰어다녔고, 무미건조하고 무지막지한 샹들리에는 마구 흔들렸다.

하킴, 마이클, 아마르가 화가 나서는 쿵쿵거리며 경기장에서 돌아왔다.

"썩어빠진 학교예요, 선생님."

나는 걸음을 멈추었다.

"썩어빠진 학교라니, 그게 무슨 말이냐?"

하킴은 알제리 국가대표 유니폼을, 마이클은 PSG* 유니폼을 입었다. 아이들은 서로 경쟁하듯 하나같이 목소리를 높였다.

"우리가 경기에서 거의 이길 판이었는데 상대편에서 저희 셋을 못 뛰게 했어요. 이런 법은 없어요, 선생님."

"저희한테 예고도 하지 않았어요, 선생. 메카의 코란에 걸고 맹세하는데 정말이에요. 같은 반 친구들끼리만 팀을 구성해야 한다고 저희한테 말도 안 했다고요. 저희가 3학년 2반 애들하고 같이 나갔는데, 상대편이 저희를 못 뛰게 하는 거예요. 솔직히 이럴 수는 없어요."

"그래서 치사해서 간다고 했더니 그 자식들이 '그래, 가서 집이나 봐라' 이러는 거예요. 정말 이런 사기가 어디 있어요, 선생님."

"아니, 이 녀석들, 너희가 규칙을 어기면 교장 선생님이 어떻게 되겠니? 경기장이 어디야?"

"저 구석이요. 회색 건물 뒤편이요."

회색 건물 뒤편 구석으로 가니 축구장이 보였다. 우리 학교 학생 몇 명과 교장 선생님이 골대 뒤편에 있는 돌로 된 벤치 주변에 모여 있었다. 나는 성인팀과 학생팀의 경기가 벌어지는 경기장을 머리로 가리키며 물었다.

"상대팀은 누구예요?"

"4학년 1반 아이들이에요. 정말 잘해요."

바로 그 순간, 나수이프가 하프라인을 넘어 공을 몰고 가더니

---

* 파리 축구팀인 파리 생제르맹(Paris Saint-Germain)의 약자.

고개를 들고 바이디 쪽으로 공간을 만들어주었다. 바이디는 공의 속도에 맞춰 다리를 쭉 뻗어 골키퍼인 교무행정교사 세르주의 머리 위로 공을 날렸다. 공은 그물을 흔들고 천천히 튕겨져 나왔다. 알리가 득점 선수와 손뼉을 마주쳤고, 두 사람은 종종걸음으로 자기 진영으로 돌아갔다. 사이좋게 붙어 있는 커다란 구름 아래, 등 두 개가 맞닿아 걷는 모습이었다. 다니엘은 홀로 떨어져 걸었다.

"지금은 한 점 앞서 있지만, 오래가지 않을 거야."

모하메드 알리의 모로코 축구대표팀 유니폼이 경기장으로 향한 내 시야를 가로막았다.

"선생님도 뛰실 거예요?"

"나? 아니."

"왜 안 뛰세요?"

"난 그냥 관전만 하는 게 좋을 것 같다."

모하메드 알리는 경기장 가장자리 풀밭에 앉은 친구들에게 돌아갔다. 알리는 공을 가로챈 뒤 마크에서 벗어나 왼쪽으로 침투한 셰이크오마르에게 공을 연결시켰다. 셰이크오마르는 공을 차기 위해 앞으로 뛰어나갔다. 하지만 아이가 찬 공은 경기와 상관없는 밤나무 위로 날아가버렸다. 골대 뒤편에 모여 있던 6학년 아이들이 탄성을 질렀다. 공은 나뭇잎과 함께 굴러떨어졌고, 누가 원격조종이라도 한 듯 다시 경기장 안으로 굴러들어왔다.

성인팀의 공격수가 예상 밖의 슈팅으로 공을 사이좋은 구름을 향해 날렸지만 구름은 공이 싫었는지 다시 땅으로 내려보냈고, 떨어진 공은 학생팀의 공격수 징빈에게 굴러갔다. 징빈은 서툰 드로잉으로 바이디에게 공을 보냈고, 바이디는 중앙선까지 공을 몰고

가 알리에게 패스했다. 알리는 다시 나수이프에게 공을 연결했고, 나수이프는 규율교사 모하메드의 두 다리 사이로 공을 통과시킨 다음 셰이크오마르에게 센터링을 날렸다. 셰이크오마르는 헤딩으로 세르주의 왼쪽 구석으로 공을 밀어넣었다. 세르주는 손도 쓰지 못하고 서 있다가 박수만 쳤다. 다니엘도 따라서 박수를 쳤다.

"동점이야. 저렇게 한 점만 더 먹으면 지는 거야."

모자를 쓴 6학년 아이가 뤼크에게 공을 던져주었고, 뤼크는 다리를 절고 엉덩이를 주무르며 공을 중앙선으로 가져갔다. 셰이크오마르는 벌써부터 킥오프할 선수를 덮칠 기세였다. 킥오프는 손으로 넓적다리를 짚은 채 숨을 고르는, 머리를 고무줄로 묶은 쥘리앵에게 돌아갔다. 맞은편 골대로 돌아간 징빈은 드넓은 하늘에서 이글거리며 내리쬐는 햇볕을 가리기 위해 두 손을 펴 눈 바로 위로 올렸다. 몸을 굽히고 있던 쥘리앵은 킥오프까지 시간을 끌었고, 바이디는 살짝살짝 뛰어오르며 힘을 분산시켰다.

옮긴이 **이승재**

한국외대 불어교육학과와 같은 대학 통번역대학원을 졸업했다. 현대고등학교 프랑스어 교사를 거쳐, 현재 전문 번역가로 활동 중이다. 『코르푸스 크리스틴』『피의 고리』『완전한 죽음』『완벽한 하루』『13번째 마을』『스키다마링크』『테러』『예술의 기원』 등을 우리말로 옮겼다.

문학동네 세계문학

클래스

초판 인쇄 2010년 3월 8일 | 초판 발행 2010년 3월 22일

지은이 프랑수아 베고도 | 옮긴이 이승재 | 펴낸이 강병선
책임편집 허주미 류현영 | 독자 모니터 서윤이 | 디자인 이경란 이원경
저작권 김미정 한문숙 | 마케팅 정민호 이지현 김도윤 | 온라인 마케팅 이상혁 한민아
제작 안정숙 서동관 김애진 | 제작처 유림문화(인쇄) 시아북바인딩(제본)

펴낸곳 (주)문학동네
출판등록 1993년 10월 22일 제406-2003-000045호
주소 413-756 경기도 파주시 교하읍 문발리 파주출판도시 513-8
전자우편 editor@munhak.com | 대표전화 031) 955-8888 | 팩스 031) 955-8855
문의전화 031) 955-3576(마케팅) 031) 955-2657(편집)
문학동네카페 http://cafe.naver.com/mhdn

ISBN 978-89-546-1017-9 03860

www.munhak.com